दिन और कहानियाँ

दिन और कहानियाँ

इन्तिज़ार हुसैन

अनुवाद

महताब हैदर नक़वी

वाणी प्रकाशन

वाणी प्रकाशन
4695, 21-ए, दरियागंज, नयी दिल्ली-110 002
शाखा
अशोक राजपथ, पटना-800 004
फ़ोन +91 11 23273167 फ़ैक्स : +91 11 23275710
www.vaniprakashan.in
vaniprakashan@gmail.com
editorial@vaniprakashan.in
sales@vaniprakashan.in

DIN AUR KAHANIYAN
by Intizar Husain
Translated by Mahtab Haidar Naqvi

ISBN : 978-93-5229-345-2
Short Novel/Stories

मूल्य : ₹ 250

यश प्रिंटोग्राफिक्स नोएडा-201 301 (उ.प्र.) में मुद्रित
वाणी प्रकाशन का लोगो मक़बूल फ़िदा हुसेन की कूची से

अनुक्रम

कहानियाँ

कुछ इन्तिज़ार हुसैन के बारे में

इन्तिज़ार हुसैन हमारे समय के सबसे बड़े कथाकार एवं बुद्धिजीवी हैं। वह केवल उर्दू में ही नहीं बल्कि हिन्दी साहित्य में भी अपने कथा-साहित्य के कारण समान रूप से आदरणीय हैं। उनका कथा-साहित्य अविभाजित भारत की सभ्यता एवं संस्कृति का प्रतीक है। उनकी कहानियों का ख़मीर मुख्य रूप से पंचतन्त्र, महाभारत तथा अलिफ़ लैला की कहानियों और लोक कथाओं तथा दास्तानों से उठाया गया है। इन्तिज़ार हुसैन इन कहानियों के किरदारों को प्रतीक बनाकर समसामयिक घटनाओं एवं समस्याओं से इस तरह जोड़ देते हैं कि हमें एहसास हो जाता है कि सैकड़ों-हज़ारों बरस पहले लिखी गयी कहानियों का हमारे जीवन में कितना महत्त्व है।

इन्तिज़ार हुसैन कहानी लिखते नहीं बल्कि वह कहानी सुनाते हैं। कहानी सुनाने का उनका अन्दाज़ भी निराला है। वह विश्व में घटित होने वाली बड़ी घटनाओं को जब अपनी कहानी का विषय बनाते हैं, तो कई देशों, सभ्यताओं की दास्तानों एवं कथाओं के समान प्रतीकों या किरदारों का समानान्तर रूप से इस तरह प्रयोग करते हैं कि पाठक अचम्भे में पड़ जाता है।

इन्तिज़ार हुसैन का साहित्य केवल उपन्यासों एवं कहानियों तक ही सीमित नहीं है। उन्होंने ड्रामे, सफ़रनामे तथा जीवन वृत्तान्त भी लिखे हैं। इन्तिज़ार हुसैन ने अंग्रेज़ी कहानियों, उपन्यासों एवं ड्रामों के अनुवाद के साथ-साथ आलोचनात्मक निबन्ध भी लिखे हैं। 'चाँद-गहन', 'दिन और दास्तान', 'बस्ती', 'तज़करा' तथा 'आगे समन्दर है', उनके उपन्यास हैं। उनकी कहानियों के सभी संग्रहों को दो हिस्सों में 'जनम कहानियाँ' तथा 'क़िस्से-कहानियाँ' के नाम से समग्र रूप में प्रकाशित किया जा चुका है।

'ख़्वाबों के मुसाफिर', 'नफ़रत के पर्दे में', तथा 'पानी के क़ैदी' आदि इन्तिज़ार हुसैन के टी.वी. तथा स्टेज ड्रामे हैं।

हकीम अज़मल ख़ाँ तथा क़ायदे-आज़म के लड़कपन तक की जीवनी उन्होंने बहुत ही दिलचस्प अन्दाज़ में लिखी है।

'ज़मीं और फ़लक और' तथा 'जुस्तजू क्या है' इन्तिज़ार हुसैन के सफ़रनामे हैं, जिनमें 'जुस्तजू क्या है' भारत का सफ़रनामा है।

'अलामतों का ज़वाल' तथा 'नज़रिये से आगे' इन्तिज़ार हुसैन के आलोचनात्मक निबन्धों पर आधारित पुस्तकें हैं। वह इन निबन्धों में मज़े-मज़े में आसानी के साथ ऐसी गहरी और बारीक बात कह जाते हैं कि बड़े-से-बड़ा आलोचक वहाँ तक नहीं पहुँच पाता।

इसके अलावा इन्तिज़ार हुसैन ने 'अलिफ़ लैला' की कहानियों का आसान उर्दू में अनुवाद भी किया है।

इन्तिज़ार हुसैन आरम्भ से ही पाकिस्तान के प्रमुख उर्दू अख़बार 'जंग' तथा बाद में अंग्रेज़ी अख़बार 'द नेशन' में भी लगातार समसामयिक तथा साहित्यिक विषयों पर कालम लिखते रहे हैं। इन कालमों पर आधारित कई पुस्तकें भी प्रकाशित हो चुकी हैं।

इन्तिज़ार हुसैन 7 दिसम्बर 1923 को क़स्बा डिबाई, ज़िला बुलन्दशहर, उत्तर प्रदेश में पैदा हुए। उनकी शिक्षा मेरठ में हुई तथा बँटवारे के समय वह लाहौर, पाकिस्तान चले गये और अब तक वहीं रह रहे हैं। देश-विदेश का शायद ही कोई ऐसा पुरस्कार हो, जो इन्तिज़ार हुसैन को न मिला हो। भारत में भी उन्हें यात्रा पुरस्कार तथा साहित्य अकादेमी द्वारा प्रेमचन्द फेलोशिप मिल चुकी है। लेकिन इन्तिज़ार हुसैन जिस स्तर के लेखक हैं, वहाँ किसी पुरस्कार की कोई अहमियत नहीं है। दरअस्ल इन्तिज़ार हुसैन एक लिविंग लीजेंड की हैसियत रखते हैं।

हिन्दी पाठकों के लिए इन्तिज़ार हुसैन का नाम नया नहीं है। उनकी कहानियाँ और लेख आरम्भ से ही हिन्दी पत्र-पत्रिकाओं में प्रकाशित होते रहे हैं। वाणी प्रकाशन द्वारा उनका एक लघु उपन्यास तथा आठ कहानियाँ एक साथ प्रकाशित की जा रही हैं। आशा है कि पाठकों को पूर्व की भाँति वाणी प्रकाशन की यह प्रस्तुति भी पसन्द आयेगी।

(डॉ.) महताब हैदर नक़वी
उर्दू विभाग
अलीगढ़ मुस्लिम विश्वविद्यालय
अलीगढ

दिन

(लघु उपन्यास)

1

माज़ी[1] उसके लिए लम्बी रातों और खड़ी दोपहरों का सिलसिला था, बीच-बीच में कोई भीगी सुबह, कोई बारिश से शराबोर दिन मोती की तरह पिरोया हुआ। दोपहरें ग़ली-गली, खेत-खेत का सफ़र, रातें काला सफ़र, अन्तहीन, दिशाहीन, सोते-जागते बंकारते मुसाफ़िर, कभी रतजगा और कभी कहानियाँ, कभी ख़्वाब का आलम कि आँखें बन्द हैं और चले जाते हैं, कुछ ख़बर नहीं कि कितनी दूर निकल आये, कितनी दूर जाना है। जब हवेली सब सो जाती और गली बाहर सनाहने लगती तो मीर बू अली के बंकारने की आवाज़ें आतीं। हवेली की बग़ल में कच्ची-पक्की एक कोठरी थी और एक अहाता, जाड़े-गर्मी, बरसात वहाँ वह आसमान तले सोते, बराए-नाम सोना, अस्ल में बंकारना। महावटों और मेंह-बूँदी की गिनती की रातें कोठरी में छत के नीचे गुज़रतीं, सो बंकारने-डकराने का सिलसिला तूल पकड़ जाता और मुहल्ला जाग-जाग उठता। बंकारते थे और अँधेरे में तीर चलाते थे कि हमेशा निशाने पर पड़ते थे। एक रात बंकारते-बंकारते चिल्लाने लगे, ''निकल गया, निकल गया।'' सुबह हुए पर ख़बर आयी कि कंकर खेड़े में डाका पड़ गया। ताई अम्माँ बताया करती थीं कि जलाली वज़ीफ़ा उनका बिगड़ गया था, अब हमज़ाद[2] क़ब्ज़े से बाहर है, रात को सोने नहीं देता। जलाली वज़ीफ़ा और हमज़ाद के ज़िक्र पे उसके और तहसीना के कान अदबिदा कर खड़े होते। ताई अम्माँ खुद भी हैरान होने लगतीं। उन्हें तो बस इतना पता था कि चिल्ले[3] की चालीसवीं रात को मीर बू अली अपनी कोठरी से चिल्लाते निकले, ''गिर पड़ी, गिर पड़ी,'' बड़े अब्बा ने घूर कर पूछा, ''क्या गिर पड़ी?'' घबराहट में जवाब दिया ''छत''। वह दिन और आज का दिन कि फिर कभी छत के नीचे सोना नसीब न हुआ। कभी छत तले लेटते तो बुरी तरह चीख़ते-चिल्लाते और मुहल्ले वालों की नींद में ख़लल डालते। दिन निकलता तो मुर्दा से हो जाते। न डकराना न बंकारना न किसी से बोलना, झलंगे पर बैठ गठरी बने ऊँघते रहते। वह और तहसीना बहुत-बहुत देर तक अहाते से बाहर खड़े उन्हें तकते

1. भूतकाल।
2. वह शैतान या जिन जो हर इनसान के साथ पैदा होता है और हमेशा साथ रहता है।
3. एकान्त में बैठकर चालीस दिन वज़ीफ़ा पढ़ना या अमल करना।

रहते। डरते-हैरान होते, फिर आप ही आप वहाँ से चल पड़ते। और एक थे गड्ढे शाह कि बस ताई अम्माँ ने उन्हें देखा था। मीर बू अली आँखों देखी हक़ीक़त थे, गड्ढे शाह ताई अम्माँ से सुना अफ़साना। मजजूब थे। हवेली की दीवार तले डेरा डाला था। उँगलियों से ज़मीन खोदते रहते, कोई पूछता तो जवाब देते, "फ़क़ीर रहने को घर बनाता है।" गढ़ा ज़रा गहरा हुआ तो अन्दर उसके बैठ गये। एक रोज़ बड़े अब्बा पास पहुँचे, गुज़ारिश की "शाह जी हवेली हाज़िर है, उसमें डेरा करो।" गड्ढे शाह बेपरवाही से बोले, "हवेली ज़मीन के नीचे है।" बड़े बब्बा को बुरा लगा, तड़क कर जवाब दिया, "तो ज़मीन के नीचे ही जाओ और रहो।" दूसरे दिन न गड्ढा था न गड्ढे शाह थे।

वह और तहसीना सुनते और हैरान होते। ताई अम्माँ हैरान होतीं फिर माना खेज़[1] अन्दाज़ में चुप हो जातीं। फिर चुप टूटती और कहने लगतीं, हमारे बड़े अब्बा बड़े आमिल[2] थे। हमारा तो ख़ानदान आमिलों का खानदान है। आगे हमारी हर पीढ़ी में एक आमिल हुआ करते थे, पर बड़े अब्बा के बाद सिलसिला बन्द हो गया।

"क्यों?"

"कोई गद्दी उनकी सँभालने वाला जो न था। अब्बा मियाँ के शुग्ल-अशग़ाल[3] और थे, बाप के इल्म पर कभी तवज्जोह ही न की, दूसरों के पास चला गया। क्या हुआ कि जब बड़े अब्बा चरपाई पर पड़े तो एक नंगा फ़क़ीर जाने कहाँ से आया, हवेली के सामने धई दे दी। बड़े अब्बा की हालत बिगड़ती चली गयी और अब दम, अब दम होने लगे। तीन दिन बुरी हालत रई, साँस गले में अटका हुआ, वह कर्ब[4] कि अल्लाह तोबा। बीबी तीसरे दिन क्या हुआ कि वह नंग-धड़ंग, संड-मुस्टंड मलंग घर में घुस आया। औरतें चिल्लाने लगीं पर बड़े अब्बा ने इशारा किया कि आने दो। सब दम-ब-खुद[5], ऐ बीबी वह बड़े अब्बा के पास जा सीने से चिमट गया। बड़े अब्बा थरथराए और... ख़त्म... वापस चला गया। फिर ऐसा ग़ायब हुआ कि लोगों ने ढुढय्या डाली पर उसका पता न चला... बस उस दिन से हवेली वालों में कोई आमिल नहीं हुआ।"

ख़ानदान के बुज़ुर्गों की यादें और बातें, जिन-भूतों के क़िस्से, कभी कहानी कोई, ताई अम्माँ की दास्तान हर रंग जारी रहती और रात भीगने लगती और आँखें उसकी नींद से पहले भारी होतीं फिर बन्द होने लगतीं। आँख फिर खुलतीं तो सब सोये हुए होते, ख़ामोशी, खर्राटे, अँधेरा, ख़्वाबों की सरहद से आती हुई मीर बू

1. अर्थ से भरा हुआ।
2. भूत-प्रेत और जिनों का अमल करने वाला।
3. काम-धन्धे।
4. दुख।
5. चुपचाप।

अली की बंकार, दिल डर से धड़कता और दाँत जोड़ से बजने लगते। फिर पता चलता कि वह ताई अम्माँ की चारपाई पर नहीं, बड़ी आपा के बिस्तर में है और आहिस्ता-आहिस्ता सरक कर वह बिल्कुल बड़ी आपा के पहलू में हो जाता और उनके गुदाज़ और मुहब्बत भरे पहलू से निकलती गरमाई धीरे-धीरे फिर उस पर नींद बनकर छाने लगती। दोबारा आँख उसकी खुलती तो फिर वही ख़ामोशी और खर्राटे और अँधेरा, काले कोस आगे, काले कोस पीछे, संगी न साथी, ख़्वाबों की सरहद से आती हुई मीर बू अली की भेदभरी बंकार तक संगत छोड़ जाती और नींद भी। वह जागता रहता और रात लम्बी होती जाती और दम उसका ऐसा उलटता कि बदन से लिहाफ़ उलट देता और अँधेरे में आँखें फाड़-फाड़ देखने लगता, इतने में अचानक अज़ान की आवाज़ कान में आती कि उससे अँधेरे में नूर की एक लकीर खिंचती दिखाई देती। उसे इत्मीनान होता कि रात अब आख़िर हुई। फिर लाल मन्दिर जागता शंख और खड़तालें और घंटियाँ बजने लगतीं। अँधेरे में रोशनी का एक भँवर पैदा होता, धीरे-धीरे उभरता-फैलता और डूब जाता। फिर वही ख़ामोशी, जानो रात ख़त्म होते-होते फिर शुरू हो चली है। अँधेरे में फिर उसका दिल उलटने लगता कि इतने में रुई का पेच बोल उठता, रुई का एक पेच बोलता, फिर थोड़ी देर के बाद दूसरा पेच, फिर आवाज़ों का एक तार बँध जाता, गोया अँधेरे की तह फट गयी है और रोशनी की धार बह निकली है, कोई झोजरी आवाज़, कोई पतली आवाज़ जिसमें कई पलटे आते, और एक पेच था कि रेल के इंज़न की तरह तेज़ी से सीटी देता और चुप हो जाता और फिर इस सबसे मोटी और भारी आवाज़ वाले पेच की आवाज़, रात की रुख़्सती का सबसे तवील नौहा? भारी और यकसाँ आवाज़ में बोलता रहता, बोलता रहता और वह समझता कि सुबह यूँही बोलता रहेगा मगर आहिस्ता-आहिस्ता आवाज़ ढलने लगती और फिर वही ख़ामोशी, रात की रुख़्सती का सबसे तवील नौहा[1] सबसे आख़िरी ऐलान भी था कि बाद उसके कोई पेच न बोलता और दिन में दोपहरों के सफ़र की आख़िरी मंज़िल कि वहाँ पहुँचकर ठिठकता उस सुर्ख़ ईंटों वाले मोटे-ठस सुतून[2] को कि बुलन्द होने-होते आसमान को घूरता नज़र आता देखकर हैरान रह जाता। फ़िज़ा में बुलन्दियों की यह इन्तेहा ज़मीन पर मुल्क की आख़िरी सरहद थी, जहाँ से आगे क़दम रखते हुए वह सोचने लगता कि अब अजनबी मुल्क की हदें शुरू होती हैं। अजनबी मुल्क के इलाक़े को वह दूर से देखता और वापस हो लेता।

जलती दोपहरियों में हवा बन्द हो या लू चलती हो या आँधी उठती हो कि सत्तर बलायें साथ लाती, आवारा घूमना, घूमते रहना, कभी पेड़ों की छाँव में, कभी गर्म-गर्म बालू जैसी रेत पे और कभी हरे-भरे खेत में इतना चलना, इतना चलना कि टाँगें

1. लम्बा शोक गीत।

2. खम्बा।

दुखने लगतीं और तहसीना का गोरा मुँह सुर्ख़ हो जाता और बालों की लटें पसीने से तर-ब-तर कनपटी और गर्दन पर आकर चिपक जातीं। वापस जाते हुए मन्दिर वाली गली में, मन्दिर वाली गली से प्याऊ की गली में जहाँ पानी पीते, मुँह-हाथ धोते और फिर अपनी गली में, मन्दिर वाली गली से गुज़रते हुए उस पर हैबत छा जाती, सुर्ख़ पत्थरों वाला मन्दिर कि धूप में दूर से आँच देता उसके लिए हमेशा एक मोअम्मा रहा। उसके अन्दर कौन रहता है, आदमी कि जिन। शंख और खड़तालें और घंटियाँ कि रोज़ तड़के में और शाम पड़े बजने लगती हैं, कौन बजाता है। बहुत ऊँचाई पर छोटी-सी खिड़की में लगी हुई लोहे की चर्खी कि दोपहर में शान्त रहती है और धूप ढलने लगती है, तो आप ही आप घूमने लगती है और सफेद डोरी में बँधी हुई पीतल की चमकती-दमकती गुड़वी नीचे होते-होते कुएँ के अँधेरे में छन से गिरती है। जानो किसी ने मुट्ठी भर अशरफ़ियाँ फेंकी हैं, और फिर ग़ायब, फिर थोड़ी देर में पानी से लबालब चमकती-चमकती निकलती है, ऊपर होती चली आती है और खिड़की के पास पहुँचकर अचानक गुम हो जाती है। गुड़वी कौन डालता है, कौन खींचता है और यह इतनी लम्बी डोरी कहाँ से आयी, सोच की डोरी लम्बी होती चली जाती, इतनी लम्बी कि हाथ से सिरा निकल जाता, इतने में कोई पीली भड़ मन के आस-पास की किसी कच्ची गुच्वी से उठती और अपनी तरफ मुतवज्जेह कर लेती। सुर्ख पत्थरों वाली मन तो धूप में इतनी तपती कि वह पाँव रखता तो जलने लगते, मगर आस-पास नन्ही-मुन्नी कच्ची गुच्चियाँ थीं, जिनमें पानी जमा रहता और जहाँ कोई अकेली भंभेरी साये की तरह मँडलाती रहती, लटकी हुई फिरकिनी बनकर गर्दिश करती रहती या कोई सुनहरी चित्तियों व काले टीके वाली अंजन्हारी[1] किनारे पर उतरती, डंक को गर्दिश देती और उड़ जाती, हाँ प्याऊ की गली में कि मन्दिर वाली गली से आगे थी, दोपहर भर छाँव रहती और प्याऊ चलता रहता। दोनों पानी पीते, फिर उस ठंडी नाली में खड़े हो जाते जो यूँ उजली थी पर काही[2] की हल्की तह जम जाने से रपटवाँ हो गयी थी, पैरों के ऊपर से ठंडा-ठंडा पानी फिसल कर बहता रहता और वह खड़े रहते, एक रोज़ इसी तरह खड़े-खड़े उसका पाँव रपट गया और वह ऐसा फिसला कि सारा गट्टा छिल गया। तहसीना खुलकर हँस पड़ी। वह रुआँसा हो गया, मगर फिर चुप हो गया। रस्ते भर उसे सख़्त गुस्सा आता रहा और जब खंडाल के पेड़ पर जाकर उसने खंडाल की एक हरी लचकती हुई संटी तोड़ी तो उसे तहसीना को देने से उसने साफ इनकार कर दिया।

"ज़मीर हमें दे दे यह संटी," तहसीना के मुँह में पानी भर आया था।

"क्यों दे दूँ?" उसने रूखा जवाब दिया।

"दे दे, हम तुझे घर चल कर नीला शीशा देंगे।" उसने फिर बड़ी खुशामद

1. एक तरह की मक्खी।

2. काई।

भरी आवाज़ में कहा।

"बड़ी देगी शीशा, जाओ नईं देते हम।"

तहसीना एकदम से चुप हो गयी, जैसे रूठ गयी हो। वह खुद पेड़ पर चढ़ने लगी। पेड़ पे वह अच्छी-खासी चढ़ गयी थी, लेकिन वह बार-बार टोकता, कदम ज़रा डगमगाया और उसने शोर मचाया "वह गिरी" तहसीना फिर सँभल जाती। आख़िर वह एक मोटे से गुद्दे पर पहुँचकर सीधी खड़ी हो गयी और संटी तोड़ने लगी। हवा हौले-हौले चलती थी, बार-बार ज़रा तेज़-सा झोंका आता और सूखे-सुनहरी बाल उसके मुँह पर आ पड़ते और सफ़ेद ढीला पायजामा जो उसने आज ही बदला था खड़बड़-खड़बड़ करने लगता। हवा के एक तेज़ झोंके से उसकी आँखों में और आँखों के साथ जह्न में एक बिजली-सी कौंदी, उसने नीचे खड़े-खड़े आवाज़ लगाई "तहसीना नंगी।" संटी तोड़ते-तोड़ते तहसीना के हाथ रुक गये। पाँव उसके ज़रा काँपे, फिर वह सँभली और आहिस्ता से नीचे उतर आयी। ज़बान से चुप, मुँह सूजा हुआ, त्योरी तनी हुई, आँखों में अंगारे, वह उसे देखकर सहम गया। वह आहिस्ता-आहिस्ता उसकी तरफ बढ़ने लगी और वह खड़ा का खड़ा रह गया, हाथ-पाँव शल[1], दिल अन्दर से बैठा जाये। वह उसके बिल्कुल पास आ गयी। उसकी डर के मारे बुरी हालत मगर गुस्से भरी आँखों से एक साथ आँसू निकल पड़े। तहसीना हिचकियाँ लेकर रोने लगी। फिर वह मुड़ी और हिचकियाँ लेती हुई घर की तरफ़ चल पड़ी।

पाँव सौ-सौ मन के और जी बैठा जाये, कुएँ पर बहुत देर बेसुध खड़ा रहा। पानी से भरी चरस ऊपर आयी, हीरा ज़ोर लगाते हुए उसे अपने पैरों के क़रीब लाता और पूरी आवाज़ से गाता—

"हो जी गंगा-जमुना सरसुती सात संधूर भरपूर"

सफ़ेद बेरंग पानी उसके फटे हुए सफ़ेद पैरों पर बिखरता, फिर कुंडी में, कुंडी से कच्ची गँदली नाली में बहता चला जाता, वह खड़ा रहा, फिर आप ही आप चल पड़ा।

घर के दरवाज़े पर पहुँचकर वह ठिठका। सोच में पड़ गया, इस सोच में कि अन्दर कैसे जाये। डरते-डरते ड्योढ़ी में क़दम रखा, फाटक से गुज़र कर दबे पाँव दोबारी में पहुँचा और अन्दर के दरवाज़े की दरार से अन्दर झाँकने लगा, नज़र तो कुछ न आया, हाँ अब्बा मियाँ के चिल्लाने की आवाज़ कानों में आ रही थी, शायद तहसीना ने अब्बा मियाँ से कह दिया और उसका दिल अन्दर से धुकड़-पुकड़ करने लगा। जल्दी से बाहर निकला और उल्टे पाँव गली में। मन्दिर के पास पहुँचकर उसने पीछे मुड़ कर देखा। कोई आ रहा था। दिल की ढारस हुई और क़दम आहिस्ता पड़ने लगे। पानी के एक नन्हे से थाले पर एक भँभेरी जाने कब से लटकी फिरकिनी-सी घूमे जा रही थी। धूप ढल रही थी मगर पनिहारनें कुएँ पे अभी नहीं आयी थीं। हाँ खिड़की की खामोश चर्ख़ी जाग उठी थी, चमकती-दमकती गुड़वी नीचे उतरने लगी,

1. बेहिस।

डोरी लम्बी होती गयी और गुड़वी नीचे उतरती चली गयी। यहाँ तक कि कुएँ के अन्दर छनाका हुआ और लम्बी डोरी सिमटने लगी, खिड़की के अँधेरे में गुम होने लगी और फिर वह सफ़ेद चमकते मोती बरसाती सुनहरी गुड़वी भी अँधेरी खिड़की में गुम हो गयी। उसकी हैरत फिर जागने लगी थी। ख़ामोश चर्ख़ी को वह देर तक ताकता रहा, उस भेद-भरी गुत्थी को सुलझाने की कोशिश करता रहा कि एक बार ने उसका ध्यान भटकाया जो उसके हाथ के झटके से परे हट गयी और फिर उसी पानी के नन्हे-मुन्ने चाले पे जा बैठी जहाँ कई पीली-पीली बरें और बैठी थीं। उन्हें देख कर उसे अपनी खंडाल की क़मची[1]याद आ गयी जिसे वह वहीं खंडाल के दरख़्त के नीचे फेंक आया था और जो उस वक़्त होती तो इन सारी बरों को सुँघवा लेता। उसे फिर सारी बात याद आ गयी और जी ढहने लगा। वह उदास-उदास फिर चलने लगा। प्याऊ के पास से गुज़रते हुए उसे प्यास लगने लगी। ओक से पानी पिया कि खारी तो नहीं, फीका-फीका ज़रूर लगा और शायद ऐसा ठंडा भी नहीं था। प्यास बुझकर भी बेबुझी रही। प्याऊ की गली से सड़क पर चला आया जहाँ धूप ढलने पर कई चाट वाले आ बैठे थे। एक मैला कुत्ता उसकी तरफ़ भूखी नज़रें जमाये खड़ा था कि कोई गाहक दही-बड़े खाकर पत्ता फेंकता तो लपककर आता और चाटना शुरू कर देता।

बाज़ार की जिन जानी-बूझी दुकानों पर वह घंटों बेमक्सद देर-देर तक शौक़ से खड़ा रहता और कभी दस सरों वाले रावण की तस्वीर और कभी धड़-धड़ जलती हुई लंका के ऊपर से उड़ते हुए हनुमान जी की तस्वीर को तकता रहता और कभी इस सोच में पड़ जाता कि यह काला साँप कि गर्दन में अलबेट[2] दिये सर पर फन फैलाये खड़ा है, शिव जी को फुंकार क्यों नहीं मारता। उनमें से हर दुकान पर रुका, खड़ा हुआ, खड़ा रहा और बेज़ार होकर आगे बढ़ गया। आख़िर दुकानों के चिराग़ों में बत्ती पड़ी, लैम्प और लालटेनों जलने लगीं और वह फिर घर की तरफ़ चलने लगा।

''कौन? ज़मीर? अँधेरे में खड़ा है? क्यों, कहाँ था अब तक?''

सीने में उमड़ता हुआ गुबार गले और आँखों की राह उमड़ पड़ा और अब्बा मियाँ सारा ग़ुस्सा भूल-भाल स़ीने से लगा उसे अन्दर ले गये।

अब्बा मियाँ उसे याद थे, अब्बा मियाँ की बातें याद थीं, अगरचे बिखरी-बिखरी सी अनमिल, बेजोड़ अन्दाज़ में। चौड़ा-चकला ढलता हुआ झुर्रियों वाला गोरा-गोरा बदन, सफेद हल्की-हल्की दाढ़ी, सर पर सफेद बाल, कमर थोड़ी झुकी हुई। जिस्म पर सफेद मलमल का कुर्ता, गले में लटकी हुई चाँदी की नन्ही-सी तलवार जिससे दोनों वक़्त खाने के बाद ख़िलाल करते। हुक़्क़ा पीते-पीते ऊँघने लगे हैं। हुक़्क़े की नै होठों से अलग की, चाँदनी बिछे तख़्त पर, सजे हुए गावतकिये पर कमर नीचे

---

1. लिपटा हुआ।
2. पतली-लचकदार घडी।

को खिसकी और सफ़ेद बर्फ़ पर सर टिक गया, खर्राटे लेने लगे। अभी ख़र्राटे ले रहे हैं और अभी ख़र्राटे लेते-लेते चौंके हैं और ज़ोहर की नमाज़ के लिए सीधे मस्जिद को। मेहराब पर क़रीने से ऊपर-नीचे चुनी हुई सुर्ख़ और सुरमई चिलमें कि कुछ शौक़ से ख़रीदी गयी थीं और कुछ तोहफ़े में आयीं और किसी पर सुनहरी किसी पर रुपहली बारीक नफ़ीस जाली खुदी हुई, भारी झालर वाला पंखा कि ऊँची डाट वाली छत के कुन्दों में लटका दोपहरी भर हरकत में रहता और बैठक के गोशे-गोशे[1] में हवा पहुँचाता, पीतल का चमकता हुआ गुलदान, कोने में रखी हुई लाम[2] की शक्ल की छड़ी, लम्बा चौड़ा तख़्त कि चाँदनी उस पर बिछी थी। चाँदनी पर क़ालीन और गावतकिया, अब्बा मियाँ सारा दिन इसी तख़्त पर बैठे रहते, आने वाले आते, मोढों पर बैठते, हुक़्क़ा पीते, पान खाते, बातें करते और चले जाते। बैठक फिर ख़ाली रह जाती और अब्बा मियाँ ऊँघने लगते। ''ज़मीर, तहसीना कहाँ हो'' वह और तहसीना भागे-भागे आते और अब्बा मियाँ से लिपट जाते, रोज़ इकन्नी जो उन्हें मिलती थी। मगर दोपहर को उनकी पुकार गिरफ़्तारी का पयाम[3] बनकर आती, ''बाहर लू चल रही है, सो जाओ''—एक बग़ल में तहसीना दूसरी बग़ल में वह, बीच में अब्बा मियाँ, उन्होंने ख़र्राटे लेने शुरू किये और तहसीना ने मानख़ेज़ नज़रों से उसे देखा, उसने तहसीना को। धीरे से उठे कि इतने में ख़र्राटों का तसलसुल टूटा, ''कहाँ जाते हो लेटे रहो और वह दोनों फिर दम साध कर आँखें मींच कर लेट जाते, लेटे रहते, लेटे रहते कि इतने में मलाई के बर्फ़ वाला घंटी बजाता, मलाई का बरेफ़ की सदा लगाता आता और वह बेअख़्तियार अब्बा मियाँ के पास से उठ लपकते, डरते गली में पहुँचते, अपनी-अपनी इकन्नी नेफ़े से निकाल मलाई का बर्फ़ खरीदना। चाक़ू से कटी हुई सफेद बर्फ़ की फाँकें हरे-हरे पत्तों पर जमी चली जातीं और फिर उनकी उँगलियों के मस[4] से पिघलती चली जातीं। बर्फ़ जब ख़त्म हो जाता तो उँगलियों का वास्ता ख़त्म हो जाता और बर्फ़ से सने पत्ते और ज़बान में बेवास्ता रिश्ता पैदा हो जाता। फिर गीली उँगलियों को दामन में पोंछते और अब्बा मियाँ के ख़याल से डरते-सहमते हौले-हौले अन्दर आते, इतने में दालान के किसी दूर से बुड़िया आहिस्ता से निकल कर रेंगती हुई ऊपर उठती नज़र आयी, ''बुड़िया'' और दोनों के दोनों तीर की तरह ज़ीने के रास्ते छत पर पहुँचते। तहसीना बुड़िया पकड़ लेती और मुँडेर पर खड़े हो बुड़िया चुटकी में पकड़ फ़िज़ा में बुलन्द करते हुए पैग़ाम देती, ''बुड़िया, बुड़िया अल्लाह मियाँ से मेरा सलाम कहियो'' ''और मेरा भी'' वह बेताबी से बोल उठता।

''तेरा क्यों, बुड़िया मेरी है। बुड़िया, बुड़िया अल्लाह मियाँ से तहसीना का सलाम

1. कोने-कोने।
2. उर्द का एक अक्षर।
3. सन्देश।
4. स्पर्श।

कहियो'' और चुटकी खुलती और बुड़िया, सफ़ेद गाला-झाला हवा के झोंके के साथ ऊपर उठती और ऊँची चली जाती। वह रुआँसा हो जाता और तहसीना से उसका दिल फिर जाता। उदास-उदास सारी छत पर भटकता फिरता। कभी इस मुँडेर के पास, कभी उस ममटी के क़रीब। कभी सूखी मरंड घास वाले बोसीदा छज्जे पर, कभी उस बड़े खड़ंजे पर जिसके रास्ते बरसात के दिनों में छत का सारा पानी सिमट कर दीवार से निकले हुए टीन के टूटे परनाले में जाता और धाड़-धाड़ गली में गिरता। फिर मायूस होकर वह नीचे उतरने लगता। इतने में बन्दरों के तुफ़ैल टूटी हुई ममटी में एक नन्ही-सी बुड़िया दुबकी नज़र आती, ''बुड़िया मिल गयी'' वह जोर से चिल्लाता। फिर वह भी उसी मुँडेर पर खड़ा हो पैग़ाम देता, ''बुड़िया मेरा सलाम अल्लाह मियाँ से कहियो।'' तहसीना किस हसरत से बुढ़िया को देखती, बुड़िया उसकी चुटकी से निकल धूप से तपती फ़िज़ा में तैरने लगती, रेंगती रहती और तहसीना लहक कर कहती, ''तेरी बुड़िया थकी हुई है। अल्लाह मियाँ के पास कैसे पहुँचेगी। लो जी वह तो नीचे आ रही है।'' वह फिर रुआँसा हो जाता कि इतने में हवा का एक ज़ोर का झोंका आता और बुड़िया नीचे आते-आते उठती और तेजी से बुलन्दियों पर बहती हुई चली जाती। अल्लाह मियाँ को सलाम ले जाने के सवाल पे उनमें हमेशा लड़ाई हुई, बुड़िया तो एक ही का सलाम ले जा सकती थी ना, और तहसीना ऐसी मतलबी कि बस अपना सलाम अल्लाह मियाँ को भेजती। हाँ, सेंगी बाई की जादू-भरी आवाज़ दूर से आती तो दिल उनके साथ-साथ धड़कते और सहमी आँखें आपस में एक ही कहानी कहतीं। मारे डर के नीचे मुँडेर के, दीवार से जीने की लगे दुबके बैठे रहते और इतने पास-पास हो जाते कि धड़कन एक-दूसरे के दिल की साफ़ सुनाई देती, बैठे रहते। फिर चुपके-चुपके सर निकाल कर गली में झाँकते कि सेंगी बाई है कि चली गयी, ''बुड़िया'' गली में भटकती हुई बुढ़िया को देखकर अचानक चौंकना, फिर सेंगी बाई को भूल-भाल मुवाफ़िक तीर के ज़न से ज़ीने से निकल आँगन में, आँगन से गली में, फिर बुड़िया ग़ायब, कहाँ गयी, छू हो गयी, और वह बुड़ियों की तलाश में एक लम्बे और ख़तरनाक सफ़र पर चल खड़े होते, भूँड़ की तरफ़, जहाँ आख के पौदे खड़े थे कि उनके हरे, कच्चे-कच्चे फलों को तोड़ने पर सफ़ेद-सफ़ेद दूध निकलता और जब पककर आप ही आप हटते तो अन्दर उनके बारीक सफ़ेद रेशम के तार से तने होते। चटियल मैदान कि चलते-चलते कोई शीशा तलवे में चुभ जाता और ख़ून निकलने लगता या गोखरू चुभ जाते और निकाले न निकलते। कहीं बदरंग काँटेदार झाड़ी, कोई आड़ा-तिरछा अकेला बबूल का पेड़, काली चित्तीदार सुर्ख़ दानों वाली झाड़ियाँ और परे उनके एक तरफ़ खंडाल का एक हरा-भरा पेड़, एक ऊँचा पीपल और कई एक घने नीम इतने गुँथे हुए कि नीचे उनके धूप का निशान तक न होता। उन दरख़्तों के करीब पहुँचने पर सफ़र की मंज़िल अक्सर बदल जाती और बुड़ियों से ज़हन गिरगिट की तरफ़ पहुँच जाता। उन दरख़्तों में जाने कितने गिरगिट छिपे थे कि दोपहरी में रोज़ एक-आध गिरगिट का भुरता होता और दूसरे दिन

आते जो नीम के किसी गुद्दे पर खंडाल की किसी टहनी में कभी सुर्ख़-सुर्ख़ मुँह नज़र आता, कभी पीली-पीली लम्बी दुम। खंडाल की लम्बी-लचकीली हरी सेंटों से और ईंटों से गिरगिट को मार के हज़रत अब्बास की मश्क में छेद करने का बदला लेना और एक-एक पल ख़ून बढ़ाना और फिर इससे परे चलते हुए कुएँ पर हाथ-मुँह धोना, चुल्लू भर-भर पानी पीना और कुंडी के ठंडे-मोतिया पानी में पैर डाल देना। पानी से लबालब भरी हुई काली चरस जब किनारे पर आ जाती तो गोरा-चिट्टा कड़ियल जवान हीरा रस्से को ज़ोर से खींचता और तान लगाता—

"हो जी गंगा-जमुना सरसुती सात संधूर भरपूर"

और उसके क़दमों में अनगिनत ठंडे-उजले बहते फूल बिखर जाते। काले घुटनों से ऊँची-मैली धोती और होठों से नीचे लटकी हुई गुच्छा खिचड़ी मूँछों वाला गुंदल बैलों का रस्सा खोलता, "तेरा बैल का मुँह हो" और इसके साथ हंटर पड़ने की सड़ाक सी आवाज़ जिसके असर से अड़े हुए बैल फिर ऊँचाई की तरफ़ चल पड़ते और इस तेज़ी से खुर मारते ख़ाक उड़ाते कि उसका दिल धक-धक करने लगता कि अब वह अपने रस्ते से हटे और उसके सर पर आये। वहाँ से हटकर फिर दरख़्तों के उस झुंड की तरफ हो लेते। फिर वही मारका, गिरगिट..... गिरगिट से वह डरता भी था और दिखाई दे जाता तो मारे बग़ैर छोड़ता भी नहीं था। पली भर ख़ून जो घट जाता। हाँ, एक बार वह गिरगिट को नहीं मार सका था, बस एक बार, मारना क्या हाथ ही नहीं उठा।

"गिरगिट" उसकी आस्तीन पर तहसीना की गिरफ़्त सख़्त हो गयी और दोनों खड़े के खड़े रह गये। पीपल की जड़ से निकल कर वह तने पर चढ़ रहा था। उसने ईंट उठाई, ईंट उठाई थी कि वह चढ़ते-चढ़ते एकदम से रुक गया, मुँह उसका तने से कोई एक अंगुल ऊँचा उठ गया और सुर्ख़ होते अंगारे की तरह दहकने लगा। सुर्ख़ी उसकी गर्दन में, उसकी पीठ में लहरें लेने लगी और फूल के वह पहले से दुगना मोटा हो गया। तहसीना की मुट्ठी ने उसकी आस्तीन के साथ-साथ उसका बाजू भी उँगलियों में जकड़ लिया। दोनों दिल एक आहंग, एक रफ़्तार से धड़कने लगे। दोनों एक बन गये। अकेले, कोसों आदमी न आदम ज़ाद, न आदम ज़ाद की आवाज़, पानी की भरी चरस कुएँ में लटकी और बैल ढलान पर उतरते-उतरते जैसे यकायक रुक गये हों और हीरा और गुंदल कुआँ छोड़कर कहीं गुम हो गये हों? हर चीज़, हर आवाज़ ठहर गयी थी। क़दम उनके, धड़कते हुए दिल उनके, हाथ में उठाई हुई ईंट, पीपल के गुद्दे, खंडाल की लम्बी, लचकती शाखें। एक चीज़ बस हरकत में थी, हरकत में थी, लहरा रही थी। सुर्ख़ी अब बल खाके हरी पड़ती जा रही थी, उमड़ती, बल खाती हरी लहर, गिरगिट जानो गुम हो गया था या घुलकर रंग की लहर बन गया था, पेच खाती, गर्म होती हरी लहर, लहर फिर बदली, रंग ने तीसरी जोन ली। हरी लहर नीली पड़ने लगी। फिर गिनती का एहसास भी जाता रहा, कुछ ख़बर न थी कि कब के खड़े हैं, कब तक खड़े रहे हैं, रंग कौन-कौन सी जोन ले चुका है, और कौन-सी जोन और लेगा।

चौंके तो पीपल के पत्तों में एक पीली दुम घूमती हुई गुम हो रही थी। दम में दम आया और दिल फिर हरकत करने लगे। पसीने की तली चलने लगी। क़दम जो जम गये थे, अब आप ही आप कुएँ की तरफ उठने लगे, जहाँ चरस अपने मामूल से चल रही थी और ठंडा निखरे हुए मोतियों जैसा पानी हीरा के सफ़ेद पैरों पर बहता हुआ था पक्की कुंडी में, पक्की कुंडी से कच्ची नाली में और नाली से खेतों में जा रहा था। ख़ामोशी से पानी पिया और जल्दी से घर की तरफ़ चल पड़े, चुपचाप, गुम-सुम, आँखों में दहशत बाकी थी और धड़कना दिलों ने अभी बन्द नहीं किया था, हवा बन्द, मकोह और आख की झाड़ियाँ कि जैसे धूप में पिघलने लगी हैं। ज़मीन ने क़दम एकदम से फिर पकड़ लिए। चार क़दम आगे एक चक्कर तेज़ी से घूमने लगा था। "चुड़ैल" तहसीना ने आस्तीन उसकी फिर जकड़ ली। चक्कर तेज़ी से घूमता-घूमता फैलने लगा और आस-पास पड़े हुए काग़ज, पतंगों की टूटी कमानियाँ, मुर्गियों और कबूतरों के इक्का-दुक्का मैले पर, छोटी-छोटी कंकरियाँ अपनी लपेट में लेता आगे बढ़ने लगा, पेच खाता ऊपर उठने लगा।

वापस घर पहुँचे तो बड़ी आपा ने आड़े हाथों लिया, "कहाँ गये थे तुम? ज़रा सूरत देखो, मुँह सुर्ख़ हो रहा है। डूबे, लुओं में मारे-मारे फिरे हैं।"

बड़ी आपा चिल्लाती रहीं और वह दोनों के दोनों चुप। बड़ी आपा कहने को फूफी, अस्ल में माँ से ज़्यादा। तहसीना बेटी थी, पर बेटी से ज़्यादा उसे चाहती थी। नहलाना-धुलाना, रात को पास सुलाना, बाबा जब उसे जब साथ ले जाने लगे तो रूठीं, ख़फ़ा हुईं, मन्नतें कीं, अम्मी को बुरा-भला कहा, फिर कुछ न चली तो रोईं, बाबा बात के ऐसे पक्के निकले कि न अब्बा मियाँ की बात का ध्यान दिया, न बड़ी आपा के तांसने पर पसीजे।

"हाँ भइया, तुम्हारी औलाद है, तुम्हें अख़्तियार है, बीवी ने कहा होगा कि लौंडा फूफी के पास रहकर बिगड़ जावेगा, लेके आओ, हाँ भइया शौक़ ले के जाओ, हम कौन हैं रोकने वाले।"

बड़ी आपा तांसती रहीं, बाबा सुनते रहे, मगर इरादे में ज़रा फ़र्क न आया। बाबा करते वही थे जो जी में आती थी। मगर सुनते थे ख़ामोशी से। अब्बा मियाँ के सामने तो बिल्कुल ही चुप रहते। उन्हीं दिनों की एक तस्वीर अब तक उसे याद है। सुबह-सुबह बैठक में लोग इकट्ठा थे और अब्बा मियाँ की आवाज़ बार-बार ग़ुस्से से काँपने लगती और मुँह सुर्ख़ पड़ जाता। इतने सवेरे लोगों का बैठक में इकट्ठा होना भी अजीब-सा था क्योंकि अब्बा मियाँ इतने सवेरे न तो बैठक खोलते थे और न मिलने वाले आते थे। हवा रात में बन्द थी। रात को गर्मी से कई बार उसकी आँख खुली और देखा कि बड़ी आपा जागती हैं और पंखा झलती हैं। सुबह सवेरे फिर गर्मी से उसकी आँख खुल गयी। सारा आँगन पीला-पीला हो रहा था। एक ग़ुबार दीवारों पर, मुँडेरों पर, छत पर, नीम के ऊपर ग़रज़ कि सब जगह तैर रहा था, तैरते-तैरते रुक गया था। बड़ी आपा

नमाज़ की चौकी पर थीं और अपनी मीठी, दुख भरी आवाज़ में मुनाजात[1] पढ़ रही थीं–

मौला अली, वकील अली, बादशा अली

संबह की नमाज़ के बाद यह मुनाजात आपा का मामूल था, रोज़ यही होता कि आँखें उसकी अभी बन्द हैं और आधे सोये और आधे जगते की कैफ़ियत है और कानों में चाँदी की कटोरियाँ सी बज रही हैं–

मौला अली, वकील अली, बादशा अली

बड़ी आपा की आवाज़ में अजब रिक्क़त और दर्द की कैफ़ियत थी और मुनाजात पढ़ते देख कर कि बस पिघलेंगी और सुबह के पाकीज़ा धुँधलके में घुल जायेंगी। पीला-पीला आँगन, हवा बन्द और बड़ी आपा की रिक़्क़त भरी मीठी आवाज़, एक ठंडी रोशन लकीर आँगन की पीली गर्म फ़िज़ा में रास्ता बनाती हुई, उसकी आँखें फिर मुँदने लगीं। लेकिन बन्द हवा सोने कहाँ देती थी। वह उठ बैठा, बड़ी आपा मुनाजात पढ़ती थीं, ताई अम्मा वजू कर रही थीं, तहसीना बेसुध पड़ी ख़र्राटे ले रही थी, और बैठक से ज़ोर-ज़ोर से बातें करने की आवाजें आ रही थीं। बैठे-बैठे उसे उकताहट हुई, आँखें मलता चारपाई से उतरा और सीधा बैठक में।

"सुन रहे हो, बुनियाद अली, पीर जी की बातें।" अब्बा मियाँ ज़ोर-ज़ार से बोल रहे थे, "अमाँ, पीर जी तुम मुझे झूठा कह सकते हो, मगर अख़बार को क्या करोगे। फ़ाइल निकलवाऊँ और दिखाऊँ आपको अख़बार।"

अख़बार के ज़िक्र पर पीर जी थोड़ा-सा सिटपिटाए और बुनियाद-अली पर अब्बा का सिक्का जम गया।

अब्बा मियाँ और तेज़ हुए।

"यह तन्हा थोड़े ही है, और सुनिये" अब्बा मियाँ रुके और पीर जी से आवाज़ ऊँची करके बोले, "पीर जी और सुनिये, हुज़ूर रसूले-मक़बूल[2] के रौजे[3] का भी गुम्बद गिरवा दिया।"

"गुम्बद गिरवा दिया" बुनियाद अली, मौलवी सलाउल्लाह शेख, ज़ियाउल हक़ सब के बदन काँपने लगे, "नहीं साहब, ख़याल में आने वाली बात नहीं है।"

"नहीं साहब", अब्बा मियाँ गरज–"तो अख़बार तो मान लो कि झूठा हुआ ना?"

सब के सब चुप हो गये।

पीर जी बोले, "गिरवाया तो नहीं है, उतरवाकर अलग रख दिया है।"

अब्बा मियाँ बोले, "तो हुआ क्या कि ऐन दोपहर में एक बदली उठी, सारा मदीना खुश्क और रोज़ए-मुनव्वरा[4] पे झम-झम पानी बरसा कि गुम्बद शरीफ़ और सहने-अक़्दस[5] धुल के गर्द से पाक हो गये।"

---

1. ऐसी कविता जिसमें अपनी आजिज़ी और खुदा की तारीफ़ करके दुआ माँगी जाती है।
2. मुहम्मद साहब।
3. मज़ार।
4. रोशन मज़ार।
5. पवित्र सहन (आँगन)।

अक़ीदत से सबके सर झुक गये। पीर जी ख़ामोश, मौलवी सनाउल्लाह की आँखों से आँसू जारी हो गये थे। बाबा अलग मोढे पर चुपचाप बैठे थे, वह कल ही छुट्टी पर आये थे। बीच में मौजूद लेकिन किसी बात की हिमायत न मुख़ालफ़त और न चेहरे पर ग़ुस्सा न अक़ीदत, अपनी-अपनी आदत। बाबा, अब्बा मियाँ के बर-अक्स[1] थे।

अब्बा मियाँ हुक़्क़ा पीते रहे, फिर हुक़्क़े को बुनियाद अली की तरफ़ सरका दिया, "शेख जी तुम मुन्सिफ़ी करो" वह फिर बोले, "ऐसा शख़्स मुसलमान कहलाने के मुस्तहक़ है?"

शेख़ ज़ियाउल हक़ फ़ौरन बोले, "तोबा करो, ऐसा शख़्स और मुसलमान।"

"ऐसा शख़्स मुसलमान तो न हुआ ना?"

"नहीं, हरगिज़ नहीं।"

"और जो ऐसे शख़्स की हिमायत करे वह मुसलमान होगा?"

"हरगिज़ नहीं।"

"तो अब सुनो" अब्बा मियाँ बोले, "तुम्हारे रईसुल-अहरार[2] ने इसी इब्ने-सऊद की हिमायत की थी।"

"इब्ने-सऊद की?"

"वल्लाह, इब्ने-सऊद की। जो झूठ बोलता हो वह काफ़िर, अख़बार मौजूद है, उसमें उनके क़लम की तहरीर दी हुई है।"

पीर जी फिर बोले, "रईसुल अहरार की दलील यह थी....."

अब मौलवी सनाउल्लाह बोले, "यह तो मज़हब की बात हुई, सियासत के बारे में जो उनकी राय थी, उस पर इसका क्या असर पड़ता है।"

"लीजिए साहब," अब्बा मियाँ तंज़िया हँसी हँसते हुए बुनियाद अली की तरफ़ मुख़ातिब हुए, "बुनियाद अली सुनते हो क्या कह रहे हैं शेख़ जी... अमाँ शेख़ जी आप हैं कांग्रेसी। मेरा तो रुए-सुख़न इन चार मुसलमानों की तरफ़ है।"

बुनियाद अली ने हुक़्क़ा फिर अब्बा मियाँ की तरफ़ बढ़ा दिया। अब्बा मियाँ ने हुक़्के की नै होठों में ली।

दो-तीन घूँट लिये, खाँसना शुरू कर दिया फिर घूँट लिये और आहिस्ता-आहिस्ता उनकी आँखें बन्द होने लगीं।

"ख़ैर, जैसा किया वह उनके साथ। अब वह इस दुनिया से उठ गये। अल्लाह उनके गुनाहों को माफ़ करे।" बुनियाद अली ठंडा साँस भर के बोले।

अब्बा मियाँ की आँखें वैसे ही बन्द थीं। और हुक़्क़ा बदस्तूर गुड़-गुड़ कर रहा था।

"वैसे यह ख़बर सही भी है?" मौलवी सनाउल्लाह ने शक भरे लहजे में सवाल

---

1. उल्टे।
2. अख़बार का नाम।

किया।

"साहब सुना है, अल्लाह जाने।" बुनियाद अली ने जवाब दिया। "अख़बार में तो अभी कुछ आया नहीं है, क्या कहा जा सकता है" पीर जी बोले। अब्बा जी खँखारे, हुक़्क़े की नै को अलग किया, कहने लगे, "आज की ख़बर है तो अख़बार कल पहुँचेगा।" उन्होंने हुक़्क़े की नै फिर मुँह में ले ली और फिर आँखें बन्द कर लीं।

"ख़ुदा करे झूठ हो।" शेख ज़ियाउल हक बोले। बाहर सड़क पर एक दबा-दबा सा हंगामा पैदा हुआ और बहुत से क़दमों की मद्धिम चाप।

"क्यों भई, कैसा जुलूस है यह?" एक शख़्स चलते-चलते बीच सड़क पर ठिठक गया।

"जुलूस?" बैठक में सब के सब चौंक पड़े। जुलूस चलते-चलते बैठक के सामने आ गया। काला झंडा आगे-आगे, पीछे एक मजमा, खद्दर पहने कांग्रेसी रज़ाकार[1] तुर्की टोपी और शेरवानियाँ पहने हुए मुसलमान शोरफा[2]। शेख़ जियाउलहक, पीर जी, बुनियाद अली और मौलवी सनाउल्लाह सब के सब अन्दर से बाहर चबूतरे पर आये, फिर नीचे उतर कर जुलूस में शामिल हो गये।

अब्बा मियाँ आहिस्ता से उठे और चबूतरे पर आ खड़े हुए। बाबा[3] उनके पीछे-पीछे। जुलूस जब बैठक के आगे से गुज़र गया तो अब्बा मियाँ के क़दम शायद बे इरादा उठे और आहिस्ता से नीचे उतर कर वह भी जुलूस के पीछे-पीछे हो लिए। बाबा उनके साथ थे और वह भी उनके साथ हो लिए।

फ़क़ीर परचुनिया सौदा तोलते-तोलते दुकान से उठा और नीचे आ खड़ा हुआ, "मियाँ क्या हुआ।"

"मौलाना मुहम्मद....."

"मुहम्मद अली शौकत अली?"

"हाँ मुहम्मद अली, शौकत अली। लाला जी दुकान बन्द कर दो।"

"लालाजी, क्या हुआ, घटना हो गयी?"

"हम्बे, मुहम्मद अली, शौकत अली का देहान्त हो गया।" फ़क़ीर चन्द ने दुकान को ताला लगाया और लपक-झपक आगे बढ़ जुलूस में शामिल हो गया।

"मुहम्मद अली, शौकत अली ख़िलाफ़त वाले?"

"क्या कहा? ख़िलाफ़त वाले मुहम्मद अली शौकत अली गुज़र गये?" दुकानें बन्द होने लगीं। किसी ने दुकान बन्द कर धड़े पर बैठ जाना मुनासिब जाना, कोई जुलूस में जा मिला। ख़ामोश जुलूस सड़कों और गलियों से निकलता हुआ ठठेरों वाली गली में पहुँचा, वहाँ से निकल कर बड़े बाज़ार में, बाज़ार से पेंठ के मैदान में

---

1. स्वयंसेवी।
2. शरीफ़ का बहुवचन, उच्च वर्ग।
3. पिता।

आया और रुक गया!

"हज़रात बैठ जाइए।" एक शख़्स बुलन्द आवाज़ में बोला और मजमा बड़ी ख़ामोशी से मैदान में बिछे हुए फ़र्श पर बैठ गया। फिर समद आगे बढ़ा और चादर बिछे हुए तख़्त पर जा पहुँचा, कांग्रेस के हर जुलूस में समद खद्दर का लम्बा कुर्ता पहने, ऐनक लगाये, बाल बढ़ाये, आगे-आगे होता था। कभी-कभार कई महीनों के लिए ग़ायब हो जाता और जुलूस में बिल्कुल दिखाई न देता। पता चलता कि जेल चला गया और फिर किसी दिन यकायक जुलूस में सबसे आगे झंडा लिए नज़र आता और ज़ोर-ज़ोर से नारे लगाता, गला फाड़कर तक़रीर करता, आज उसने कोई नारा नहीं लगाया था। वह तख्त पर खड़ा हुआ। मजमा ख़ामोश था। चन्द लम्हे वह चुप खड़ा रहा, फिर बुलन्द आवाज से बोला, "भाइयो, हमवतनो, आज रईसुल-अहरार[1]....." उसकी आवाज़ भर्रा गयी। चुप हुआ, गला साफ़ किया फिर बोला, "भाइयो आज. .." आवाज़ फिर भर्राने लगी, फिर ख़ामोश हो गया। मजमा बदस्तूर ख़ामोश था। बहुत से लोग उसकी तरफ़ ताक रहे थे। बहुत-सों के सर झुक गये थे। बाज़ लोगों ने चुपके-चुपके रोना शुरू कर दिया था। एक शख़्स ने पानी, का गिलास समद को पकड़ा दिया। समद ने पानी पिया, रुमाल से मुँह पोंछा, फिर एतमाद से खँखार कर बोला, "हमवतनो, रईसुल-अहरार ने फ़रमाया था कि मैं आज़ादी लिए बगैर अपने मुल्क वापस नहीं जाऊँगा।" समद चुप हुआ, फिर एक साथ रिक़्क़त[2] भरी आवाज़ में चिल्ला कर बोला, "तो मुसलमानो, रईसुल-अहरार वापस नहीं आये, वह हमें..... हमें वह छोड़ गये।" समद की आवाज़ भर्रा गयी और वह स्टेज से नीचे उतर गया।

2

माज़ी उसके लिए खुशबू थी कि उड़ रही थी, हिजरत[3] कर रही थी। लम्बी रातों और खड़ी दोपहरियों का वह बे अन्त सिलसिला अब एक-आध बिसरा ख़्वाब था। आँगन वाला नीम का पेड़, ऊँची-नीची, लम्बी-चौड़ी छतें, काई जमी मुँडेरें और दीवारें, सबसे ऊँचे कोठे वाली वह मुँडेर जिसे बन्दरों ने आधा तोड़ डाला था, परे नज़र आता हुआ लाल मन्दिर, लाल मन्दिर के बहुत परे खड़ा हुआ मोटा मुट्ठस पेच, बीच-बीच में नीम और पीपल और शीशम के दरख़्त खड़े हुए, सब चीज़ें वैसी ही होते हुए वैसी ही नहीं थीं। इससे वह सबकी सब कितनी दूर हो गयी थीं। लगता था कि दूसरे जनम में उनसे मिल रहा है। बरसों बाद वह वापस आया था। क्या ख़बर है कि अभी और कब तक वह वापस न आता मगर अब्बा मियाँ की बीमारी का तार पहुँचा

1. आज़ाद लोगों के सरदार।
2. दर्द, रोना।
3. स्थानान्तरित।

और बाबा मियाँ ने जल्दी-जल्दी छुट्टी ली, अम्मी ने सफ़र का सामान तैयार किया और चल खड़े हुए। मगर सफ़र घंटों का तो नहीं था, दिनों का था। सूबे से सूबे में यूँ तो नहीं पहुँच जाते। गाड़ी दिन भर चलती, रात भर चलती। चलते-चलते खड़ी हो जाती, फिर चलने लगती। रात के अँधेरे में कभी किसी स्टेशन के क़रीब, कभी बीच जंगल में खड़ी हो जाती और सीटी देने लगती। कभी-कभी इतनी देर खड़ी होती कि मुसाफ़िर उकता कर गाड़ी के नीचे उतर पड़ते और टोलियों की टोलियाँ पटरियों की बीच में बिछे कंकरों को रौंदती हुई चहल-कदमी[1] करने लगतीं। बाबा पहलू बदलते, खिड़की से झाँककर देखते और बिल-आखिर नीचे उतर कर किसी चेकर से पूछ-गछ करने लगते कि इतने में दूर पटरी पर रोशनी का एक हंडा दिखाई देता जो क़रीब आने पर इतना तेज़ होता कि कानों के पर्दे फटने लगते। मगर जब मुसाफ़िरों से भरे हुए रौशन डिब्बे खड़े हुए डिब्बों के बराबर से तेज़ी से गुज़रते हुए अँधेरे में खो जाते तो वह शोर भी दूर होता, गुम होता चला जाता, रुकी हुई गाड़ी में झटका लगता, सारे डिब्बे हिल उठते, गाड़ी फिर चल पड़ती।

सफ़र में अम्मी ने कई बार अपनी उल्टी आँख फड़कने का ज़िक्र बड़ी फ़िक्र मंदी से किया। सफ़र के तीसरे दिन सुबह को उन्होंने चलती गाड़ी से सामने कच्चे रास्ते पर एक बैल को मरा पड़ा देखा। बेसाख़्ता मुँह से निकला, "इलाही ख़ैर" फिर गाड़ी रुक कर खड़ी हो गयी। बस इसके बाद तो उनका सारा सफ़र ही तश्वीश में कटा।

बाबा ने चलने में बहुत जल्दी की थी, मगर अब्बा मियाँ ने उनसे ज़्यादा जल्दी की। पहुँचे हैं तो तीजा तक हो चुका था। बड़ी आपा बाबा से मिलकर बहुत रोईं, बैन[2] किये और बैन में अब्बा मियाँ की तरफ़ से शिकायतें कीं, कि मरते वक़्त बाप को पानी नहीं पिलाया। कभी शिकायत, कभी ताना, कभी अब्बा मियाँ से इन्तज़ार का ज़िक्र, कभी अपनी घबराहट का तज़किरा।

आख़िर वक़्त तक दरवाज़े पर टकटकी बँधी रही, अब आओ, अब आओ। बार-बार पूछते, छम्मो, गाड़ी देखने किसी को भेजा है। बड़ी हसरत थी कि बेटे की सूरत देख लें, बड़ी आपा की आवाज़ फिर भर्रा गयी और बाबा की आँखें फिर नम हो गयीं। रात को जब वह आकर उतरे हैं तो तड़का हो रहा था। बड़ी आपा बाबा के गले में बाँहें डाल कर और अम्मी के सर से सर जोड़कर जाने कब तक रोती रहीं। उसकी तो चारपाई से कमर लगते ही पट से आँख लग गयी थी। अब सुबह उठने पर उसे लगा कि रात का वह सिलसिला अब तक जारी है, हाँ बस एक ठहराव के साथ। बड़ी आपा रोते-रोते चुप हो जातीं, बातें करने लगती। उनके हाथ में सरौता चलने लगता। फिर जाने क्या होता कि उन्हें अब्बा मियाँ की कोई बात याद आ जाती, आँखें डबडबाने लगतीं, आवाज़ रुँध जाती और ऊँची आवाज़

---

1. टहलना।

2. मरने वाले की खूबियों का वर्णन कर रोना।

से रोना शुरू कर देतीं। बाबा चुप थे। हाँ बार-बार आँख ज़रूर नम हो जाती थी। सर झुक जाता था। आख़िरी वक़्त में अब्बा मियाँ की सूरत न देखने और ख़िदमत न करने का ग़म, फिर बड़ी आपा के बैन भरे ताने, बाबा का सर झुक जाता और जेब से रुमाल निकाल कर आँखों पर पहुँच जाता। बड़ी आपा की आँखों की तरह उनकी आँखें सूजी हुई तो नहीं थीं, मगर सुर्ख़ पड़ गयी थीं।

"बस एक तमन्ना रह गयी बीबी कि बेटा जनाज़े को काँधा दे, बाक़ी तो खुदा बख्शे अल्लाह ने सारी तमन्नायें पूरी कीं।" ताई अम्माँ के लहजे में अफ़सोस की कैफ़ियत के साथ-साथ दिलासा देने का अन्दाज़ भी था।

"अल्लाह औलाद को सब कुछ क़ाबिल बना कर दुनिया से उठे, ऐसी सुख की नींद अल्लाह हर किसी को नसीब करे।" ताई अम्माँ को जाने क्या ध्यान आया कि बोलते-बोलते चुप हो गयीं। उनकी आँखें ख़ला में घूरने लगी थीं। चुप बैठे-बैठे आहिस्ता से चौंकीं, बोलीं, "बीबी बिल्कुल ऐसा लगे था सो रिये हैं, जानो अभी आँख लगी है, और ज़रा खटका हुआ तो चौंक के आँख खोल देंगे।"

बड़ी आपा ताई अम्माँ का मुँह तकने लगीं। फिर कहीं और जा पहुँचीं। "पूछने लगे क्या दिन है? मैं बोली जुमरात, पएती पर तहसीना बैठी थी, उसे तकने लगे, बोले नादे-अली[1] पढ़ो, मैं नादे-अली पढ़ने लगी.....एक साथ आँखें खोल दीं और दरवाज़े को तकने लगे.....जैसे कोई दरवाज़े पर खड़ा हो.....कहने लगे छम्मो.....मौला आये हैं.....फिर आँखें मुँदती चली गयीं।" सब चुप, अपनी जगह बुत बने हुए, किसी ध्यान में डूबे हुए। वह फिर बड़ी आपा को तकने लगा था जिनकी आवाज़ अबकी बार बिल्कुल नहीं भर्राई थी।

"आख़िरी वक़्त में मौला मुश्किल कुशा[2]" ताई अम्माँ की ध्यान में डूबी हुई आवाज़ सरगोशी जैसी कैफ़ियत के साथ उभरी और डूब गयी। फिर वही चुप। आँगन की हर चीज़ साकित[3] थी। धूप भी नीम के नीचे पड़ी चारपाई की पाँएती पर आकर रुक गयी थी। नीम की किसी ख़ामोश टहनी से कोई नन्हा-सा ज़र्दी मायल[4] सफ़ेद फूल झड़ता और आहिस्ता से किसी गोद में, किसी काँधे पर, किसी सर में आ पड़ता। नन्हे-नन्हे ज़र्दी मायल सफ़ेद फूल ख़ामोशी से झड़ रहे थे और बिखर रहे थे। बड़ी आपा के घुटने पर रखे हुए सूखे सर में, ताई अम्माँ के सफ़ेद बर्फ बालों में और अम्मीं की खिचड़ी चुटिया में, पानदान पर, चारपाई पर, चारपाई के बराबर बनी हुई घड़ौंची और उस पर रखे हुए कोरे सुर्ख़ घड़ों पर।

जाने कैसे, मगर फिर वही ज़िक्र निकला, मगर इस बार सरगोशियों में ताई अम्माँ की आवाज़ इतनी आहिस्ता होती कि उसे कुछ सुनाई न देता कि क्या कह

1. एक दुआ जो परेशानियों में पढ़ी जाती है।
2. दुखों को दूर करने वाले अर्थात मुसलमानों के इमाम हज़रत अली।
3. बेजान।
4. पीलेपन की ओर।

रही हैं, बस होंठ हिलते और डली-सी आँखें हैरत से गर्दिश[1] करतीं और बातें करती दिखाई देतीं और बड़ी आपा के हाथ में चलता हुआ सरौता एकबारगी रुक जाता।

"अच्छा बड़ी आपा मेरा तो दिल धक से रह गया" अम्मी की आवाज़ सरगोशी की हद से निकल कर ज़रा बुलन्द हो चली थी। "मैंने तुम्हारे भाई से कहा, उन्होंने झिड़क दिया कि तुम्हारा वसवसा[2] है, आबादी क़रीब है, किसी किसान का बैल होगा, मर गया। मगर आपा मेरा दिल अन्दर से धुकुड़-पुकुड़ करे कि या अल्लाह गाड़ी बीच जंगल में क्यों रुकी और आस-पास कोई खेत नहीं, कोई गाँव नहीं, बैल किसका है।"

"अरी बहनो", बड़ी आपा के लहजे में आवाज़ बुलन्द होते हुए भी सरगोशी की कैफ़ियत थी, और आँखों में हैरानी। "मैंने तो बहनो तीन दिन पहले ख़्वाब देख लिया था। क्या देखूँ हूँ कि अब्बा मियाँ हैं, आवाज़ दे रहे हैं, छम्मों, छम्मो, मैं दालान से निकली हूँ। पुश्त उनकी मेरी तरफ़, बाहर दरवाज़े की तरफ़ जा रहे हैं। मैं बोली हूँ कि अब्बा मियाँ, इस लू में आप कहाँ जा रहे हैं, कह रहे हैं, बीबी, लू कहाँ, दिन ढल रहा है। अज़ान हुई है। नमाज़ को जाता हूँ, दरवाज़े अन्दर से बन्द कर लो।"

फिर सब के सब चुप थे, इसी तरह अपनी जगह बुत बने हुए। किसी दूर के ध्यान में डूबे हुए। नीम की टहनियाँ कि दम भर पहले हवा से लहरा रही थीं, अब सर निगूँ[3] हो गयी थीं और नन्हे ज़र्दी मायल सफेद फूलों के गिरने की रफ़्तार फिर इतनी तेज़ पड़ गयी कि जानो फ़िज़ा में रेंगते हुए नीचे आ रहे हैं।

ताई अम्माँ को हरकत हुई, "तोबा-तोबा बड़ी गर्मी है, हवा बिल्कुल रुक गयी है।" और उन्होंने ज़ोर-ज़ोर से पंखा झलना शुरू कर दिया।

बड़ी आपा चौंकीं। उन्हें याद आया कि बाबा को नहाना है, "तहसीना अरी तहसीना, बीबी जरा गुस्लख़ाने में तौलिया-साबुन रख दे और देख ले कसले में पानी है।"

बड़ी आपा को बातें करते-करते किसी भी बात पर अब्बा मियाँ याद आ जाते, उनकी बात का ख़याल आ जाता, आँख भर आती। शुरू में ये लम्हे जल्दी-जल्दी आते, फिर वक़्फ़े लम्बे होने लगे। लम्हे देर से आते और जल्दी रुख़सत हो जाते। सोग की फ़िज़ा हवेली से रुख़्सत हो चली थी और रोज़मर्रा के काम शुरू हो गये थे। अब्बा मियाँ की याद कम होने लगी थी और बड़ी आपा की तवज्जोह का मरकज़[4] बाबा बनने लगे थे। फिर अम्मी थीं कि बहुत दिनों के बाद मिली थीं और सैकड़ों

1. घूमती।
4. वहम।
3. झुकी हुई।
4. केन्द्र।

बातें उनसे करती थीं, ज़रूरी भी और ग़ैरज़रूरी भी, फिर वह उसे देखतीं और उन्हें ख़याल आता कि शादी उसकी कब होगी।

"माशा अल्लाह जवान हो गया है और तालीम से फ़राग़त हो गयी समझो, बहू तुम इसका ब्याह कर दो।"

अम्मी जवाब देतीं, "बड़ी आपा तुम्हारे भाई कहते हैं कि हम लौंडे की मंशा के बग़ैर शादी नहीं करेंगे। नयी रोशनी के लौंडे हैं, माँ-बापों की पसन्द से उनकी पसन्द नहीं मिलती। उनका कहना तो यह है कि भई ख़ुद पसन्द कर लें, हम शादी कर देंगे।"

"क्यों ज़मीर बेटा, तुम्हें कैसी दुल्हन पसन्द है?" बड़ी आपा का रुख़ उसकी तरफ़ हो जाता।

ताई अम्माँ बोल उठतीं, "अजी तुम्हें न बता के देगा। बेटा मेरे कान में बता दे, जैसी दुल्हन कहोगे वैसी ही ढूँढ़ के ला दूँगी।"

"हाँ-आँ दुल्हनें तो खीरा-ककड़ी हैं ना कि पेंठ में गये और ख़रीद लाये।" बड़ी आपा की आवाज़ में गर्मी पैदा हो जाती, "ताई अम्माँ अच्छी दुल्हन गिरी-पड़ी नहीं मिलती है।"

मौज़ू[1] इस आहिस्तगी से बदलता कि उसे एहसास तक न होता कि उसकी शादी से हटकर लड़के-लड़कियों की उमूमी[2] हालत पर बातें होने लगतीं और बात कहीं से कहीं पहुँचती। वह फिर अलिफ़ लैला पढ़ने में लग जाता। उसके अपने बैठने के लिए ऐसी जगह मुन्तखब की थी जहाँ सबसे देर में धूप पहुँचती थी। क्यारी से हटकर जहाँ पोदीने के अलावा बेले के भी कई पौदे खड़े थे, नीम का घना पेड़ था जिसके नीचे दीवार के सहारे लम्बी घड़ौंची बनी थी कि ख़ुद हरी-भरी एक क्यारी थी, कोरे-कोरे घड़े, कच्ची ठलियाँ, काली सुराही जिसकी पतली लम्बोतरी गर्दन में अक्सर बेले के फूलों का गजरा पड़ा होता, चमकता-दमकता मुरादाबादी गिलास, और नीम के ज़र्दी मायल सफ़ेद फूल कि घड़ों की भीगी तश्तरियों पर गिलास में घड़ौंची पर एक तरफ़ रखी हुई पानी की तर-बतर थाली में और घड़ौंची की कच्ची ज़मीन पर बिखरे होते। सरकंडे की तीलियों वाला मोंढा उसने क्यारी और घड़ौंची के बीच में दीवार के सहारे डाला था और उसे अपनी मुस्तक़िल बैठक बना लिया था। पास ही छपर खट पर बड़ी आपा, अम्मी और ताई बैठी रहतीं, पानदान खनकता रहता और सरौता चलता रहता। कभी-कभी बाबा का बैठक में बैठे हुए दम घुटने लगता और एक चारपाई नीम के नीचे पड़ जाती। चारों तरफ़ पीले-पीले और ज़र्दी मायल सफ़ेद बोसीदा काग़ज फैले बीच में बाबा जो ऐनक लगाये हर काग़ज़ के एक-एक लफ़्ज़ को एहतियात से पढ़ते और पुराने-धुराने बस्ते में तह करके रखते जाते इस

1. विषय।

2. सामान्य।

अरक़-रेज़ी[1]' के बावस्फ़[2] कोई ऐसा काग़ज़ अब तक उनके हाथ नहीं आया था कि गिरवी पड़ी हवेली का मुक़द्मा जीतने की सूरत पैदा होती। लम्बा छड़ी-सा क़द, रंग गंदुमी[3], बाल खिचड़ी, ख़ानदान को पहले शख़्स थे कि पतलून पहना और सरकारी नौकरी की। ताई अम्माँ के हमेशा उनकी रविश पर एतराज़ रहा। कहा करती थीं, "अजी तहसीलदारी से पहले भी तौर यही था, बिरजिस डाले, फ़ुल बूट चढ़ाये खट-खट करता शिकार से वापस आया। बन्दूक़ कोने में रख, थैला गले से उतार फ़ुल बूट एक तरफ़ फेंक, चौकी पर खड़ा हो नमाज़ पढ़ने लगा। मैं हाँ-हाँ करती कि शब्बू मियाँ, बिरजिस उतार दो, वज़ू कर नमाज़ पढ़ें हैं, वहाँ पाजामा कोई नहीं पहनता। ख़ाक-भूभल पड़े विलायत वालों पर बिरजिसों और पतलूनों में लोग नमाज पढ़ने लगें, तो क़यामत न आ जावे और बीबी तहसीलदारी के बाद तो जेन्टिल-मैंनी में जो कसर रह गयी थी, वह भी पूरी हो गयी।" अब्बा मियाँ मुझ डूबी को ताने देवे थे, "ताई अम्माँ तुम्हारे शब्बीर हुसैन तो बिल्कुल अंग्रेज़ हो गये हैं, तुमने पाला था, तुम ही जानो।" ऐ मियाँ मैं क्या जानूँ। मैंने पाला था, यह थोड़ा ही कहा था कि बेटा अंग्रेज़ बन जा। मगर उम्र के साथ-साथ अब अंग्रेज़ियत भी बहुत कम हो गयी थी। रही तहसीलदारी सो आये तो थे छुट्टी लेकर, लेकिन अब्बा मियाँ के गुज़रने के बाद इतनी ज़िम्मेदारियाँ आ पड़ी थीं कि यही सोचा कि पेंशन में अब कौन-सी मुद्दत बाक़ी है, यह मुद्दत रुख़्सत[4] पर काटो, आखिर रुख़्सत भी तो बरसों से नहीं ली थी और नौकरी-चाकरी से फ़ारिग़ होकर घर पर बैठो। हवेली का मुक़दमा एक तरफ़, फिर ज़मीनों की देखभाल खेती-बाड़ी का इन्तज़ाम, फिर इस कोठी की मंसूबा बन्दी जिसकी तामीर[5] का ख़याल पेंशन लेकर घर बैठने के ख़याल के साथ-साथ पैदा हुआ। रोज़ मुँह अँधेरे उठना, भूँड़ पर जाकर खेतों को देख, कोठी की जगह का जायजा लेना, वापसी पर उन्हीं पीले काग़ज़ों पर झुक जाना। काग़ज़ पढ़ते-पढ़ते थक जाते और दम लेने को ऐनक उतार के काग़ज़ों पर रखते। कम गोई[6] के बावजूद कोई-न कोई फ़िक़रा[7] मुँह से निकल ही जाता। बड़ी आपा की तवज्जोह फ़ौरन बातें से हटती, भाई के फ़िक्रमन्द चेहरे को तकने लगतीं, "यह तो बड़ा ग़ज़ब होगा।"

बाबा नाख़ुश से लहजे में कहते, "अब्बा मियाँ भी तो ग़ज़ब कर गये हैं। इतना सूद निपटाने के लिए रक़म कहाँ से आये।"

बड़ी आपा की आँखें भीगने लगतीं, आवाज़ में रिक़्क़त पैदा हो जाती, "बाग़

---

1. मेहनत करना।
2. बावजूद, किसी चीज़ के होते हुए।
3. गेहुवाँ।
4. छुट्टी।
5. निर्माण।
6. कम बोलना।
7. वाक्य।

तो पहले ही नेग चढ़ गया था, बुजुर्गों की बची-खुची यह यादगार भी.....'' बड़ी आपा चुप हो जातीं, फिर कहने लगतीं, ''अम्माँ जी यहीं से सिधारीं, अब्बा मियाँ ने इसी घर में आँख खोली, इसी घर में आँख बन्द की, बड़े अब्बा ने भी आख़िरी साँस यहीं लिया।'' बड़ी आपा की आँखों से आँसू जारी हो जाते और बाबा फिर काग़ज़ों को पहले बेदिली से फिर इनहेमाक से उलटने-पलटने लगते।

उसकी आँखों में पूरी हवेली की मानिन्द एक बर्रे-आज़म[1] के थी, घूमने लगी। डाट की छतों वाले ऊँचे कुशादा कमरे, ऊँचे दरों वाले लम्बे-लम्बे दालान, मिट्टी में अटी अँधेरी बुख़ारी जिसके अन्दर झाँकते हुए उसे हमेशा डर लगा कि कहीं बुख़ारी की बासी बीजा उसे अन्दर न खींच ले, तहख़ाना जिसके ओर-छोर का उसे कभी अन्दाज़ा न हो सका कि उसके तीन जंगले दालान के अन्दर के बग़ली कमरे में भी निकलते थे और बड़ा जंगला कमरे के अन्दर वाले छोटे अँधेरे कमरे में खुलता था और लम्बी-चौड़ी रान जहाँ छतें कि ज़ीने में दाखिल होते ही एहसास होता कि किसी अजनबी मुल्क में दाखिल हो रहे हैं और किसी-किसी कच्ची छत पर उगी हुई घास कि बरसात निकल जाने पर भी सूखी-मुरंड हो जाती और किसी क़दीम ज़माने की यादगार नज़र आती। पपड़ी जमे सूखे परनाले कि सूख जाने वाले दरिया से लगते और फिर वह पुर-असरार[2] सरहद, सफ़ेद लिसी हुई मुँडेर जिसके परे ऊँची-नीची, कच्ची-पक्की अनगिनत छतें फैली नज़र आतीं और आगे उनसे वह सुर्ख़ पत्थरों वाला ऊँचा मन्दिर, जो यूँ नज़र आता जैसे हिमालय पहाड़ सर उठाये खड़ा है। हवेली की छत बस्ती में सबसे ऊँची थी। हवेली की वुसअत और क़दामत[3] और बलन्दी का पूरा एहसास उस वक़्त होता था जब ताई अम्माँ ग़दर के दिनों का ज़िक्र सुनाती थीं। ''बीबी मैं तो उस वक़्त पैदा भी नहीं हुई थी, बड़ी अम्माँ सुनाया करे थीं ऐसी लुट्टस पड़ी और आपा-धापी मची कि एक को एक की ख़बर नईं, भरी बस्तियें ऐसी उजड़ीं कि ना कोई नाम लेने वाला रिया न पानी देने वाला, कोसों चिराग़ जले थे, न धुवाँ उठे था। जाट, गूजर, रांगड़, पुरबिये, धोसिये, भाले-बल्लम नचाते दनदनाते फिरते। आज यह गाँव लूटा, कल उस बस्ती पर हल्ला बोला, परसों फ़लाँ शहर पर जा पड़े, कोई शहर कोई गाँव न बचा कि जहाँ ग़दर न मचा हो, बस हमारी बस्ती बची थी, सब ने मिल के क्या किया कि अपनी-अपनी औरतों को हवेली में भेज दिया और खुद लट्ठ तान-तान के बस्ती के गिर्द पहरा देने लगे। हवेली की छत ये समझ लो कि सबसे ऊँची थी।

---

1. महाद्वीप।
2. राज़ से भरी।
3. फैलाव और पुराना पत।

दूर तक का आदमी वाँ से नज़र आवे था, तीन आदमी नक़्क़ारे लेकर छत पर बैठ गये, दिन-रात जागे थे, मिटे गूजरों ने तीन दफ़े हल्ला बोलने की ठानी, तीनों मर्तबा नक़्क़ारा बज-बज गया और वह तीनों दफ़े बाहर से ही लौट-लौट गये।''

हवेली की बलन्दी भी कायम थी और बुसअत भी मगर वह पुरानी कितनी हो गयी थी। ममटियाँ और बुर्जियाँ कुछ तो ऐसी टूटी थीं कि बस आसार बाक़ी थे, जो बाक़ी थीं टूट-फूट रही थीं। मुँडेरें काली पड़ चुकी थीं और दीवारों से बोसीदा पलस्तर के परत-के-परत गिरते थे और इतने गिर चुके थे कि ककइया ईंटों से बनी दीवारें नंगी होती जा रही थीं और ककइया ईंटों की दराज़ों से पीली-पीली मिट्टी हर वक़्त गिरती रहती थी। दालान में, कमरों में, फ़र्श पर दीवारों के सहारे जा-ब-जा पीली-सीली मिट्टी की नन्ही-नन्ही ढेरियाँ बन जातीं और फिर उनमें से कभी अल्लाह मियाँ की भैंस[1] नमूदार होती, कभी तेलिया राजा उसे खूब कुरेदता और अपने लिए सूराख़ पैदा कर लेता। पुरानी जो चीज नज़र नहीं आती थी वह आँगन था। लम्बा-चौड़ा कच्चा आँगन कि तीसरे पहर जब सक़्क़ा पहली मश्क बहाता तो बस थोड़ी देर के लिए ज़मीन गीली नज़र आती थी, और भाप उठती दिखायी देती और उसके बाद फिर ज़मीन प्यासी की प्यासी, कई मश्कों का छिड़काव होने के बाद ज़मीन तर होती और खुशबू देती और फिर बाबा का ताज़ा हुक़्क़ा मोढ़े को आगे रख बहार देता और वह नीम जिसे वह बचपन से देखता आ रहा था और जाने कब से खड़ा था मगर उसी तरह हरा-भरा और घना था कि उसके तले हमेशा छाँव रहती फिर वह घड़ौंची जो मानिन्द हरी-भरी क्यारी के थी और वह क्यारी कि मिस्ल घड़ौंची के पानी में तर-ब-तर रहती और खुशबू से महकती रहती। गोरी, लम्बी उँगलियों में झमकते मुरादाबादी गिलास और उसमें कच्ची ठेलिया[2] से कभी कोरी सुराही से गिरते हुए महकते-मीठे पानी का रसीला शोर। तहसीना उसकी तरफ़ तवज्जो किये बगैर पानी का गिलास घड़े के पीछे रख फिर बावर्चीख़ाने की तरफ़ चली जाती और वह फिर अलिफ़ लैला पढ़ते-पढ़ते खो जाता और भटकते हुए शहज़ादों के साथ खूबसूरत संगदिल साहिराओं[3] की महल-सराओं में दाखिल हो जाता.....''हवा बन्द हो गयी'' बड़ी आपा की आवाज़ के साथ वह एक साथ अलिफ़-लैला की महल-सरा से बाहर आ जाता और उस वक़्त उसे पता चलता कि बदन उसका पसीने में भीगता जा रहा है। सब्ज़ो-सुर्ख़ लहरियों वाला पंखा बड़ी आपा के हाथ में गर्दिश करने लगता, ''कमबख़्त अभी से इतनी मक्खी है, बरसात में तो जाने क्या हाल होगा।''

ताई अम्माँ टोकतीं, ''बीबी बरसात कहीं हो तो सही, असाढ़ गुज़र चला और

1. काले रंग का एक कीड़ा।
2. गगरी।
3. जादूगरनियों।

पानी की बूँद नहीं पड़ी, तोबा अबके तो बड़ी गर्मी है, मेरा तो मरोड़ियों से पिंडा लहस गया।''

फिर नीम की टहनियों में हल्की सी लर्ज़िश[1] तैरती चली जाती और अम्मी कहतीं, ''अल्लाह तेरा शुक्र।'' नीम की टहनियों के किसी गोशे से अचानक फ़ाख़्ता बोलना शुरू कर देती और साथ उसके बनी आवाज़ में आवाज़ मिलाने लगती, ''कटूँगी.....पीसूँगी.....आया था.....गया था.....कूटूँगी, पीसूँगी, आया था, गया था.....'' फ़ाख़्ता बोलते-बोलते चुप हो जाती और परों की सुरमई फड़फड़ाहट के साथ टहनी से बुलन्द होती, एक चर्ख़[2] खाती और फिर हवेली की बलन्दी से परे निकल जाती।

तहसीना बावर्चीख़ाने से निकल क्यारी पर आ बैठती और पोदीने की नन्ही-महकती पत्तियों को चुनते-चुनते मोढे के बिल्कुल क़रीब आ जाती कि गोरी गर्दन पर पसीने के शफ़्फ़ाफ़ क़तरे देख सकता। चुटिया के नीचे से निकले हुए महीन बाल भीगी-गोरी गर्दन पर चिपकने लगते और सफ़ेद वायल की बारीक क़मीज़ कहीं-कहीं से भीग कर सुडौल भरी हुई पुश्त में पैवस्त होती हुई नज़र आती। गर्दन और पुश्त से नज़र हटा कर वह फिर अलिफ़-लैला पर नज़रें गाड़ देता लेकिन चन्द ही लम्हों में अज़्म उसका टूटने लगता और उसकी नज़रें फिर चोरी-छुपे चमकती और बँधी चुटिया पर, गोरी गर्दन पर, भरी-भरी पुश्त पर, पोदीने की महकती, हरी-गीली पत्तियों में रेंगती हुई और भीगती हुई गोरी-पतली उँगलियों पर भटकने लगतीं।

अम्मी की हमदर्दी की रग एक रोज़ फड़की, बोल पड़ीं, ''बड़ी आपा तहसीना ग़रीब तो काम करते-करते हलकान हुई जावे है। इतने बड़े टब्बर का सारा काम एक जान पर पड़ गया है, यह भी कोई बात हुई।''

बड़ी आपा बोलीं, ''हलकान होने की क्या बात है इसमें। घर का काम है, बाहर वाले थोड़ा आके करेंगे।''

''बड़ी आपा,'' अम्मी बोलीं, ''तुमने तो यह सितम किया है, सारा काम इसी पर डाल दिया है।''

''अजी, कुँवारी लौंड़ियों को काम की आदत होनी चाहिए, आख़िर पराये घर जाना है, वाँ इन्हें छपर खट पर बिठा के कौन खिलावेगा।''

''ऐ लो बड़ी आपा, तुम उल्टी बात कहो हो। कुँवारपने के दिन ही तो होवे हैं कि हँस-बोल लो, इसके बाद कहाँ यह मोहलत, ना बीबी यह भी कोई बात हुई, मैं बैठी-बैठी कब तक बान तोड़ूँ.....।''

''ना बहू मैं तुम्हें चूल्हे पर न बैठने दूँगी।'' बड़ी आपा ने फ़ौरन एहतिजाज किया।

अम्मी ने अज़्म बाँधा और तोड़ दिया। काम फिर तहसीना को ही करना

1. कम्पन।

2. चक्कर।

पड़ता। घर का निज़ाम पुराने ढर्रे पर जारी रहा। तहसीना की किफ़ायत-शआरी के एहसास ने यह फ़र्क़ डाला कि अम्मी का पैसा-कौड़ी भी उसके पास जमा रहने लगा। उसे रोज़ उसके सामने हाथ फैलाना पड़ता। ''कितने'' वह सवाल करती। जितने माँगता, उतने देती मगर इस तकल्लुफ़ के साथ गोया पैसे ज़ाया करने के लिए दिये जा रहे हैं। अच्छे और बनी आन नाज़िल होते और उससे एक-एक आना वसूल कर लेते। और फिर घर भर में इसका ऐलान करते। बनी को बड़ी आपा झिड़कती, फिर उस पर बिगड़ती, ''बेटा इसे क्यों पैसे दिये जाते हो, चटोरी अभी बाज़ार जावेगी और फेंक आयेगी।'' अच्छे को पैसे मिलने पर ताई अम्माँ उसे भर-भर गोद दुआयें देतीं, ''बाप की तरयूँ अफ़सर बने, हुकूमत करे, सेह्रा जल्दी बँधे, चाँद-सी दुल्हन घर में आवे, माँ-बाप बहारें देखें।'' ताई अम्माँ के बाल सफ़ेद हो गये थे लेकिन काठी अभी तक बनी हुई थी कि पायजामा फँस के टाँगों में आता था और चेहरे की झुर्रियों के बावजूद पता चलता था कि किसी ज़माने में हसीन होंगी। एक बड़ी आपा थीं कि जिस्म की इमारत हिल गयी थी और दोहरा बदन, दोहरा होते-होते भी एकहरा हो गया था कि जो कपड़ा पहनतीं ख़ल्ते से लटकते। ताई अम्माँ किस रिश्ते से ताई अम्माँ थीं, उसे अब तक पता नहीं था। एक-दो की नहीं, घर भर में सभी की ताई अम्माँ थीं। यहाँ तक कि अब्बा मियाँ भी उन्हें ताई अम्माँ ही कहा करते थे। उनकी बेटी के मुताल्लिक़ उसे बस धुँधला-धुँधला सा ख़याल था कि एक गोरी-चिट्टी बड़ी-बड़ी आँखों वाली लम्बे क़द की औरत थी। उसकी रुख़्सत के बाद बड़ी आपा ने कहा था, ''ताई अम्माँ की लौंडिया तो डूब गयी। यह तो बिल्कुल गँवार लोग हैं।'' और अम्मी ने जवाब दिया था, ''अजी अब अर्श का तारा थोड़ा ही उतरा, अच्छा है ग़रीब लोग हैं, लौंडिया को अच्छी तरह रखेंगे।'' फिर कब और कैसे, यह उसे याद नहीं था, बस इतना याद था कि मरने की उसकी ख़बर आयी थी, जब ताई अम्माँ उसके चालीसवें के बाद वापस आयीं तो एक गोरा-चिट्टा बच्चा हर वक़्त उनकी गोद में होता और अच्छे के नाम से उसे खिलातीं और पिलातीं।

अच्छे और बनी पैसे मिलते ही तीर की सूरत बाहर जाते और थोड़ी देर में वह देखता कि सीकों में लगे हुए बर्फ़ के गोले जिनमें ज़र्द, सुर्ख़, सब्ज़ रंग तैरते होते, लिए चले आ रहे हैं और ज़बान लगा-लगा कर इन्हें चाटते हैं। मोढे पर बैठे-बैठे वह थक जाता, अलिफ़ लैला बन्द कर जमाहियाँ लेता, फिर उसकी आँखें बन्द होने लगतीं। इतने में बड़े कमरे से बड़ी आपा की आवाज़ आती, ''अरे भई ज़मीर कहाँ है, अभी तक बाहर बैठे हैं।'' तहसीना, भइये को बुलाकर खाना खा लो। तहसीना बाहर आती, रूखे-फीके अन्दाज़ में कहती, ''खाना खा लो चलके।'' और वह उठ खड़ा होता। कभी-कभी वह इतना बेज़ार हो जाता कि खाने को उसका मुतलक़ जी नहीं चाहता। उसे अपने आप पर गुस्सा आता,

तहसीना पर ग़ुस्सा आता, बन्द हो जाने वाली हवा पर ग़ुस्सा आता, भुनभुनाती हुई मक्खियों पर, छुट्टियों के तवील होते दिनों पर। तहसीना फिर आकर उसी रूखे-फीके अन्दाज़ में कहती, ''खाना खा लो चलके।'' और वह अलिफ़ लैला बन्द कर चुपके से उसके पीछे हो लेता।

3

''बिजली, बिजली मेरा ब्याह किधर?'' अमिया की गुठली की गरी बनी की नर्म उँगलियों से फिसल कर चारपाई के नीचे जा पड़ी।

चारपाई पर एक तरफ हरे छिलकों और कटी हुई सफ़ेद बिजलियों की एक ढेरी लगी थी और पास ही सफ़ेद छिली हुई साबुत अमियाँ उठाती, चाक़ू से दो करती और फिर चाकू की नोक से बिजली के टुकड़ों को निकाल अमियाँ के फाँकों को तसले में डाल देती।

बनी ने अपनी चमकती हुई साबुत बिजली उठाई और ज़मीर के मोढ़े के पास आ खड़ी हुई, ''ज़मीर भाई बताओ, मेरा ब्याह किधर होगा?''

''खुद बूझ लो'', वह उस वक़्त अलिफ़ लैला पढ़ने में इतना मसरूफ़ था कि नज़रें उठाना भी नागवार हो रहा था।

बनी ने बिजली से अपना ब्याह पूछा, फिर अच्छे का ब्याह पूछा, फिर ज़मीर भाई का, ''जमीर भाई तुम्हारा ब्याह पच्छिम से होगा।''

''अच्छा'' उसने बेपरवाह से जवाब दिया और फिर किताब पढ़ने लगा।

''बिजली, बिजली बाजी का ब्याह किधर?'' बिजली टप से उसकी खुली किताब में आकर गिरी, बनी ने ताली बजाके शोर मचाया, ''अहा हा बाजी का ब्याह ज़मीर भाई से होगा।''

दिल उसका धक से रह गया। ख़ून खुश्क और हाथ-पैर दोनों जमे के जमे रह गये। बस यह ख़्वाहिश कि किसी तरह आँखों से ओझल हो जाये। बाहर चला जाये पर जिस्म साकित था और नज़रें किताब पर उसी तरह जमी हुईं और दिल धड़-धड़ करता था। हवा फिर बन्द हो गयी थी और टहनियाँ फिर सर झुकाए ख़ामोश थीं। पसीने के क़तरे उसकी गर्दन पर और उसके माथे पर उभर आये थे। गर्दन पर सरसराते क़तरे कालर के अन्दर रिसने लगे, फिर एक पतली गीली लकीर क़मीज़ के अन्दर पीठ पर सरकती हुई रेंगने लगी। दिल में भाई कि किताब बन्द करो। और आँख बचाकर अहिस्ता से बाहर निकल जाओ मगर जिस्म था कि उसी तरह अपनी जगह पर जमा था। तहसीना की तरफ़ देखने की तो उसे हिम्मत नहीं हुई थी लेकिन चाकू के अमियों में दरदराने और बिजलियों के सीने में उतरने की मद्धिम आवाज़ उसी रफ़्तार से बिना किसी फ़र्क के आये जा रही थी। हवा बन्द थी और नीम की

टहनियाँ सर झुकाये ख़ामोश थीं। फिर फ़ाख़्ता ने नीम की किसी ख़ामोश टहनी पर बैठे-बैठे बोलना शुरू कर दिया। बिजली से बनी का ध्यान भटका और वह आवाज़ में आवाज़ मिलाने लगी—"कटूँगी.....पीसूँगी......आया था.....गया था.....कूटूँगी....."

"सुबह का सबक़ याद कर लिया?" तहसीना बोली और बनी को जाने ब्रेक लग गया।

"स.....ब.....क़"

"हाँ सबक़" तहसीना ने उसी सख़्त लहजे में कहा और चाक़ू अलग रख, तसला सँभाल चारपाई से उठने लगी।

बनी ख़ामोश।

"निकालो सिपारा[1] और पढ़ने बैठो।" उसने कड़ी नज़रों से उसकी तरफ़ देखा।

बनी का दम ख़ुश्क, तेज़ी-तर्रारी सारी ख़त्म, समझो कोई क़ैद हो, उसने बड़ी बेचारगी से आहिस्ता-आहिस्ता जुज़्दान[2] खोला। वह उँगलियाँ, वह हाथ जिनमें अभी बिजली से ब्याह पूछते हुए बिजली दौड़ रही थी, अब मजबूर थे और हुक्म के पाबन्द। उसने मरे हुए दिल से सिपारा निकाला और वरक़ उलट-पलट करके सबक़ ढूँढ़ने लगी।

तहसीना ने अमियों का तसला उठाया, नीम के नीचे से उठकर धूप में पड़ी हुई चारपाई के पास गयी, तसला उल्टा और अमियों की क़ाशों[3] को खुर्री चारपाई पर फैलाने लगी।

ज़मीर आहिस्ता से किताब बन्द कर, मोढ़े पर रख दबे पाँव बाहर हो लिया।

गली ख़ामोश थी, ख़ामोशी में घुली-मिली एक भुनभुनाहट, एक गूँज जैसे कहीं दूर शहद का छत्ता टूटने पर बहुत-सी मक्खियाँ भुनभुनाती हों। गली में छाँव फैली थी, सिवाय उन दीवारों और नालियों के जिनके मुक़ाबिल के मकान ऊँचे नहीं थे। एक कुत्ता कि जाने कब से नाली के गन्दे-मैले पानी में बैठा ज़बान निकाले हाँफ रहा था, क़दमों की आहट सुनकर बाहर निकला, पूरे जिस्म को एक झटका दिया और गीले जिस्म से बूँदें बरसाता एक तरफ़ को हो लिया। अपनी गली से मुड़ते हुए कूड़े के एक ढेर पर ऊँघती हुई मुर्गियों ने चौंक कर चोंचें उठाईं और "कुड़" की एक धीमी-सी बेसाख़्ता आवाज़ हुई। दम भर के लिए उसे गुमान गुज़रा कि भूल कर किसी अजनबी घर में किसी ज़नानख़ाने में दाखिल हो गया है और एक दम में बहुत-सी नज़रें उस पर उठ गयी हैं। वह आहिस्ता से आगे बढ़ गया। चन्द क़दम कि पीछे किसी मुर्ग़े ने ज़ोर से बाज़ू फड़ फड़ाये और कुकड़ूँ कूँ की आवाज़ बुलन्द की। सामने दीवार की सायादार मुँडेर पर एक ऊँघता हुआ सफ़ेद मुर्ग़ा चौंका, फुरेरी ली, ज़ोर से बाज़ू फड़फड़ा और जवाबी कुकुड़ूँ कूँ की बाँग बुलन्द की।

---

1. कुरआन का एक हिस्सा, एक पाठ।
2. जिसमें किताब रखी जाती है (बस्ता)।
3. फाँकों।

गली से निकलकर वह लाल मन्दिर के चौक में आ गया। लाल पत्थर जल रहे थे, पिघल रहे थे। कुएँ की सुर्ख़ मन तप रही थी। लोहे की छोटी-बड़ी चर्ख़ियाँ कुएँ के दहाने के गिर्द नस्ब थीं, ख़ुश्क थीं, ख़ामोश थीं।

प्याऊ की गली से निकलते हुए उसे ठंडक लगी पर घड़ी भर में ठठेरों वाली गली आ गयी जहाँ धूप और धुआँ था और बेशक्ल धातों और पीतल और ताँबे की बड़ी-बड़ी थालों और डेग़चों पर पड़ती हुई चोटों से इतना शोर था कि कान पड़ी आवाज़ सुनायी न देती थी। जैसे-जैसे आगे बढ़ा शोर कम होता गया। पीछे गुम होते हुए रस्ते में लिपटता गया। कंजड़ों वाली गली में काला बिजार बीच में अड़ा खड़ा था, कोशिश पर भी वह जब टस-से-मस न हुआ तो वह दीवार से लगकर आहिस्ता-आहिस्ता चलता, लातों और सींगों की मार से बचता गली से बाहर निकल गया। गली से क़साइयों के मुहल्ले में, क़साइयों के मुहल्ले से पक्की सड़क को फलाँगता हुआ दगड़े में, दगड़े से भूँड़ वाले रस्ते पर।

उसे देखकर गुन्दल खड़ा हो गया, ''बे हीरा'' उसने हीरा को पुकार के बुलाया, ''छोटे मियाँ जी आये हैं, खाट डाल दे।''

हीरा चारपाई लिए दौड़ा-दौड़ा आया, चारपाई बिछाते हुए बोला, ''मियाँ जी पानी लाऊँ।''

''नहीं भई।''

गुन्दल चिलम लेके चारपाई की पट्टी से लग कर बैठ गया। कुआँ उस वक़्त नहीं चल रहा था और गुन्दल और हीरा फ़ारिग़ नज़र आ रहे थे। गुन्दल ने चिलम मुँह से लगाई और उसकी आँखें मुँदने लगीं। हीरा उसके आने पर कुछ ज़्यादा पुर-जोश नज़र आता था। उसकी आँखों में चमक पैदा हो गयी थी और एक बेताबी कि कुछ कहना चाहता हो और कह न सके।

''छोटे मियाँ'' आख़िर उसकी ज़बान खुल ही गयी। ''छोटे मियाँ यू केवे हैं कि यहाँ पे कोठी बनेगी। वाके बाद तो सिगरा टब्बर हवेली से यहीं पे आ जावेगा। जदों अब्बा मियाँ थे तो यहाँ पे रौनक रेवे थी। कटाई के दिनों में तो सिगरे यहीं पे रहवे थे, परवा के बाद तो.....'' हीरा की आवाज़ धीमी पड़ गयी ''नाम राम का''।

चुप बैठा रहा। गुन्दल भी चुप था, आँखें बन्द थीं और चिलम के कश जारी थे।

हीरा फिर बोला, ''तो छोटे मियाँ, तहसीलदार साहब अब तो टिकेंगे?''

''हम्बे'' उसकी तरफ़ से गुन्दल ने जवाब दिया, ''पेंशन ले रये हैं, वाके बाद यईं टिकेंगे।''

''तो छोटे मियाँ, तुम भी पलट के नईं जायो?''

''छोटे मियाँ की तो पढ़ाई पूरी नईं भई अभी।'' गुन्दल ने फिर उसकी तरफ़ से जवाब दे दिया। फिर उसने आँखें खोली, खाँसा और चिलम को हीरा के हाथ पकड़ाता हुआ बोला, ''छोटे मियाँ अब तो घने बरस बीत गयो, यू तुमरी पढ़ाई का

कब अन्त होयेगा।

"बस थोड़े ही दिन बाक़ी रह गये हैं।" उसने जवाब दिया।

मगर गुन्दल उसकी बात नहीं सुन रहा था। उसकी आँखें आस-पास की चीज़ों से हटकर सामने खेतों में पहुँच गयी थीं। जहाँ हरियाली पर धूप-छाँव का खेल होता था। जल्दी-जल्दी चलती हुई धूप, उसके पीछे दौड़ता हुआ साया बादल की हल्की चादर खेतों में फैलती चली गयी और धूप खेतों से परे पेड़ों की क़तार को छूती हुई आगे फलाँग गयी, गुन्दल और हीरा दोनों की आँखें ऊपर उठ गयीं और ख़ुद उसकी भी। इक्का-दुक्का तैरते हुए सफ़ेद बादल आपस में घुल-मिल कर सूरज पर छा गये थे।

"गुन्दल" हीरा आहिस्ता से बोला, "यो बरखा का कहो है, मेरी तो कुआँ चलाते-चलाते काँच निकल गयी और बूँद न पड़ी तो बैलों की बधिया बैठ जावेगी।" उसने चिलम को आहिस्ता से गुन्दल की तरफ़ बढ़ा दिया।

गुन्दल ने ख़ामोशी से चिलम का घूँट भरा, फिर सोच भरे लहजे में बोला, "बरखा अबके देर से होगी, ज्योतषी जी कहवे थे कि यो साल सख़्त है।" उसने फिर चिलम का घूँट लिया और हीरा की तरफ़ चिलम बढ़ा दी, "लाला यू में आँच मन्दी हो गयी, उपला रख दे।"

हीरा चिलम लेकर भूभल में दबे उपले के पास जा बैठा। गुन्दल की आँखें फिर मुँदने लगीं। आँखें मुँदने लगीं और होंठ हौले-हौले हिलने लगे।

रात गँवाई सोइ के, दिवस गंवायो खाय
हीरा जनम अमोल थ्यो, कौड़ी बदलो जाय।

गुन्दल की आँखें बन्द थीं, जिस्म साकित, सारे बदन का जी आवाज़ में खिंच आया था, जो धीरे-धीरे उभर रही थी, फैल रही थी।

चारपाई से उठकर वह आहिस्ता से घर की तरफ़ होर लिया। खेतों से परे दरख़्तों पर धूप फिर उतर आयी थी। धूप पलट रही थी, दरख़्तों से खेतों में उतर रही थी और छाँव की छाँव उठ रही थी।

घर में उसने क़दम रखा तो दिन ढलने लगा था और दालान के सामने सहन में दूर तक छाँव की चौड़ी पट्टी फैल गयी थी लेकिन बड़े कमरे के दरवाज़े अभी नहीं खुले थे और ख़स की टट्टी पानी से उसी तरह शराबोर थी। सहन से वह दालान में आया और बड़े कमरे की तरफ़ बढ़ने लगा कि जाते-जाते वह झिझका और उसका रुख़ बड़े कमरे से हटकर बग़ली कमरे की तरफ़ हो गया। अन्दर क़दम रखा ही था कि अम्मी और ताई अम्माँ बातें करते-करते चौंकी।

"ऐहे इस दोपहरी में तू कहाँ था?" अम्मी ने फ़ौरन सवाल किया।

"भूँड़ पर चला गया था ज़रा।"

"भूँड़ पे? लौंडे होश की दवा ले। क़यामत की लू चल रही है और शहज़ादे जंगलों में फिर रिये हैं।"

"ऐ ज़रा डूबा मुँह तो देखो लाल हो रहा है।" ताई अम्माँ ने टुकड़ा लगाया, "आ बेटा लेट जा, मैं पंखा करूँ।"

उसने उनकी पेशकश को गनीमत समझा और जूते-क़मीज़ उतार आहिस्ता से लेट गया। ताई अम्माँ ने ज़ोर-ज़ोर से उसे पंख करना शुरू कर दिया, उसकी आँखें बन्द होने लगीं।

दोपहर को सब बड़े ही कमरे में आराम करते थे कि वहाँ बड़ा झालर वाला पंखा लगा हुआ था, जिसे नूरी दोपहर भर खींचती थी और ख़स की टट्टियाँ दरवाज़ों पर खड़ी थीं, जिन पर तीसरे पहर तक बराबर पानी छिड़का जाता था लेकिन अम्मी अब अक्सर बच्चों के शोर के बहाने बड़े कमरे से निकल कर बग़ली कमरे में आ जातीं और कभी-कभी ताई अम्माँ भी वहीं आ बैठतीं और सोने के बजाय दोपहरी भर बातें होतीं, कभी सरगोशियों में कभी बलन्द आवाज़ से।

"अजी एक बात है" ताई अम्माँ कह रही थीं, "लौंडिया डूबी उठी भी बहुत ख़राब है, सारे दिन अढ़ाई-तवाई फिरे है। पढ़ना यूँ होवे है, पित्ता मार के बैठे तो पढ़े, आख़िर आदमी है, ग़ुस्सा आ ही जावे है ऐसे बच्चे पर।"

"ताई अम्माँ यह तुमने क्या बात कही" अम्मी जवाबन बोलीं, "शरीर आख़िर कौन-सा बच्चा नहीं होता। तुम्हारा अच्छा क्या कम शरीर है?"

"ऐ वह सबसे ज़्यादा शरीर है। इतना चखवा दे है मुझे कि डूबा मेरा सर हिल जावे है।"

"तो बस ताई अम्माँ बच्चे तो शरीर ही हुआ करे हैं। पर उन्हें जान से नहीं मारा जाता। अजी उस लड़की ने तो बहन को धुनक डाला। दे पंखे पे पंखा, मेरा तो कलेजा हिल गया।"

"हाँ डूबा ऐसा था भी क्या कि जान को जान न समझे।" ताई अम्माँ चुप हो गयीं।

अम्मी की आवाज़ धीमी पड़ गयी। हौले से बोलीं, "ताई अम्माँ इस लौंडिया में कुछ सनक है। काम करेगी तो काम ही करे जायेगी। बहन को पढ़ाने बैठेगी तो पढ़ाये ही चली जायेगी। जैसे सातों इल्म आज ही पढ़ा के उठेगी।"

"यह तो ख़ानदानी असर है।" ताई अम्माँ बोली, "माँ कुछ कम है, बस जो सनक सवार हो गयी सो सवार हो गयी, और तेरा मियाँ? अब तो माशा अल्लाह बाल-बच्चे हैं, ज़िम्मेदारियाँ हैं, जब बच्चा था तब देखतीं। ऐसा ज़िद्दी था कि अब्बा मियाँ गुस्सा करते, मारते, पर क्या मजाल कि वह अपनी हठ से टल जावे।"

"हाँ, ख़ैर यह नस्ली असर तो है मगर ताई अम्माँ यह बात तो और है।" अम्मी की आवाज़ और धीमी पड़ी और सरगोशी में कहने लगीं, "अजी यह बड़ी आपा इसे कब तक बिठाले रखेंगी। माशा अल्लाह पूरी उम्र है। ब्याह-शादी की फ़िक्र करनी चाहिए अब तो इसकी।"

''हाँ बीबी, उमर तो पूरी है। तुम्हारे ज़मीर की और इसकी बस थोड़ी छोटाई-बड़ाई है।''

''अजी ताई अम्माँ, ज़मीर से तो बहुत बड़ी है तहसीना।''

''ना बीबी'' ताई अम्माँ ने क़तई तरदीद के अन्दाज़ में तरदीद कर दी। ''जब वह पैदा हुई है, तो ज़मीर पेट में था। मुझे तो आज की सी बात याद है कि जब छम्मो छल्ला नहाई थी तो बीबियों ने कहा था कि लो बीबी ननद तो निबट गयी, भावज को साथ ख़ैरियत के ख़ुदा फ़ारिग़ करे। उस वक़्त मुझे सातवाँ महीना था।''

''ख़ैर लौंडिया के साथ तो ढाई-तीन महीने की छोटाई-बड़ाई बहुत होवे है। लौंडियें बहुत जल्द बढ़े हैं। अब देखती नहीं हो, ज़मीर से दो गुनी उम्र लगे है।''

''हाँ, माशा अल्लाह उठान अच्छी है।''

''आख़िर क्या सोच रही हैं बड़ी आपा?''

''क्या ख़बर क्या सोच रई है, यह भी नई है कि पैग़ाम न हों। चचा का लौंडा मौजूद है। ईमानदारी की बात है कि बाप के मरने के बाद चचा-ताया कहाँ पूछें हैं। मगर वह डूबा तो भतीजी के लिए तरसे है।''

''लौंडा करे क्या है?'' अम्मी ने सवाल किया।

''क्या पता है क्या करे है। पढ़ना-लिखना जोगा तो वह है नई। मदार के महीने में बुनियाद अली आये थे, तो मैंने पूछा था कि अजी बुनियाद अली तुम्हारा इमदाद इंट्रेन्स कब करेगा? कहने लगे कि ताई अम्माँ इंट्रेन्स तो क्या बी.ए. भी आज-कल जूतियें चटख़ारते फिरे हैं। डिग्री को तो कोई नहीं पूछता। मैंने सोचा है कि तुम्हारे इमदाद को पुलिस में भर्ती करा दूँ। दो साल में थानेदारी का नम्बर आ जायेगा......''हाँ बीबी थानेदार हो जाये तो फिर क्या चाहिए। हाकिमी है वह तो। मिटी ख़ाली डिग्री लेके क्या कोई चाटे?''

''अजी ताई अम्माँ क्या बातें करो हो, थानेदारी युई बटती थोड़ा ही फिर रही है। एफ.ए., बी.ए. को तो थानेदारी मिलती नहीं है। उजड़ को कौन थानेदारी देगा।''

''बीबी मुझे क्या पता है तुम्हारी डूबी थानेदारियों, तहसीलदारियों का। बुनियाद अली यही कहवे थे।''

''बुनियाद अली चाचा का क्या है, वह तो ऐसे ही शेखियाँ बघार करे हैं। मगर ख़ैर हमें क्या, इमदाद थानेदार हो जावे तो हमें क्या बुरा लगे है। हमारे घर की बेटी जा रई है। मैं जानूँ कि बड़ी आपा को अब सोचना नहीं चाहिए। लौंडा ऐसा बुरा तो है नहीं। अब तहसीना के लिए अर्श का तारा तो उतरेगा नहीं।''

''क्या ख़बर है उसके दिल की, क्या सोच रही है।'' ताई अम्माँ बोलीं और एक ज़रा मानी-ख़ेज़ अन्दाज में ''अब्बा मियाँ ज़िन्दा थे तो उनके सामने भी कई दफ़ा ज़िक्र आया तो वह चुप हो-हो गये। वह जाने क्या सोचते थे।''

कमरे का दरवाज़ा एक तेज़ हवा के झोंके के साथ धाड़ से खुला और पटाख़

से बन्द हो गया।

''आँधी आ रई है,'' ताई अम्माँ बेसाख़्ता बोलीं।

उसने चौंककर आँखें खोल दीं, दालान और आँगन में ज़र्दी फैली थी।

''कपड़े उठाओ अपने-अपने ज़ोर की आँधी आ रई है,'' बड़ी आपा सहेन से चिल्ला रही थीं।

ताई अम्माँ, अम्मी सब के सब बाहर निकल गये और अलगनी पर लटके कपड़े और चारपाइयों पर बिखरे बिस्तर लपक-झपक उठने लगे।

''अच्छे ओ अच्छे अन्दर आ जा'' ताई अम्माँ अच्छे का हाथ पकड़े हुए दालान में आ गयीं, फिर पुकारने लगीं, ''बीबी अन्दर आ जाओ काली आँधी है यह तो।''

आँधियों का एक ताँता बँध गया था। हवा चलते-चलते बन्द हो जाती, बड़ी आपा के हाथ में सब्ज[1] और सुर्ख़ लहरियों वाला पंखा तेज़ी से गर्दिश करने लगता। फ़ाख़्ता बोलते-बोलते नीम की फुनगी से पंखों की एक मीठी फड़फड़ाहट के साथ उठती, चक्कर खाती और फ़िज़ा में तैरती-तैरती आँखों से ओझल हो जाती। कू-कू की नशीली-मीठी आवाज़ कि जाने कौन से आम के पेड़ की कौन-सी घनी टहनी से पुरवा का झोंका बनकर उठती और गर्म-तपती फ़िज़ा में ठंडक की लकीर सी खींचती चली जाती। गहरी होती चली जाती, फिर एकदम कोयल की आवाज़ बन्द, ठंडक की लकीर गायब, ताई अम्माँ, पंखा बड़ी आपा के हाथ से ले लेतीं, ''बीबी, बड़ी गर्मी है, हवा बन्द हो गयी है।'' और बड़ी आपा यकायक उससे मुख़ातिब होतीं, ''ज़मीर तुम यहाँ क्यों बैठे हो। अन्दर पंखे में जाकर लेट जाओ। हर वक़्त पढ़ना, डूबा पढ़ना न हुआ जान का बवाल हो गया।'' इतने में ताई अम्माँ का चलता हुआ हाथ ढीला पड़ जाता और आँखें आसमान को तकने लगतीं। खोई-खोई आवाज़ में, जिसमें उम्मीद के साथ-साथ अंदेशे की भी एक हल्की सी कैफ़ियत होती, कहतीं, ''आँधी आ रई है'' सारी की सारी नज़रें एकदम से ऊपर उठ जातीं, जहाँ आसमान पीला-पीला नज़र आता और उसके साये में बहुत-सी चीलें आहिस्ता-आहिस्ता दायरा बनाती हुईं, नशे में निढाल नाचतीं, ग़श खातीं, फिर अचानक से नीम की टहनियों में एक हैजानी लरज़िश होती और किसी घनी टहनी में कोई छिपा कौआ चौंक कर काँय की आवाज़ निकालता और पत्तों के हरे पौदों से निकल कर बाहर आता और चीख़ता कौओं के शोर मचाते भागते-दौड़ते झुण्ड में जा शामिल होता। कौओं का ख़ौफ़ नीचे उतरता और मुर्ग़ियों को चौंकाता कि उनकी गर्दनें एकदम से ''काँ'' की धीमी-सी आवाज़ के साथ खड़ी हो जातीं और कान कुछ सुनने की कोशिश करते। फिर यह घबराहट इनसानों पर अपना असर दिखाती। दूसरी-तीसरी मंज़िल पर किसी खुले दरीचे के किवाड़ एक अचानक शोर के साथ बन्द होकर खुलते और

---

1. हरा।

फिर बन्द हो जाते "मियाँ आँधी आ रई ये।" और यह आवाज़ कोठों-कोठों बुलन्द होती चली जाती। क़रीब-दूर फैली हुई कच्ची-पक्की छतों से चारपाइयों के बिस्तर और तारों पर पड़ी हुई सफ़ेद-सफ़ेद चादरें और नीली-नीली साड़ियाँ और धूप में सूखते अध-गीले, गुलाबी, फ़िरोज़ी दुपट्टे और साड़ियाँ तारों से उतार बिस्तरों पर रख मुँडेरें फलाँगती, सीढ़ियाँ उतरती नीचे आने लगतीं और कमरों के दरवाज़े अन्दर से बन्द होने लगते कि इतने में देखते-देखते सारी फ़िज़ा में ज़र्दी खंड जाती और मटियाले झक्कड़ चलने लगते।

आँधी का कोई वक़्त मुक़र्रर न था, कभी ठीक दोपहर में आसमान पीला पड़ने लगता, कभी तीसरे पहर को तो कभी शाम को और फिर तीसरे पहर का वक़्त मुकर्रर सा हो जाता कि बँधे हुए वक़्त पर आसमान में ज़र्दी का एक दायरा दिखाई देता और उसके साये में नशे से निढाल नाचती-ऊँघती चीलों के दायरे। मगर किसी दिन बारी टूटती और रात को सोते-सोते फ़िज़ा में कहीं दूर एक अँधेरी उठती और आँगनों और छतों और कोठों पर नींद का बाँधा हुआ तिलिस्म तेज़ी से टूटता जाता। आँधी का कोई रंग मुक़र्रर नहीं था कि आम तौर पर तो पीली होती, लेकिन किसी-किसी दिन एका-एकी कालोंस[1] पैदा होती चली जाती, और तीसरा पहर होते-होते इतना अँधेरा छा जाता कि दुकानों और मकानों में लालटेनें जल जातीं।

आँधी तीसरे पहर को आती, शामों को आती, आधी-आधी रातों को उठती लेकिन उसका फल हमेशा सुबह को जाहिर होता कि गलियों में कुंजड़े झड़ी हुई अमियों के टोकरे के टोकरे लेकर आते और आनों का माल टकों में बेच कर जाते। कल की तेज़ आँधी ने अमियाँ ही नहीं अमियों के लदे-फँदे बड़े-बड़े पेड़ भी गिराये थे। हवेली में चारपाई पर अमियों का ढेर लगा था और ताई अम्माँ और बड़ी आपा के हाथों में चाक़ू दर-दर चल रहे थे।

"सुने हैं कि एक पत्थर तीन मन का शेखों की टाल में पड़ा था, वह उड़ गया और उड़ के एक धींवर के छप्पर पर जा पड़ा। डूबे का छप्पर गिर पड़ा।"

बड़ी आपा हैरान होने लगीं, "ताई अम्माँ मुझे तो यक़ीन ही नहीं आता" फिर ज़मीर से मुख़ातिब हुईं कि उसकी साइंस-दानी पर उनको पूरा यक़ीन था। और कोई बात जब उन्हें ख़िलाफ़े-अक़्ल मालूम होती तो उससे पूछती थीं—"ज़मीर मियाँ तुमने तो साइंस पढ़ी है, तुम बताओ कि तीन मन का पत्थर कहीं उड़ सके है।"

ताई अम्माँ ने ज़मीर को बोलने की मोहलत नहीं दी, "हम तुम्हारी डूबी साइंस-वाइंस को तो जानते नईं हैं, हाथ कंगन को आरसी क्या है। बुढ़िया कुंजड़ी अमिये लेके कल तो आवेगी ही, पूछ लीजो, ऐ हाँ डूबी की नंद का लौंडा आँधी में उड़ गया, अब तक तो मिला नई है।" बड़ी आपा ने फिर कहा, "अक़्ल में आने वाली बात नहीं है कि इतना बड़ा लौंडा और आँधी में उड़ जाये।"

---

1. तेज़ हलचल।

''बीबी अक़ल में कौन बात आवे है।'' ताई अम्माँ कहने लगी, ''यह तो हैरत का कारख़ाना है, मेरी तो काली आँधी को सोच-सोच के ही अक़ल हैरान होवे है। बस उसके भेद वही जाने।''

''ताई अम्माँ'' बनी बोली, ''आप कह रही थीं कि काली आँधी में परियें होवे हैं।''

''बेटी मैं तो यह कह रही थी, हमने तो ऐसा ही सुना है, आगे-पीछे जिन, तख़त पर राजा इन्दर और इर्द-गिर्द परियों का घेरा।''

''ताई अम्माँ'' बनी सोचते हुए बोली, ''मैं बताऊँ लौंडे को कौन ले गया, उसे परियाँ उड़ा के ले गयीं।''

बड़ी आपा गर्म हो गयीं, ''इसे देखो कैसी बातों के मटके ढाले है। सबक़ तूने ले लिया आज? अरी तहसीना तूने सबक़ दिया है इसे?''

बनी को जाने साँप सूँघ गया।

''बनी इधर आओ, सुनाओ सबक़'' तहसीना की हुक्म भरी आवाज़ बावर्चीख़ाने से आयी।

ताई अम्माँ की बातों का तार टूट गया था, और चाक़ू हाथ में तेज़ी से चलने लगा था।

''अब तो अमिया में गुठतली पड़ गयी है। आम अब आता ही होगा।''

''आम तो आ गये हैं, चोंपीले हैं।'' बड़ी आपा बोली, ''बूँद पानी की पड़े तो आम में रस पड़े और मिठास औले।''

केरियाँ अमियाँ बनीं, अमियों में बिजली पड़ी, बिजली जाली बनी, और जाली ने गुठली का रूप लिया। आसमान बदस्तूर ताँबा बना हुआ था और आम उसी तरह चोंपीले थे। ऊपर से बूँद नहीं पड़ी और अन्दर से रस नहीं फूटा। रोज़ इसी अन्दाज़ से सूरज चढ़ता और हवेली के बड़े आँगन में धूप और छाँव का झगड़ा शुरू रहता। छाँव पीछे हटते-हटते नीम के नीचे सिमट आती और सूरज सर पर आ जाता। डेरा उठता और सबके सब बड़े कमरे में। हल्की अँधेरी फ़िज़ा, लहराता झालर वाला पंखा, दरवाज़ों पर लगी हुई ख़स की भीगी-भीगी टट्टियाँ, आँखों में और बदन में ठंडक उतरने लगती। फ़र्श पर पहले दस्तरख़्वान बिछता, फिर उसी फ़र्श पर लेटे-लेटे बड़ी आपा और ताई अम्माँ और अम्मी ऊँघने लगतीं। ''बीबी ये बच्चे तो आँख नईं लगने देते।'' ताई अम्माँ ऊँघते-ऊँघते चौंक पड़तीं। बड़ी आपा बनी को डाँटतीं। उनकी आँखें फिर बन्द होने लगतीं। धीरे-धीरे फ़र्श पर लेटे हुए सब लोगों को नींद आ लेती। बहुत देर बाद ख़र्राटे लेते-लेते बड़ी आपा चौंकतीं, ''क्या बज गया ज़मीर'' ''ढाई'' और बड़ी आपा की आँखें फिर बन्द होने लगतीं। फिर आप ही आप ताई अम्माँ की आँख खुल जाती। इसी तरह लेटे हुए किवाड़ ज़रा खोल कर बाहर देखतीं, ''धूप है अभी तो'' और गुनूदगी उन्हें फिर आ लेती. ....पंखा उसी एक रफ़्तार से गर्दिश करता रहता मगर फिर नूरी के हाथ ढीले पड़ने

लगते और आँखों में नींद उतरने लगती, एक झपकी आयी और पंखा बन्द, फिर आप ही आप चौंक पड़ती और फिर पंखा चलने लगता। बड़ी आपा सोते से एक साथ उठ के बैठ जाती, किवाड़ का एक पट खोल के देखतीं और घबरा उठतीं "ऐ है, धूप चबूतरी पे पहुँच गयी, जोहर का वक़्त गुज़रा जा रहा है," और आहिस्ता से किवाड़ खोल बाहर निकल जातीं।

आँख उसकी लगती और खुल जाती। ताई अम्माँ और बड़ी आपा की मानिन्द नींद उसे कब आती थी। पहाड़-सा दिन कटने में न आता और लम्बी दोपहर और लम्बी होती चली जाती। बाबा एक नींद लेते और गावतकिये के सहारे आधे लेटे, आधे बैठे ऐनक आँखों पर लगा फिर काग़ज़ात पढ़ने शुरू शुरू कर देते। तहसीना करवट लेती, चूड़ियों का एक मीठा-मद्धिम छनाका होता, वह उठ खड़ी होती। अम्मी आँखें खोल देतीं, "बेटी तुझे दोपहर में भी क़रार नहीं है, घड़ी भर तो आराम कर लिया कर।"

"मुमानी जी कलप कल से पड़ा ख़राब हो रहा है।"

"हाँ कलप, बच्चे तू इसे भी धो दीजो।" लेटे-लेटे दुपट्टा उतारतीं और तहसीना को पकड़ा देतीं।

बन्द अँधेरे कमरे में लेटे-लेटे उसका दम उलटने लगता। आहिस्ता से उठता और बाहर निकल आता। धूप से तपता दालान दिखायी देता। कमरे में दरवाज़ों पर टिकी हुई पानी में शराबोर ख़स की टट्टियाँ कि पानी उनसे रिस-रिस कर दालान में बहता होता। पानी से लबालब भरी हुई नींद, जिसके पानी में अच्छे और बनी छपाके लगाते नज़र आते और फिर एक साथ वहाँ से निकल जाते, कहाँ छू हो जाते। दालान के बग़ली दर में बैठी हुई तहसीना, पास ख़ुश्के (चावल) की पीच से बना हुआ कलफ़ डेग़ची में रखा हुआ, उजले-मैले दुपट्टे, साबुन, पुड़िया और काग़ज़ की पुड़ियों में रंगों के मलमल की धज्जी में लिपटी हुई फ़ीरोज़ी रंग की डली कि उससे निकलती सुनहरी लहर दूर से चमक मारती। तशले में कलफ़ उँड़ेलना और दुपट्टे को ख़ूब मल-मल कर धोना फिर खँगाल कर तशले में उजला पानी उँड़ेलना और रंग-रंग की पुड़ियाँ घोल कर दुपट्टा रंगना, निचोड़ना, उन्हें खोलकर झटकना और आँगन में तनी हुई अलगनी पर धूप में फैला देना। ख़रबूज़ों के गूदे से भरी हंडिया उठा लाना और गूदे को इतना मलना, इतना मलना कि बीज गूदे से अलग हो जाते। तब उन्हें पीतल की छलकी में डालकर पानी का लोटा उठाकर तड़ेड़े देना कि वह चाँदी से चमकने लगते, कुछ बीजों को हरा रंगना, कुछ को सुर्ख़ और उसके हार गूँथ लेना।

कच्चे दालान के किसी कोने में पट की आवाज होती, दोनों चौंक कर इधर-उधर देखते और उसी दम अच्छे और बनी जाने कहाँ से एकदम से दाखिल होते और शोर मचाना शुरू कर देते, "तेलिया राजा, बाजी तेलिया राजा....ज़मीर भाई देखो तेलिया राजा।" वाक़ई जैसे तेल में डूबा हो, काली चमकती डली-सी, तेलिया राजा

भुन-भुन करता, दीवार से टकराता, टकरा के टप से ज़मीन पर गिरता और अपने सूराख़ से तेज़-तेज़ मिट्टी कुरेदना शुरू कर देता। तेलिया राजा का हंगामा परवर ड्रामा अभी जारी होता कि अच्छे की नज़र भटकती और दालान के बग़ली दर में एक बुड़िया आहिस्ता-आहिस्ता रेंगती-भटकती दिखायी पड़ती, जो दालान से निकल आँगन में पहुँचती और तैरती-तैरती ऊपर उठने लगती, यहाँ तक कि सामने वाली दीवार की मुँडेर को छूती मालूम होती। "बुड़िया, बनी बुड़िया" और अच्छे और बनी दोनों दालान से निकल कर आँगन में होते हुए तीर की तरह ज़ीने में दाख़िल होते और गुम हो जाते। फिर वही भाँय-भाँय करता दालान और फिर वह और तहसीना, अकेले-अकेले लम्हे जिनकी वह तमन्ना करता रहता लेकिन आये पर कितने सख़्त गुज़रते, एक धोखे की कैफ़ियत, धड़-धड़ करता दिल और तहसीना उसी अन्दाज़ से गोया कि उसे किसी बात की ख़बर नहीं, गूदे में से ख़रबूज़े के मैले-गंमले बीजों को मलती रहती, मलती रहती मगर फिर आप की आप उसकी गर्दन पर पसीने के उजले क़तरे उभरने लगते और बीज साफ़ करने का काम एक मशीनी काम बन जाता, लगता कि उसके हाथ उसी अन्दाज़ में उसी रफ़्तार से बीजों भरे गूदे को मलते रहेंगे कि अचानक वह हाथों को तड़ेड़े देती और उठ खड़ी होती। उठते-उठते से उड़ती नज़र से देखती, चलते-चलते बज़ाहिर सादगी से कहती, "बहुत तपिश है, क्यों बैठे हो गर्मी में यहाँ?" तपते दालान में बैठे रहने की कोई वजह उसके पास न होती। वह चुपचाप खड़ा होता और कभी अन्दर बड़े कमरे में चला जाता और कभी बाहर हो लेता।

बाहर जाते-जाते उसने वजह पैदा की, "तहसीना।"

तहसीना ठिठक गयी।

"पैसे दे दो कुछ।"

दालान से निकलते-निकलते वह मुड़ी और बग़ली कमरे की तरफ़ हो ली। पीछे-पीछे वह। फिर आहिस्ता से अन्दर आ गया, बग़ली कमरे में सन्दूक के पास जहाँ वह पैसे निकाल रही थी। उजले मोती से क़तरे गर्दन पर फिर उभरने लगे और गर्दन पर पड़े हुए इक्का-दुक्का बाल भीगने लगे और हाथ जल्दी-जल्दी कपड़ों को उलटने-पलटने लगे। कपड़ों के नीचे से उसने रुपयों की सन्दूक़ची निकाली, रुपया निकाल कर उसे दिया, वह लम्बी-गोरी उँगलियाँ उसके हाथ के बराबर आ गयीं और फैले हुए हाथ जैसे उन्हें छूना चाहते हों, मगर फिर वही रुकावट की कैफ़ियत, वह सन्दूक बन्द कर आहिस्ता से बाहर निकल गयी।

दहलीज़ पर वह चन्द लम्हे चुपचाप खड़ा रहा। दिल उसका आहिस्ता-आहिस्ता धड़कने लगा था। खड़ा रहा, फिर जी ढहने लगा। कमरे से निकल कर दालान में आया और अब ख़ाली था और दालान से बाहर निकल गया।

सुर्ख़ पत्थरों वाला मन्दिर दूर से आँच दे रहा था। बहुत ऊँचाई पर अँधेरी

खिड़की में लगी हुई वह लोहे की चर्खी कि सुबह-शाम मुसलसल घूमती और शोर करती थी, अब शान्त थी। मन्दिर वाली गली से निकल प्याऊ की गली में आया। गली से निकल रहा था कि लड़कों की एक बे ढंग टोली ने रास्ता रोक लिया। काले-कलूटे लड़कों की इस टोली में गोरे-चिट्टे लड़के भी थे, लेकिन मुँह पर तवे की कालिख मलकर सब एक से हो गये थे। कुछ ने बस क़मीज़ उतारना मुनासिब समझा था, कुछ ने कि बहुत छोटे थे, सब कपड़े उतार ख़ुद को नंगा कर लिया था। कुछ ने कपड़े उतार लंगोट कि उनके जिस्म के हमरंग थे, कस लिए थे, बीच सड़क पर खड़े, हाथों में छड़ियाँ और छोटे-छोटे डंडे बजाते शोर मचाते।

काले डंडे, पीले डंडे
कौड़ी खेत लगाएगा, बरसेगा बरसाएगा
कौड़ी गयी रेत में, पानी गया खेत में

बीच सड़क पर रखी थाली, थाली में एक-दो इकन्नियाँ, बहुत से पैसे, कुछ धेले हर आते-जाते से कहते कि थाली में पैसे डालो, दलिया पकाएँगे, मेंह की दुआ करेंगे।

थाली में इकन्नी डाली तो लड़कों ने रस्ता छोड़ा और वह आगे बढ़ा मगर अब उसके कदम आगे नहीं बढ़ रहे थे, कदम रुक गये थे, मुड़े और आगे जाते-जाते वह पलट पड़ा।

शाम को दस्तरख़्वान पर बड़ी आपा को फिर ज़मीर की फ़िक्र हुई। ''अरी तहसीना ज़मीर को बुला के लाना कि खाना खाओ भइया।''

तहसीना रुकी, फिर रुक कर क़रीब गयी, ''खाना'' उसने आहिस्ता से कहा।

एक ऊँघ-सी उस पर तारी थी और सर मोढे पर ढलका हुआ था। आँखें उसी तरह बन्द रहीं, आहिस्ता से जवाब दिया, ''भूख नहीं है,'' चुप, फिर आँखें खोलीं, बोला, ''तबीयत ख़राब है मेरी, खाना नहीं खाऊँगा।''

तहसीना ख़ामोशी से मुड़ी और वापस बड़े कमरे में।

उसकी तबीयत वाक़ई ख़राब हो गयी थी। अम्मी ने उसकी पेशानी को छुआ, उसकी कलाई को देखा, बोलीं, ''पिंडा गरम है।''

ताई अम्माँ को अम्मी के इस बयान से इत्मीनान नहीं हुआ, ख़ुद माथे और गालों को छू के देखा, बोलीं, ''बहू कैसी बातें करे है, लौंडा तो बुख़ार में भुन रहा है।''

बड़ी आपा ने अपनी तरह माथे और गालों को छुआ, उँगलियाँ माथे पर रखीं, फिर पूरा हाथ गाल पर रखा, बोली, ''बीबी बदन तप रहा है।''

''मैं तो जानूँ लू लगी है'' ताई अम्मा बोलीं।

''अजी लू तो लगनी ही थी'' बड़ी आपा कहने लगीं, ''दोपहरियों में मारा-मारा फिरे है, बरसों में भतीजा आया है, फूफी के पास बैठता, मगर बहनों वह एक दिन भी मेरे पास आके न बैठा, जिन्हें क्या हो गया है परदेस जाके। बहू तुम क्यों ले

आयीं इसे, इसका जी नहीं लगता याँ।''

''बीबी पहले तो ऐसा न था'' ताई अम्माँ बोलीं, जब याँ था तो हर बख़्त बड़ी आपा, बड़ी आपा करे था।''

''बहनों, वह तो परदेस में जाके बदला है।'' फिर बड़ी आपा ने तहसीना को पुकारा, ''तहसीना, अरी अमिया है कोई, पना बना भइये के लिए।''

बुख़ार गरमा के आया। शुरू में बेहोशी हुई कि तन-बदन का होश न रहा, टुक होश आता तो धुँधला-धुँधला एहसास होता कि हाथों-पैरों पे मालिश हो रही है। आहिस्ता-आहिस्ता फिर ग़ुनूदगी आ लेती और फिर वही बेख़बरी।

दो दिन ग़फ़लत रही, तीसरे दिन होश आया सो साथ उसके बुख़ार भी टूटने लगा। पसीना इतना आया कि कुर्ता तर-ब-तर हो गया और बड़ी आपा माथे और गर्दन और गले को आँचल से पोंछते-पोंछते थक गयीं। हरारत लेकिन उसी तरह बाक़ी थी। सर ख़ाली-ख़ाली लगता था और ज़बान पे उसी तरह काँटे से जमे हुए थे।

ताई अम्माँ और बड़ी आपा और अम्मी दोपहर की चन्द घड़ियाँ जाने किस मुश्किल से बड़े कमरे में गुज़रती थीं, छत में लटके हुए झालर वाले लम्बे पंखे से ज़्यादा उन्हें नीम की टहनियों से छन कर आने वाली हवा ज़्यादा भाती थी। लू चलने लगती और धूप की तपिश तेज़ हो जाती तो नीम के नीचे से उठकर अन्दर आ जातीं। लेकिन टुक धूप ढली और फिर वह अपनी ठेक पर। सो दिन ढला और वह बाहर निकल आयीं। मगर उस पर पाबन्दी थी कि शाम से पहले बाहर न आये। दरवाज़ा उसी तरह बन्द था और ख़स की टट्टी उसी तरह पानी में शराबोर थी। अलबत्ता रोशनदान से एक किरन बहक कर अन्दर आयी थी और कमरे के अँधेरे में एक सुनहरी पारा भरी लकीर तन गयी थी, जो पता देती थी कि सूरज का रुख़ बदल चुका है। नूरी आधी सोती, आधी जागती एक ही रफ़्तार, एक ही अन्दाज़ से पंखे की डोरी खींचे चली जाती थी कि उसमें कभी-कभी उसके ऊँघ जाने से झटका आता और हवा के बहाव और कुन्दों की गर्दिश से पैदा होने वाले यकसाँ तरन्नुम में एक फन्दा पड़ता, फिर वह फ़ौरन चौंक उठती और डोरी की गर्दिश और हवा का बहाव कुन्दों से निकलने वाली आवाज़ फिर उसी डगर पर आ जाती। तहसीना ने उसके सर में काहू के तेल की मालिश ज़ोर-ज़ोर से शुरू की थी, मगर अब उसकी रफ़्तार भी ढीली पड़ गयी थी और घने गर्म बालों में गर्दिश करती हुई उँगलियाँ पंखे की नींद भरी रफ़्तार से रफ़्तार मिला कर आहिस्ता-आहिस्ता सरसरा रही थीं, रेंग रही थीं उस पर नीम-ग़ुनूदगी का आलम था। पिछले दो दिन ग़शी और कमज़ोरी के गर्म धुन्ध में डूबे हुए दिन अब सपने समान टुकड़े-टुकड़े करके याद आते जा रहे थे। गोरे पोरों

में थर्मामीटर की शीशे की साफ़ नलकी कि उसके होठों में आ जाती और फिर वह लम्बी उँगलियाँ उन्हें झुक कर बुलन्द करतीं और आहिस्ता से एक चाँदी के चमकते ख़ोल में बन्द कर देतीं। हाथों और पैरों पर होती हुई मालिश एक ही रफ़्तार से देर तक जारी रहती। यहाँ तक कि तलुवों को मलती हुई नर्म पोटली थम जाती और ताई अम्माँ की कलाइयों में पड़ी हुई चाँदी की चूड़ियाँ बजतीं और ख़ामोश हो जातीं या कभी-कभी उसकी हथेली पर गर्दिश करती हुई नर्म पोटली और उसके हाथ को हल्के से थामे हुए मख़मली मीठी उँगलियाँ, रेशमी शीरीं चूड़ियों के हिल्कोरों से रिसता हुआ नर्म तरन्नुम और एक ख्वाब हवास पर उसके छाता हुआ, एक शीरीं ग्रशी, एक शहद घुला नशा, वह शीरीं ख़्वाबी कैफ़ियत फिर जाग रही थी। लज़्जत से लबरेज़ हल्की-हल्की बदलियाँ हवास पर फिर उमड़ रही थीं। जी चाहता था कि वह नर्म उँगलियाँ यूँ ही बालों में सरसराती रहें और वह यूँ ही आँखें मूँदे अध नींदी कैफ़ियत में डूबा रहे। नींद भरी कैफ़ियत फिर तारी हो रही थी और उसके अन्दर शहद सा घुल रहा था और हवास पर ख़्वाब की एक पतली तह चढ़ती जा रही थी। बिना किसी इरादे, किसी नियत के सीधे हाथ को उसके हरकत हुई और आहिस्ता से सरहाने की तरफ बढ़ गया। काहू के तेल में डूबे हुए घने गर्म बालों में रेंग कर उँगलियाँ उसकी गर्दिश करती हुई गोरी उँगलियों में पैवस्त हो गयीं। गर्दिश करती हुई उँगलियाँ ठिठकीं, जहाँ की तहाँ जमी रह गयीं। जहाँ की तहाँ जमी उँगलियाँ पिघलने लगीं, बहने लगीं। आग ने आग से तपिश पकड़ी। गर्म सय्याल रु[1] उँगलियों से उँगलियों में मुन्तक़िल होती हुई, नशेब[2] से उभर कर नशेब में बहती हुई अलग-अलग बहती नदियाँ उमड़ कर किनारों से बह निकली थीं, घुल-मिल कर एक रुख बह रही थीं। काले लम्बे बालों की गर्म घनेरी से निकल कर जकड़े हुए हाथ होठों के क़रीब आ गये। जलती-पिघलती गोरी-गोरी उँगलियाँ तपते-टूटते बुख़ार वाले तपते-काँपते होठों के पास आ लगीं, होठों से निकलते गर्म साँस में बह निकलीं, मगर एकाएकी वह बेक़ाबू होकर उस गर्म गिरफ़्त को छुड़ा कर निकलीं। वह सरहाने एक साथ, बड़बड़ा कर उठी और चल खड़ी हुई।

दूर होते हुए क़दमों की चाप के साथ दरवाज़ा जल्दी में खुला और बन्द हो गया। आँखें उसकी, उसी तरह मुँदी हुई थीं मगर हवास पर छाई हुई ख़्वाब की गहरी घटा फट गयी थी।

---

1. बहने वाला पदार्थ।

2. नीचा।

4

सुबह आँख उसकी सवेरे मुँह-अँधेरे खुली। बड़ी आपा अभी नमाज़ की चौकी पर थीं और उनकी दर्द भरी आवाज "मौला अली, वकील अली, बादशा अली" सहेन में फैल रही थी। दर्द भरी आवाज़ की यह कैफ़ियत, जैसे बड़ी आपा का जिस्म पिघल रहा हो, और कोई दम[1] जाता है कि वह बहेगा और सुबह के पाकीज़ा धुँधलके में हल हो जायेगा।

घर से निकलने पर कि, आज बीमारी से उठने के बाद क़दम बाहर निकाला था और नूर के तड़के टहलने चला था। उसे सारी फ़िज़ा नयी-नयी नज़र आयी और उजली-उजली। लाल मन्दिर कि जिसकी बुलन्द दरीचे वाली चर्ख़ी मुसलसल गर्दिश में थी, लम्बी-लम्बी डोरियों में बँधी हुई छोटी-बड़ी पीतल की गुड़वियाँ और लोहे की डोलचियाँ कि तेज़ी से नीचे चलती कुएँ के अँधेरे में गुम होकर खँखारतीं और पानी से लबालब बूँदें टपकातीं, फिर उसी दरीचे में घुप जातीं, ठठेरों वाली गली, यहाँ अभी दुकानें बन्द और फ़िज़ा शोर से पाक थी, बस एक भंगन झाड़ू देती थी, जिसकी झाड़ू से उड़ती हुई गर्द ने गली पर एक नर्म धुँधलके का ग़िलाफ़ चढ़ा दिया था। गलियों से परे बस्ती से बाहर जाती हुई वह सफ़ेद कंकरों की गड्ढों वाली पतली सड़क भी ख़ामोश थी, जिस पर चलते हुए उसके पैर गट्टों तक ख़ाक में अट चले थे और बस्ती के आख़िरी छोर पर खड़ा हुआ सुर्ख़ ईंटों वाला मठस सुतून, रात की रुख़्सती का नक़ीब[2] कि अब गर्मियों में यूँ चुप था कि धुआँ उगलने और मुनादी[3] का फ़र्ज़ गोया फिर उसे अदा ही नहीं करना पड़ेगा। बस्ती के आखिरी छोर को छुवा और पलट पड़ा। क़दमों के नीचे से निकली हुई सड़क फिर क़दमों में थी। कभी कंकरों की खुरदुरी ज़मीन क़दमों में बजती हुई, कभी उधड़ी सड़क जहाँ कंकर ग़ायब थे और क़दम रखते ख़ाक उड़ती थी। स्कूल वाला बाग़ीचा नज़र आने पर सड़क से उतर दगड़े में आया, जहाँ मनों मिट्टी थी कि पैर उसके धँस-धँस गये और दगड़ा पार करके स्कूल की साफ़-सुथरी पगडंडी पर आ गया।

वह एक ख़ामोश शहर में दाखिल हो गया था। सुर्ख़ ईंटों के दरों की वह लम्बी क़तार, वह बरामदा कि खिंचा चला गया था, दूर से देखने पर लगता कि यह इमारत अनगिनत दरों, और एक लम्बे बरामदे और खपरैल की झुकी हुई छत के सिवा कुछ नहीं, मगर क़रीब आते ही यह इमारत बुलन्द होने लगती और फैलती चली जाती। ऊँचे-ऊँचे दर, अन्दर चमकते शीशों वाले अनगिनत दरवाज़े और दरीचे, गिर्दगिर्द फैली हुई फ़ील्ड जहाँ कहीं-कहीं सफ़ेद खम्भे खड़े थे और हाकी और फुटबाल की

---

1. समय।

2. ख़बर देने वाला।

3. एलान।

फ़ील्डों का पता देते थे। क्लासों के दरवाज़ों पर ताले लगे थे, बरामदे खाली और फील्ड ख़ामोश, स्कूल बन्द था। शहर जिसके, धूमें मचाते, आसमान सर पर उठाते नन्हे शहरी साल के साल हिजरत कर जाते और शहर ख़ाली और सुनसान हो जाता। इन धूमों और इन सन्नाटे दिनों से उसकी आश्नाई थी। छुट्टियों की सुब्हों में अब्बा मियाँ के साथ भूँड़ के खेतों में घूमते अक्सर उससे आँख बचाकर उसने रास्ता काटा और फूल तोड़ने की नीयत से स्कूल में पहुँचा। जब वह स्कूल की छोटी चारदीवारी को फाँदकर अन्दर दाखिल होता तो यहाँ की हर चीज़ देखी, चखी और बरती हुई होने के बावजूद वह अपने आप को एक अजनबी बस्ती में महसूस करता, जहाँ के बासी किसी जादू के असर या किसी देव के डर से बस्ती ख़ाली कर गये हैं। वह फ़ील्ड का चक्कर लगाता, फ़ील्ड में खड़े हुए सफ़ेद खम्भों को छू के और हिला के देखता, ख़ाली बरामदों में घूमता, ख़ाली बरामदे, बन्द दरवाज़े, इक्का-दुक्का दरवाज़े का शीशा टूटा होता और वह झाँक कर हल्के अँधेरे में चमकती डेस्कों और कुर्सियों को देखता, देखता रहता और पीछे हट जाता। किसी दरवाज़े का ताला ग़ायब होता और दरवाज़ा इक ज़रा खुला होता, हैरानी और डर की मिली-जुली कैफ़ियत के साथ उसके हाथ किवाड़ों को आहिस्ता से खोलते, झुके-झुके अन्दर जाता, ताज्जुब से ख़ाली फ़र्श को, बन्द दरीचों को और अधखुले रोशनदानों को देखता, फिर दिल उसका धड़कने लगता, बाहर निकलता और बिना फूल तोड़े उसकी हद से बाहर आ जाता।

माज़ी[1] की महक उसे फिर आने लगी थी और बीते दिनों का जादू दिलो-दिमाग में जाग रहा था। वह बाग़ीचे में हो लिया। धुले-धुले पौधे और झाड़ियाँ, उजले-सफ़ेद फूल गोया सब्ज़े में चाँदनी चटकी है। तितलियाँ कि पौधों को हाथ लगाने से बेक़रार होतीं और ठिकाने से बे ठिकाने होकर फ़िज़ा में भटकने लगतीं। शबनम से शराबोर पत्तों और महकते फूलों में सफ़र करती उँगलियाँ एक और सफ़र पर निकल गयीं। उँगलियों की गिरफ़्त में वह शहद भरा लम्स फिर जाग रहा था और पोरों, उँगलियों और हथेली में मीठी कुन-मुन हो रही थी। फूलों से उसका रुमाल भर गया था। उसने रुमाल में गाँठ बाँधी और बाहर निकल आया।

ख़ाक से अटी सड़क, कदमों तले बजते हुए कंकर, पोली ज़मीन, दगड़ा, पगडंडियाँ, खेतों की मेंड़ें, पैर उसके कभी शबनमी घास को रौदते हुए गीले हुए, कभी दगड़े में चलते-चलते मैले हुए। दूर से हीरा के अलाप लगाने की आवाज़ आ रही थी। तो भूँड की हदें शुरू हो चुकी थीं। कभी पतली पगडंडी पर, कभी खेतों की मेंड़ों से गुजरता हुआ वह नीम और खंडाल के दरख़्तों के पास पहुँचा। उसने नीम की टहनी मिस्वाक[2] की ग़रज से तोड़ने के लिए हाथ बढ़ाया कि टहनियों में सरसराहट

---

1. भूतकाल।
2. दातून।

हुई और गिरगिट हरे पत्तों से निकल कर मोटे गुद्दे पर आ गया। अधटूटी शाख़ को छोड़ कर वह एक क़दम पीछे हटा, गिरगिट फूलता गया, फैलता गया। काँटे सर और पुश्त के खड़े हो गये और मुँह की दहकती हुई सुर्ख़ी गर्दन में, गर्दन से पुश्त में तैरने लगी। दिल उसका धड़कने लगा। एक अनजान ख़ौफ़ कि कोई हमला होने वाला है। रंग ज़र्द से सुर्ख़, सुर्ख़ से हरा हुआ। फिर उसका रुख़ घनी टहनियों की तरफ़ हो गया। पीली-पीली दुम कुछ देर तक उस जगह ठहरी हुई नज़र आयी, फिर वह भी सटक कर पत्तों में गुम हो गयी।

एक अनजाना ख़ौफ़, अकेलेपन का एहसास ज़हन के किसी कोने में उभरता-दबता वहम कि जिस्म का एक पली ख़ून घट गया है। रुख़ उसका पहले कुएँ की तरफ हुआ, फिर चलते-चलते उसने रस्ता बदला और सीधा घर की तरफ हो लिया। जहाँ कभी काले-पीले दानों वाली झाड़ियाँ, आख के पौदे, सफेद काँटों और मैली पत्तियों और पीले फूलों वाले टेढ़े-मेढ़े बबूल के दरख़्त थे, अब उस मैदान की शक्ल बदल रही थी, जगह-जगह सीमेंट के ढेर थे और सुर्ख़ ईंटों की दीवारें। कोठी की तामीर शुरू नहीं हुई थी मगर असर-आसार उसके ज़ाहिर होने लगे थे।

जब उसने घर में क़दम रखा तो उजाला हो चुका था और सबसे ऊपर वाले कमरे की ममटी पर सुनहरी धूप दमकने लगी थी मगर बड़ी आपा अभी नमाज़ की चौकी पर थीं और उनकी दर्द भरी आवाज़ "मौला अली, वकील अली, बादशा अली" सहेन में फैल रही थी। ताई अम्माँ दुआ माँगते-माँगते अभी सजदे में झुकी थीं। अम्मी उसी तरह सो रही थीं मगर इस फ़र्क़ के साथ कि अब परेशान करती मक्खियों से बचाव की ग़रज़ से दुपट्टे का आँचल उनके चेहरे पर आ गया था। तहसीना उठ बैठी थी, पर आधी सोती, आधी जागती। नींद की नन्ही बदलियाँ छँट कर फिर घुल-मिल रही थीं और आँखें फिर मुँदने लगी थीं कि उसने बढ़कर फूलों का रुमाल उसकी गोद में रख दिया। नींद की नन्ही बदलियाँ आन की आन में ग़ायब और आँखें हैरानी और इस्तफ़सार[1] की ग़ैर वाज़ेह कैफ़ियत के साथ उसकी तरफ़ उठ गयीं।

"फूल हैं" जवाब में बोला और दिल उसका धड़कने लगा। वह जल्दी से आगे बढ़कर दालान की तरफ़ हो लिया।

दालान और ख़ाली कमरों में मसरूफ़ बन कर वह देर तक घूमता रहा। बड़े कमरे में, बड़े कमरे से बग़ली कमरे में, बग़ली कमरे से फिर बड़े कमरे में।

जब बाहर आया तो सहन उसे फूलों से उजलता, महकता मालूम हुआ। फूल नानी अम्माँ की चाँदी की बालियों में थे, फूल बड़ी आपा के कानों में थे कि अभी बावर्चीख़ाने की तरफ गयी थीं। फूलों से तहसीना लदी-फ़दी थी कि कानों में महकते

---

1. पूछना।
2. गालों।

गुच्छों के असर से रुख़्सारों[2] में रंग दौड़ा हुआ था और चेहरा खिला पड़ता था। फूलों के लिए बनी ठनक रही थी कि कानों में पहनने पर ही इतमीनान नहीं था बल्कि हार भी चाहती थी।

"बस अब और फूल नहीं हैं, तुझे तो हौका हो गया है।"

"बाजी गजरा"

"ज़रा-से तो रह गये हैं, इसमें गजरा क्या बनेगा। कल फिर जमीर भाई लायेंगे तो फिर गजरा बनायेंगे, हैं ना," तहसीना की आवाज़ में प्यार के साथ-साथ एक लहक भी थी।

बनी को कल के वादे से सुकून नहीं हुआ। "तुम्हारे पास इतने तो हैं।"

"कहाँ इतने हैं? चार कलियें रह गयी हैं" और उसने फैले आँचल को समेट लिया।

बनी पहले ठनकी, फिर रूठ कर मुँह फैलाया, फिर बिसोरने लगी और जब तहसीना पर कोई वार कारगर न हुआ तो उस पर टूट पड़ी, तहसीना ने कि उसने आँचल फिर फैला लिया था और इत्मीनान से फूल गोह रही थी, जल्दी से आँचल को समेटा, बनी के हाथ पकड़ कर फूल छीने और उसे पीछे ढकेल कर हँस पड़ी, "बावली हुई है" सर से आँचल काँधे पर खिसक आया, जूड़े में लगे हुए कई फूल अफ्शाँ की तरह छुट के गिरे और एक लट सुर्ख़ होते गालों पर आ पड़ी। "एक दफ़ा कह तो दिया कि अब कल हार बनाएँगे, मानती नहीं।" वह फिर हँस पड़ी, "बावली वहशी है।"

"तहसीना सर ढको" अम्मी ने तहदीद आमेज[1] लहजे में कहा।

तहसीना सन्नाटे में आ गयी, सर ढका, सीने से सरकते आँचल को दुरुस्त किया, बालों की लट ऊपर की। अम्मी ने पानदान अपने पास सरकाया, खोल कर पान लगाने लगीं।

"ताई अम्माँ पान खाओगी?"

"बस एक कतरा लगा दे बहू।" ताई अम्माँ बोलीं, अम्मी फिर ख़ामोशी से पान बनाने लगीं। तहसीना गुमसुम और बनी हैरान कि बात क्या हुई और ख़ुद वह, पेशानी पे पसीना, सकते की कैफ़ियत, सोच रहा था कि अम्मी ने तहसीना को नहीं, उसे डाँटा है।

"अजी हम तो यह जाने हैं" अम्मी आख़िर बोलीं, "जब तक माँ के घर रहे, फूलों की सूरत माँ ने न देखने दी। चोरी-छुपे कहीं फूल मिल भी गये तो कानों को छिपाती फिरती थी कि कहीं अम्माँ न देख लें, खून पी लेंगी, मगर अब तो फूल फ़ैशन हैं।"

"हाँ" ताई अम्माँ मायूसी भरे लहजे में बोलीं, "अब तो डूबा हर ऐब फ़ैशन है।"

---

1. हद में रहना।

‘‘हाँ, बेपर्दगी फ़ैशन, सर खुला रहे तो फैशन, नीचा गरेबान फ़ैशन, दीदे फट गये हैं लौंडियों के, हमारे ज़माने में ऐसा काहे को था।’’

‘‘तुमने तो कल होश सँभाला है बीबी’’ ताई अम्माँ कहने लगीं, ‘‘हमारे ज़माने में तो डूबा ऐसा पर्दा होवे था कि क्या मजाल कि ग़ैर मर्द आवाज़ भी सुन ले। बड़ी अम्माँ, अल्लाह बख़्शे बड़ी जन्नती थीं, सर के बाल सफ़ेद हो गये थे, मगर सक्क़े ने कभी उनकी पेंधुल नईं देखी। बीबी, उन दिनों तो बाप-भइयों से भी पर्दा होवे था। बुनियाद अली जो हैं, उनकी एक बहन थी। बड़ी बदनसीब थी, कमबख़्त न तो फूल खिले, न बाप-भइये की सूरत देखनी नसीब हुई। बाप, बाहर बैठा-बैठा हकीम डाक्टरों का इन्तज़ाम करता रहा, बेटी अन्दर दम तोड़ती रही। वह जन्नती सूरत ख़ाक के पर्दे में छुप गयी। क्या अपने, क्या ग़ैर किसी मर्द ने झलक उसकी न देखी।’’

तहसीना ख़ामोशी से उठी और बावर्चीख़ाने में दाखिल हो गयी, तो उनकी नज़रें फिर अपने मुक़ाम पर वापस आ गयीं।

‘‘बीबी कोई बुरा माने या भला माने’’ और अम्मी का चेहरा गुस्से से सुर्ख़ होने लगा, ‘‘हमें ऐसी बेहिजाबी पसन्द नहीं।’’

‘‘बुरा मानने की इसमें बात क्या है।’’ ताई अम्माँ बोलीं, ‘‘कोई ग़ैर तो हो नहीं, और फिर डूबी बात कोई ऐसी नहीं कही। बुरी बात देखी, टोक दिया। बड़ों का काम ही यह होता है।’’

अम्मी कहने लगीं, ‘‘ताई अम्माँ मैं तो डरूँ हूँ कि कोई बात उल्टी न ले ली जाये। आख़िर सियानी लड़की है, ऐसा भी क्या कि निगोड़ी न आँख में हया न चाल में हिजाब, सर और सीने की सुध नहीं, एक आध दफ़ा मेरे जी में आयी कि कहूँ कि बेटी सियानी लड़कियाँ कमर झुका कर चला करती हैं। फिर मैंने सोचा कि बहना मुझे क्या, मुफ़्त में बुरी बनूँ।’’

‘‘ख़ैर यह तो बीबी तेरी ख़्वाहमख़्वाह की बात है, अपनों में ऐसी ग़ैरियत तो होती नहीं है।’’

‘‘ताई अम्माँ इसमें ग़ैरियत की बात नहीं है। कुँवारी लड़की का मामला नाज़ुक होता है। माँ की आँख उसे ठीक रखती है। बड़ी आपा के होते हम कौन कि टोकें। उन पर लाज़िम है कि वह रोक-टोक करें।’’

‘‘अरी वह तो अब्बा मियाँ जब से गुज़रे हैं, ऐसी बेसुध हुई है किसी बात को न देखे है, न टोके है।’’

अम्मी चुप हो गयीं। थाली छलियों की आगे की और छालिया कतरने लगीं। फिर सोचते-सोचते बोलीं, ‘‘अजी मैं तो जानूँ बड़ी आपा को अब ब्याह उसका कर देना चाहिए।’’

ताई अम्माँ चुप रहीं। फिर आहिस्ता से बोलीं, ‘‘बुनियाद अली का ख़त फिर आया है।’’

अम्मी चौंकीं, "अच्छा? ज़िक्र नहीं किया बड़ी आपा ने?"

"ज़िक्र करेगी, अब तो ज़िक्र करेगी ही।"

"क्यों?" अम्मी के कान खड़े हुए।

"अबके उन्होंने हाँ और ना में जवाब माँगा है। अब डूबा कुछ न कुछ तय करना ही पड़ेगा।"

चन्द लम्हे अम्मी और ताई अम्माँ ख़ामोश रहीं।

ताई अम्माँ फिर आप ही बोलीं, "डूबे वह भी सच्चे हैं, आख़िर कब तक बीच में लटके रहें। करनी है तो करो, नहीं तो मना करो।"

"आख़िर सोच क्या रही हैं बड़ा आपा, कुछ पता तो चले?" अम्मी बोलीं।

"बीबी हमें तो कुछ पता नहीं चलता। अब्बा मियाँ ज़िन्दा थे सो उनकी मौजूदगी में बुनियाद अली के बार-बार ख़त आये पर वह चुप हो जावें थे। छम्मो है सो चुप है। इसी चुप-चुप में दिन गुजरे जा रहे हैं, और लौंडिया की उम्र दिन-दिन में बढ़ती जा रई है।" ताई अम्माँ चुप हुईं फिर बोलीं, "अब भय्या आ गया है, मैं जानूँ उससे मशवरा लेगी।"

"भय्ये से और कौन-कौन सी बात में मशवरे लिए थे।" अम्मी के लहजे में ज़रा गर्मी आ गयी।

"इस मामले में तो ज़रूर लेगी।" ताई अम्माँ चुप हुईं, फिर बोलीं, "वैसे ईमान की बात है कि डूबी को भय्ये से मोहब्बत तो बहुत है।"

अम्मी चुप। उन्होंने सरौता थाली में रख दिया, कतरी हुई छालियाँ मलीं, चार दाने हथेली पे रखके मुँह में डाल लिए। फिर आप ही आप बोलीं, "भई बहन-भाई का मामला है, मैं बीच में बोलने वाली कौन, मगर मुँह पे आयी बात तो कही जावे है? मैं यह पूँछू हूँ कि जब तहसीना का इमदाद से नाम धरा गया था, उस वक़्त भी तो यही भय्या था।"

"हाँ, यह भी तो तुम सच कहो हो।" ताई अम्माँ बोलीं, "मगर एक बात यह है बीबी कि उस वक़्त लौंडिया का बाप ज़िन्दा था, छम्मो बेचारी की क्या चलती।"

अम्मी फिर चुप हो गयीं। छालिया कतरती रहीं, कतरती रहीं, फिर कहने लगीं, "ताई अम्माँ बात यह है कि उन्होंने तो लौंडे पे छोड़ दिया है और मैं भी यही सोचूँ हूँ। हाँ भाई कल-कलाँ को पसन्द ना आये तो हमें ताने कि तुमने मुझे जहन्नम में झोंक दिया है।" अम्मी ख़ामोश हो गयीं, मगर बात उनकी शायद अभी ख़त्म नहीं हुई थी। चन्द लम्हे रुक कर फिर बोलीं, लेकिन इस मरतबा उनकी आवाज़ बहुत नीची थी, "ताई अम्माँ यह लौंडिया इतनी हवा-तवा क्यों रहवे है।"

"ऐ इसकी माँ भी ऐसी ही है।" ताई अम्माँ ने लापरवाही से कहा।

---

1. घबराई हुई।

"ताई अम्माँ, यह तो हर वक़्त खफक़ानी[1] सी रहवे है। जाने ग़रीब को क्या दुख लग गया है। बड़ी आपा हमारी ऐसी बावली हैं कि किसी बात की सुध ही नहीं।"

ताई अम्माँ ने एक साथ पहलू बदला, "ऐ है धूप आ गयी है।" धूप फैलते-फैलते चारपाई पर आ गयी थी।

"अन्दर चलो" अम्मी उठ खड़ी हुईं, "ज़मीर चलो जाके अन्दर बैठो।"

वह उठ खड़ा हुआ और बग़ली कमरे की तरफ़ हो लिया।

दोपहर को वह कई बार कमरे से निकला, कभी पानी पीने, कभी पेशाब के बहाने, दालान में आया, दालान से सहेन में, सहेन से फिर दालान में। इस दोपहर को दालान सुनसान रहा, न दुपट्टे रंगे गये, न ख़रबूज़े के बीज धुले।

फिर उसकी आँख लग गयी, जब वह उठा और बाहर आया तो धूप ढल गयी थी। अम्मी और ताई अम्माँ और बड़ी आपा सब के सब बाहर निकल आये थे।

"ज़मीर बाहर आ जाओ यहाँ हवा है" बड़ी आपा ने उसे आवाज़ दी। वह दालान से निकल नीम के नीचे मोढ़े पर जा बैठा।

"ऐ छम्मो तूने टोक दिया। हवा फिर बन्द हो गयी।" ताई अम्माँ के हाथ में पंखा ज़ोर-ज़ोर से गर्दिश करने गला।

हवा वाक़ई बन्द हो गयी थी। ज़मीर की क़मीज़ तर-ब-तर होने लगी।

"बहेना बड़ी गर्मी है, मेरा तो पिंडा मरोड़ियों से फल गया है।" अम्मी बोलीं।

ताई अम्माँ बड़बड़ाने लगीं—"तोबा-तोबा आसमान तो ताँबा हो गया। डूबी भूबल बरस रई है।"

फिर उनका लहजा बदला और गिड़गिड़ा कर दुआ माँगने लगीं—"इलाही अपने हबीब का सदक़ा पानी भेज—पानी, करबला के प्यासों का वास्ता, पानी....."

बड़ी आपा कहने लगीं—"बहनो, सुने हैं कि नजूमियों ने बताया है कि अबके बरस पानी नहीं पड़ेगा।"

ताई अम्माँ ने फ़ौरन टोका, "ना बीबी ऐसी आवाज़ मत निकाल, अल्लाह रहम करे।"

अम्मी बड़बड़ाने लगीं, "अजी हम तो यहाँ आके आफ़त में फँस गये, ऐसी गर्मी काहे को देखी थी हमने, सावन गुज़र चला और बादल का आसमान पर नाम-निशान नहीं।"

"अरी बीबी" ताई अम्माँ का ख़याल बहकने लगा, "यह क्या सूखा है, सूखा तो ऐसी पड़ी थी—मगर हमारा-तुम्हारा तो पता भी नहीं था, बड़ी अम्माँ सुनाया करें थीं कि ऐसी सूखा पड़ी कि बरसात सारी गुज़र गयी और बूँद पानी की नईं पड़ी, असाढ़ उजाड़, सावन सूखा-सूखा, भादों खाली, आसमान ताँबा, ज़मीन तड़ख़ी जावे, चिड़ियें घूँट को तरसें और डंगर रातों को प्यास से डकराएँ... तो बीबी ये समझो कि उस बरस दाना नईं उगा। काल पड़ गया... सारे में तराह-तराह मच गयी। माँओं

कमबख़्तों ने मुट्ठी भर चनों के लिए गोदें ख़ाली कर दीं और एक-एक नेवाले के लिए बेटियें बहा दीं... वह जानवर कटा, वह कटा कि बस तोबा ही है, चरन्द-परन्द जो मिला काटा और खाया... अरी बीबी कौआ तक ग़ायब हो गया।''

''कौवे भी? अरे ताई अम्माँ क्या कह रही हो।'' बड़ी आपा की आँखें खुली की खुली रह गयीं।

''हाँ बीबी कौवे.....'' ताई अम्माँ की आवाज़ में दहशत की कैफ़ियत थी। ''कौवे–बीबी काल थोड़ा ही था, अज़ाबे-इलाही था। काल टला तो ग़दर टूट पड़ा। चोरियें हुईं, फिर डाके पड़े। रोज़ ख़बरें आवें कि आज फलाँ मुहल्ले में कूमल लग गया, आज फलाँ गाँव में डाका पड़ गया। ऐ मियाँ, इसी में ग़दर मच गया। ख़िलकत[1] हिल गयी। वो गोला-बारूद चला कि खड़ी हवेलियें ज़मीन का पैवन्द हो गयीं और हवेलियों वालों को सर छिपाने की जगह न मिली, और दिल्ली में तो वह रन पड़ा कि बड़ी अम्माँ केवें थीं कि दिल्ली के कुएँ ख़ाक से अट गये और जमुना सुर्ख़ हो गयी।''

ताई अम्माँ चुप हो गयीं। बहकते-बहकते जाने कौन-सी दुनिया में जा निकली थीं कि आवाज़ भी साथ उनका छोड़ गयी थी। बड़ी आपा गुम-सुम आँखों में दहशत की कैफ़ियत, अम्मी भी चुप, मगर फिर अम्मी ने पहलू बदला और ताई अम्माँ के पोरे हुए जादू के जाले से निकलने की कोशिश की, ''अजी ख़ैर दिल्ली का क्या ज़िक्र है, इस शहर को किसी फक़ीर की बददुआ लग गयी। बार-बार उजड़े है, बार-बार बसे है।''

ताई अम्माँ उसको तकती रहीं, वह ख़ुद भी तो अपने पोरे हुए जाले में घिरी हुई थीं। फिर उन्होंने पंखा उठाया, झलने लगीं, फिर बड़बड़ाईं, ''फ़कीर की बददुआ कह लो या आमाल की सज़ा, हम तो यह जाने हैं कि बाईस ख़्वाजा की चौखट में कोई राजा सौ बरस से ज़्यादा तख़्त पे बैठा, सौ बरस बाद राज बदले है, रिआया हिले है।''

''अल्लाह तेरा शुक्र'' बड़ी आपा की बाछें खिल गयीं। नीम के पत्तों में सरसराहट हुई थी। और जलते-तपते बदनों को एक हल्के झोंके ने छुवा था। ढलती धूप से आँगन में अचानक छाँव उतर आयी। धूप पैरों चलने लगी। जल्दी-जल्दी सामने की दीवार पर चढ़ी, मुँडेर पर पहुँची, ऊँचे कोठे वाली ममटी पर सरकती नज़र आयी और ओझल हो गयी।

''अल्लाह पानी भेज'' बड़ी आपा की हसरत भरी निगाहें आसमान की तरफ उठ गयीं।

नन्ही गन्दली बदलियाँ बुलन्दी पर रेंगती रहीं, तैरती रहीं और सूखे आँगन में शदाबी दौड़ने लगी। खुली बदलियाँ फिर फटने लगीं और धूप पलटी, ममटी पर आयी, मुँडेर पर दिखायी दी, दीवार-दीवार उतरी और आँगन में फैल गयी।

दरवाज़े के बाहर खड़-खड़ करता इक्का रुका।

1. जनता।

"इक्का किसका आया? बड़ी आपा चौंकीं।"

"ज़मीर" अम्मी ने कहा, "देखो किसका इक्का आया है।" फिर बड़ी आपा बोलीं, "मैं जानूँ तुम्हारे भय्ये आ गये। मुकदमा तो आज ख़त्म हो गया।"

वह उठकर दरवाज़े की तरफ़ चला।

बड़ी आपा धड़कते दिल से दुआएँ माँग रही थीं, "इलाही ख़ैर, अच्छी ख़बर आयी हो।"

दरवाज़े पर पहुँचा तो बाबा इक्के पर से उतर पड़े। खिचड़ी बालों में और लिबास पर गर्द की हल्की तह, चेहरे से सफ़र की थकान ज़ाहिर, इक्के वाले का हिसाब चुकाया, बस्ता उतरवा कर नौकर के सर पर धरा और थके-थके क़दम उठाते अन्दर चले। वह उनके पीछे-पीछे, आँगन में क़दम रखा तो घर भर की निगाहें उम्मीद व नाउम्मीदी में बँटी हुई, सवाल करती निगाहें, उनकी तरफ़ उठ गयीं। बाबा ने जेब से रुमाल निकाल कर कपड़े झाड़े, चेहरा साफ़ किया, गर्दन पर बहते पसीने को पोंछा और मोढे पर बैठ गये। बड़ी आपा मोढे के पीछे आ खड़ी हुई थीं और ज़ोर-ज़ोर से पंखा झल रही थीं।

"भय्या क्या हुआ?" ताई अम्माँ ने डरते-डरते पूछा। आहिस्ता से बोले, "डिग्री हो गयी।"

"डिग्री....."

तेज़ी से पंखा झलता हुआ हाथ एक साथ रुक गया। रुक कर फिर चलने लगा मगर आहिस्ता-आहिस्ता, कई मिनट तक ख़ामोशी रही, पंखा बड़ी आपा के हाथ में बाबा के सर पर आहिस्ता-आहिस्ता गर्दिश कर रहा था। फिर बाबा उठे और गुस्लख़ाने की तरफ़ चले गये।

वह नहा-धोकर वही रोज़ वाला चारख़ानेदार तहमद बाँधे सफ़ेद बनियान पहने गुस्लख़ाने से निकल मोंढे पे बैठे और हुक़्क़े की नै को, जो अभी ताज़ा करके मोढे के सामने रखा गया था, होठों में दबाया। बड़ी आपा और ताई अम्माँ और अम्मी उसी तरह गुम-मथान बनी बैठी थीं। धूप ढल चुकी थी। छाँव और हल्का-हल्का छिड़काव जिसने ज़मीन में दबी हुई गर्मी को उभार दिया था और गीले आँगन से भाप निकल रही थी। बाबा ने हुक़्क़े की नै को होठों से अलग करके उसे जड़ से थामा और फ़ासले से रख फिर होठों में दबा लिया। वह थकन और परेशानी कि इक्के से उतरते वक़्त चेहरे से अयाँ थी, धुल-सी गयी थी। शादाब हुक़्क़े की सोंधी ख़ुशबू और ख़्वाब-आवर गड़गड़ाहट के साथ उनकी आँखें बन्द होने लगीं। हुक़्क़े की गड़गड़ाहट, बाबा की बन्द आँखें, बड़ी आपा और अम्मी और ताई अम्माँ कि गुम-सुम बैठी थीं। ख़ामोशी इतनी कि उसका दम बन्द होने लगा। बार-बार ज़मीर ने इरादा किया कि वह आहिस्ता से उठे और दबे पाँव बाहर निकल जाये। मगर इसका हौसला न हुआ, एक बार उसने पक्का इरादा किया कि वह दबे पाँव इस दम बन्द फ़िज़ा

से निकल जाये कि इतने में सिसकियों की आवाज़ आने लगी। बड़ी आपा बहुत देर से दम साधे बैठी थीं, बन्द टूट गया और वह घुटनों से सर देके आहिस्ता-आहिस्ता रोने लगीं। बाबा ने आँखें खोलीं, बड़ी आपा को देखा और फिर बन्द कर लीं और हुक़्क़े की गड़गड़ाहट उसी रफ़्तार के साथ बुलन्द होने लगी, होती रही।

उस रात हवेली वाले सवेरे सोये। बड़ा वाला लैम्प कि कभी आँगन में, कभी छत पर, कभी कमरे में, रात गये तक जलता रहता था और बाबा उसकी रोशनी में बड़े अब्बा के बोसीदा बादामी क़ाग़जात उलटते-पलटते रहते थे, शाम ही से मुन्दा कर दिया गया था।

गली से निकलते-गुज़रते लोगों को यह गुमान हुआ कि हवेली वाले आज किसी तक़रीब पर गये हैं।

5

असाढ़ उजाड़, सावन सूखा और अब भादों गुज़र रहा था। आसमान पर कभी बादलों के दल के दल चलते नज़र आते, बेमक़्सद, बेमंज़िल बादलों के क़बीले रेंगते रहते, रुक कर खड़े हो जाते, फिर रेंगने लगते, बादल जाने किधर से भटक-भटक कर आते, टूटे-फूटे बादल, फटी-टटी रुपहली बदलियाँ, इक्का-दुक्का मैले-भूरे और आहिस्ता-आहिस्ता आपस में मिलने लगते और सूरज पर एक पर्दा पड़ जाता और धूप खेतों और मैदानों में जल्दी-जल्दी चलती हुई, दरख़्तों को फलाँग कर ओट में जा छिपती।

"आज तो बादल आये हैं" कोई राहगीर चलते-चलते कहता।

गुन्दल आसमान को देखता, फिर रूखे लहजे में कहता, "बरसने वाले नईं हैं।"

मैले-उजले बादलों के क़बीले बेगरजे, बेबरसे गुज़र जाते और आसमान फिर ख़ाली-ख़ाली नज़र आता।

"टिटहरी बोल रई है मेंह आयेगा" चीख़ती हुई टिटहरी की आवाज़ पर ताई अम्माँ उम्मीद भरे लहजे में कहतीं।

"ताई अम्माँ," बनी पूछने लगती, "टिटहरी चीख़ती क्यों है?"

"बेटी पानी माँगे है, बादलों को पुकारे है।"

"तो बादल इसे पानी पिलाते हैं?" अच्छे का ख़याल बहने लगता।

"हाँ बेटा, डूबी बदनसीब है, भय्ये को पानी नहीं पिलाया, ऐसी बददुआ लगी कि टिटहरी बन गयी, चोंच में पानी का क़तरा नहीं जाता। दिमाग़ में छेद है, बूँद पड़े है, तो दिमाग़ के रस्ते हलक़ तर होवे है, फिर प्यासी की प्यासी।"

टिटहरी पानी गाँगती रहती। बादलों को पुकारती रहती। टिटहरी कभी ठीकाठीक दोपहरी में टिटकारती, कभी रात के सन्नाटे में पुकारती, बूँद पानी की किसी सूरत

नहीं पड़ी, जलती दोपहरियाँ गर्द से अट गयीं और तारे कि रातों को जगमगाते थे, अब मैले-मैले दिखाई देते। बरसात न बरसात के तोहफ़े, सावन की झड़ी न भादों की भद-भदी, न सावन के बसन्ती, सिन्दूरी आम कि पिछले टके धड़ी बिके थे, न भादों की जामुनें। गीली ज़मीन से उठती हुई सोंधी बास न पिच-पिच करते घूरों से आती हुई बिसान्द।

रोज़ सुबह को कभी बिल्कुल मटियाली होती और कभी हल्की मैली उठना, और भूँड़ की तरफ़ निकल जाना। आगे-आगे बाबा पीछे-पीछे वह। खेतों में क़दम रखा कि गुन्दल अचानक से कभी किसी दरख़्त के पीछे से, कभी पगडंडी पर चलता हुआ आता, क़रीब आकर आहिस्ता से सर झुका कर खड़ा हो जाता। ''सरकार करेला जल गया'' गुन्दल और हीरा कुआँ सारे का सारे दिन चलाते, रातों को चलाते, गजर दम उठकर चलाते, टिटहरी की पुकार और हीरा की तान फुँकती दोपहरों और सनाहती रातों में सुनाई देती, सुबह का गजर बजता तब सुनाई देती और जब धूप ढल कर पगडंडियों पर सरकने लगती तब सुनाई देती मगर ज़मीन प्यासी रही और धूपों और आँधियों का ज़ोर कायम रहा। गुन्दल रोज़ किसी फ़सल के जलने की ख़बर सुनाता।

''सरकार मक्की उजड़ गयी—कल सुर्ख़ आँधी आयी थी।''

बाबा ने ख़ामोशी से ऐनक दुरुस्त की, खँखारे, आहिस्ता से बोले, ''अच्छा'' और कुएँ के पास से निकल कर खेत की पगडंडियों पर हो लिये।

''बीबी मैंने दालान से झाँक के देखा, आसमान सुर्ख़ खून की बोटी, मुँडेरें और दीवालें लाल।''

बड़ी आपा कि दहशत की कैफ़ियत उनकी सूरत और लहजे दोनों से जाहिर थीं, बोलीं—''ताई अम्माँ हमारी उम्रों में तो ऐसी आँधी कभी नहीं आयी।''

''ना बीबी, हमने नहीं देखी।'' ताई अम्माँ बोलीं, ''बड़ी अम्माँ ज़रूर सुनाया करती थीं कि ग़दर से पहले एक दफ़े आयी थी ऐसी सुर्ख़ कि आसमान मानो ख़ूनम- ख़ून हो गया और दीवालें और मुँडेरें और ममटें जैसे किसी ने सुर्ख़ पुड़िया मल दी हो।''

''बहनों हम तो यह जानें है,'' बड़ी आपा के लहज़े से दहशत की कैफ़ियत मिट गयी थी और दुख का रंग पैदा हो चला था, ''जब से इस बख़्त मारी कोठी की नींम खुदी है, रोज़ एक आफ़त टूटती है।'' ताई अम्माँ ने फ़ौरन ताईद की, ''यह तो सच कहवे है छम्मो। अब्बा मियाँ के सामने जब शब्बीर हुसैन ने एक दफ़े ज़िक्र किया था तो उन्होंने साफ़ मना कर दिया था कि हम इस ज़मीन को हाथ नहीं लगाएँगे, इस पर असर है, आबाद नहीं हो सकती।''

''ताई अम्माँ हैं आप बड़ी शक्की'' अम्मी बोलीं, ''भई यह तो वक़्त की बात है। काम बनते भी हैं, बिगड़ते भी हैं। सँवर जाये तो कह दो नसीबवर है, बिगड़ जाये तो असर बता दो।''

ताई अम्माँ ने फौरन जवाब दिया, ''बहू तू तो हमारी किसी बात को मानती ही

नहीं, न तेरा मियाँ माने, अच्छा बीबी हम ही बेवक़ूफ़ हैं।" ताई अम्माँ चुप हो गयीं।

बड़ी आपा का ज़हन भटक कर किसी और तरफ़ जा निकला, सोच भरे लहजे में बोलीं, "अब्बा मियाँ और उनके साथ कोई और... एक ख़याल कि मीर बू अली हैं। अब्बा मियाँ और बड़े अब्बा परेशान से हैं... फिर जैसे मीर बू अली चिल्लाए हों... हवेली की डाट फट गयी... बस मेरी आँख खुल गयी।"

ताई अम्माँ हिल-सी गयीं, कुछ देर गुम-सुम सी ख़ला[1] में तकती रहीं। फिर पहलू बदलते हुए ठंडा साँस लिया, बोलीं, "कोई ख़्वाब तो सचमुच ऐन में सच हो जावे है।"

ताई अम्माँ ख़ामोश हो गयी थीं। लेकिन जब कोई और न बोला और अम्मी और बड़ी आपा गुम-मथान बनी बैठी रहीं, तो फिर बोल पड़ीं, मगर अब के उनके लहजे में तल्ख़ी भी थी, "अब ओठियें-कोठियें बनाते रहो, हवेली तो ठिकाने लग गयी।"

बड़ी आपा ने जवाब में ठंडा साँस भरा, बोलीं, "हाँ वह तो ठिकाने लग गयी।" और चुप हो गयीं। कोठी की तामीर शुरू हो चुकी थी। थाने-कचहरी का क़िस्सा ख़त्म था, अब्बा मियाँ के रुक़्के-पर्चे[2] एहतियात से बाँध कर फिर किताबों के भरे लकड़ी के सन्दूक़ में डाल दिये गये। अब बाबा का सारा दिन भूँड़ पर गुज़रता। अम्मी ने ज़मीर को भी इस उलझेड़े में फँसा दिया, "अजी तुम अकेले कहाँ तक सारे काम की देख-भाल करोगे। अपनी उम्र को देखो। ज़रा गिरे तो खटिया से ऐसे लगोगे कि उठा न जायेगा, ज़मीर घर में बैठा क्या करता है, क्यों उससे नहीं कहते कि काम की देख-भाल करे।" घर में वह बैठता भी तो क्या फ़र्क़ पड़ता। दुपहरी भर दालान भाँय-भाँय करता और आँगन तपता रहता और नीम की टहनियाँ कभी थकी-थकी हिलकोरें लेतीं और कभी सर न्योढ़ा कर चुप हो जातीं। तहसीना थी घर ही में, कभी दालान में, कभी आँगन में, कभी क्यारी से दूर से झलक नज़र आयी और आन की आन में ओझल। अम्मी थीं कि हर वक़्त उसे नज़रों में रखतीं। घर से डर लगने लगा मगर बाहर भी सुकून तो नहीं मिला। सीमेंट की जा-ब-जा ढेरियाँ, रोड़ियों के सुर्ख़-सुर्ख़ ढेर, भीगा गारा। जहाँ से राज भर-भर कर परातें सर रख अधबनी दीवारों की तरफ़ जाते। सीढ़ी चढ़ मचानों पर पहुँचते और परातें ख़ाली करके पलट आते और वह सुर्ख़ ईंटों से लदे गधे कि उनके लद-फँद कर जाने का ताँता दिन भर बँधा रहता। लगता कोठी नहीं शहर तामीर हो रहा है। गधों के आते-जाते क़ाफ़िले, रोड़ियाँ कटने और आरियों और आरों के चलने की तरन्नुम, राज-मज़दूर, उठती, ऊँची होती दीवारें, यह सारी चहल-पहल उसके लिए एक बेकार का शोर था, एक बेसम्त सरगर्मी।

"ज़मीर मियाँ, सर्दलें कैसे बनें।"

"क्यों?"

---

1. शून्य।

2. काग़ज़ात।

बूढ़े बढ़ई ने ऐनक दुरुस्त की, बोला, ''कल जो लकड़ी आयी थी, ग़ायब है।''

''लकड़ी ग़ायब?''

लकड़ी किसने ग़ायब की, एक-एक से पूछा गया, डाँटा गया, राज-मज़दूर काम छोड़-छोड़ कर गिर्द उसके जमा हुए और लगे एक-दूसरे को तोहमत लगाने। फिर बाबा आये शोर करते। मज़दूर एकदम से चुप हो गये। उन्होंने सीधे-सीधे सवाल किये, एक राज ने उखड़े-उखड़े जवाब दिये, शक पड़ा, उसे निकाल दिया।

सर्दलों और चौखटों की लकड़ी ग़ायब हुई। फिर ईंटों पर गुमान गुज़रा कि कम हैं। फिर सीमेंट की चन्द बोरियाँ गुम हुईं। जिस किसी पे शक पड़ा, निकाल बाहर किया। चोरी का सिलसिला जारी रहा और राजों को निकालने का सिलसिला लम्बा होता गया। लेकिन राज-मज़दूर वही थे। एक थैली के चट्टे-बट्टे। निकाले हुए राज फिर काम पर आने लगे और बुराई का एक चक्कर क़ायम हो गया।

''काम अब तक शुरू नहीं हुआ? कहाँ हैं राज?''

''ज़मीर मियाँ ख़ज़ाना?'' एक राज ने राज़दाना अन्दाज में दबी आवाज़ में कहा।

''कैसा ख़ज़ाना?''

''अजी बरामदे की नीम खोदते-खोदते छनाका हुआ। खोद रिये हैं उसे..... ख़ज़ाना निकलेगा।''

राज सारे-सारे दिन भर खुदी हुई नीम को खोदते रहे, गहरा करते रहे। जिन्होंने खुदाई में हिस्सा नहीं लिया वह उम्मीद-नाउम्मीदी में बँटे वहाँ बैठे रहे और हर ज़बान पर हैरानी का मुज़ाहरा होता रहा। शाम को खुला कि काँसे का देग़चा है, कोयले उसमें भरे हैं।

''अशरफियें कोयले बन गयीं'' ताई अम्माँ अफ़सोस भरे लहजे में बोलीं, ''अजी क़िस्मत की बात है और बीबी नीयत का भी मामला होवे है। मैं तो जानूँ किसी राज कमबख़्त की नीयत में फ़र्क था।''

राजों की नीयत का फ़र्क क़ायम रहा और तामीर के साथ ख़राबी की सूरत चलती रही।

राजों के शोर से उसका दिल उलटने लगता और वहाँ से हटकर कुएँ के पास के पेड़ के नीचे आ जाता, गुन्दल की पुकार, हीरा, ओए हीरा... हीरा होत...।''

''हम्बे।''

''ओए, छोटे मियाँ आयो है, खाट डाल दे।''

''आया।''

हीरा पगडंडियों से चलता लपक-झपक आता। चारपाई बिछ जाती। बड़ के घने साये में लेटकर उसे कितना सुकून मिलता, गुन्दल राख में दबा हुआ उपला कुरेदता। चिमटे से तोड़ कर चिलम भरता और पाँयती के सहारे बैठ चिलम पीने

लगता।

"जमीर मियाँ" हीरा बोला।

"हूँ।"

"यू कोठी कब तक बनेगी।"

"बन रही है, बन ही जायेगी।"

"तो वा के बाद सिगरे हवेली वाले याँ पे आ जायेंगे?"

"और क्या?"

"और हवेली ख़ाली हो जावेगी?"

"ख़ाली? हाँ।"

गुन्दल की चिलम पीते-पीते आँखें बन्द हो चुकी थीं, खोलीं, खँखारा, चिलम हीरा की तरफ़ बढ़ा दी। आँखें फिर मूँदने लगीं। गुनगुनाने लगा–

रात गँवाई सोइ के, दिवस गँवायो खाए
हीरा जनम अमोल थ्यो, कौड़ी बदलो जाए।

उसकी आँखें भी बन्द होने लगी थीं और मीठी-मीठी ग़ुनूदगी आँखों में, आँखों के रास्ते पूरे बदन में उतरने लगी थी कि मुंशी जी की आवाज़ ने चौंका दिया।

"ज़मीर मियाँ," मुंशीजी की आवाज़ घबराई हुई थी।

उसने आँखें खोल दीं, "क्यों?"

"कुइय्याँ सूख गयी।"

"कुइय्याँ सूख गयी?" वह हैरान रह गया।

"जी," मुंशी जी बोले, "कुइय्याँ सूख गयी। अब पानी कहाँ से आवेगा। काम रुका पड़ा है।"

वह उठ खड़ा हुआ। पहले कुइय्याँ के पास गया कि जहाँ मज़दूर सारे काम छोड़कर इकट्ठा थे, कुछ कुइय्याँ को झाँक-झाँक कर देखते थे, कुछ ने टोलियाँ बनायी थीं और दरख़्त के साये में बैठे हुक़्क़ा पीते थे, ऐंडते थे, वह उठा और घर की तरफ़ हो लिया।

बड़े कमरे का दरवाज़ा खोलकर अन्दर गया तो बाबा की सवालिया नज़रें उसकी तरफ़ उठ गयीं और बड़ी आपा बेसाख़्ता बोलीं, "ऐ है, ऐसी धूप में मारा-मारा फिरे है, देखो तो सही मुँह सुर्ख़ हो रहा है।"

बाबा बड़ी आपा की बात को नज़रअन्दाज़ करके उसे सवालिया नज़रों से देखते रहे।

"क्यों?"

"काम रुक गया" उसने आहिस्ता से कहा।

"क्यों?" बाबा ने फिर उसी लहजे में सवाल किया।

"कुइय्याँ सूख गयी।"

"कैसे?" बड़ी आपा चौंक पड़ीं।

बड़ी आपा का सवाल बेजवाब रहा। वह बोलना चाहता था, लेकिन बाबा के तेवर देख कर चुप हो गया। बाबा ख़ामोशी से उठे, कपड़े ठीक किये, जूता पहना, बाहर हो लिये।

बाबा के बाहर जाने पर सकता टूटा, ताई अम्माँ ने फुरेरी ली, "ऐ ज़मीर कुइय्याँ सचमुच सूख गयी क्या?"

"जी ताई अम्माँ।"

"कैसे सूख गयी?" बड़ी आपा ने सवाल किया।

"गर्मी से।"

"गर्मी से?" ताई अम्माँ के लहजे में तंज़ का रंग था। "गर्मी से कहीं कुएँ सूखा करें हैं। आख़िर रहट का कुआँ भी तो है, दिन-रात चले है डूबा, वह क्यों न सूखा?"

"ताई अम्माँ," वह कहने लगा, "ये कुइय्याँ थोड़े दिनों के लिए खुदवा ली थी, कच्ची-उथली थी। धूप सख़्त पड़ी, सूख गयी।"

वह बड़बड़ाई, "हाँ अब जो जी चाहे कह लो" और चुप हो गयीं।

बड़ी अम्माँ चुप थी, अम्मी भी।

फिर अम्मी ने जम्हाई ली, बोलीं, "डूबी कोठी तो ऐसी खटाई में पड़ी है कि बन ही नहीं चुकती, रोज़ कोई खंडत पड़ जावे है।"

बड़ी आपा उसी तरह चुप थीं। ताई अम्माँ चुप थीं। ताई अम्माँ चुप रहीं फिर बड़ी आपा से मुख़ातिब हुईं, "छम्मो तुझे याद है जब पीर जी वालों का घर बन रहा था?"

'हाँ" बड़ी आपा ने खोए-खोए अन्दाज़ में जवाब दिया और फिर ख़यालों में डूब गयीं।

"बड़ी धूम से ख़रीदी थी ज़मीन" ताई अम्माँ शुरू हो गयीं—"वह शेखियें कीं कि अल्लाह की पनाह, जैसे निराला उन्हीं का घर बन रा है। नींम खुदी, उसी दिन कुइय्याँ खुदी। पीर जी ने भर-भर दोने नुक्तियाँ बाँटी। बिरादरी का एक-एक बच्चा गया, नुक्तियाँ खाईं, भर-भर गिलास पानी कुइय्याँ का पिया। पानी डूबा ऐसा ठंडा और मीठा कि क्या बताऊँ।" चुप हुईं, फिर शुरू हुईं, "बीबी—तीसरे दिन सुबह को जो सक़्क़ा डोल डाले है तो डोल खट ले ज़मीन में जाके लगा। कुइय्याँ सूखी।"

बड़ी आपा, ताई अम्माँ का मुँह तकने लगीं।

अम्मी ठहर कर बोलीं, "अजी ताई अम्माँ नीयत का भी तो फल मिले है। ये डूबे पीर जी वाले हैं भी तो ओछे।"

"यह तो सच है बहू।" ताई अम्माँ बोलीं, "मगर बाज़ी-बाज़ी ज़मीन भी ऐसी होवे है कि आबाद नहीं होती। अब ये देख लो पीर जी ने लाख कोशिश की, दूसरा कुआँ भी ख़ुदवाया, मगर ऐसी खंडत पड़ी कि डूबा मकान ही न बना। उन्हीं दिनों

बड़ा पूत जवान-जहान, ये चौड़ी छाती, ये डील, घड़ियों में चट-पट हो गया....उसी बरस ख़ुद उनकी आँख बन्द हो गयी।''

बड़ी आपा चुप।

अम्मी सोच में पड़ गयीं, फिर बुझी-बुझी आवाज़ में बोलीं, ''ख़ैर ताई अम्माँ ये तो रहने दो। मकान तो फिर भी बना, और बीबी ऐसा अच्छा मकान बना है कि शहर में तो उसका सानी है नहीं।''

''ऐ क्या बना'' ताई अम्माँ ने बेज़ारी से कहा, ''ये कोई बनने में बनना हुआ। घर उजड़ गया तो डूबा घर बना। बड़ा बेटा गया, बाप गया। छोटे ने कच्चा-पक्का थोपवा लिया। अब तुम कह दो कि शहर में उसका सानी नहीं, भला क्या उसमें सुरख़ाब के पर लगे हैं। पीर जी ने जो नक़्शा बनवाया था, उसका तो यह आधा-पौना भी नहीं।''

अम्मी लाजवाब हो गयीं, बड़ी आपा चुप बैठी रहीं, फिर उन्हें ख़याल आया कि नमाज़ का वक़्त हो गया है।

गारा दिन भर धूप में तपता था, गाढ़ा हुआ, फिर उस पर पपड़ियाँ जमने लगीं, फिर सूख कर तड़ख़ने लगा। अंजनहारियाँ[1] दिन भर मँडराती थीं और पिघला सोना समेटती थीं, हिजरत कर गयीं। बाबा ने कुएँ का ख़याल छोड़ा और नल का बन्दोबस्त शुरू किया। तामीर का काम बन्द, नल डालने का काम शुरू था। पीले गारे के सूखे डले बन गये, अधबनी दीवारें कि दूर से गीली और भीगी दिखाई देती थीं। उनकी नरमी गायब होने लगी। राज जो दिन भर ईंटें जमाते थे और दीवारें चुनते थे, दीवारों को अधबना छोड़कर चले गये थे और अधबनी दीवारों पर सूकूत तारी था। सूखी कुइय्याँ के पास मज़दूर दिन भर काम करते, जहाँ पहले लम्बी-लम्बी छड़ें नसब नज़र आती थीं और उनमें बँधी हुई लम्बी रस्सी। फिर वो छड़ें ग़ायब हुईं और पस्ता-क़द नल नसब हुआ, नल चला, नल के साथ गारा गीला हुआ और ख़ुश्क अध-बनी दीवारों में नमी फिर से दौड़ी और अंजनहारियाँ कि गारे को सूखा देख कर टल गयी थीं, अब फिर कभी नल की पीली पाकीज़ा कीचड़ पर मँडरातीं और कभी गारे से रस खींचती दिखाई देतीं।

नल दिन भर शोर करता और दिन भर दीवारों पर खट-खट होती रहती और दिन भर ज़मीर कभी ताज़ा बनी हुई दीवारों और सोंधी खुशबू वाले कमरों में जहाँ मलबा उसी तरह पड़ा था, घूमता। कभी इस खटराग से बेज़ार हो थक-थका कर बड़ के दरख़्त के नीचे आ जाता जहाँ ईंटों और रोड़ियों और नल के शोर से दूर छाँव भी, और सुकून और गुन्दल के चिलम से निकलती हुई ग़ुनूदगी-आमेज़ गुड़गुड़ाहट

---

1. एक तरह की मक्खी।

और बन्द होती हुई आँखें—

रात गँवाई सोय के, दिवस गँवायो खाय
हीरा नजम अमोल थ्यो, कौड़ी बदलो जाय।

हीरा अपने फटे हुए पैरों को देखता। उँगलियों और हथेलियों को देखता कि चरस की रस्सी की रगड़ से सुर्ख़ हो गयी थीं, छिल गयी थीं और कहने लगता, ''गुन्दल, कहा इच्छा है ईश्वर की, अबके बरसा होगी?''

बनी और अच्छे हवेली से आँख बचा कर निकलते और दोपहर भर भूँड़ में मँडराते रहते, अचानक किसी सम्त से नमूदार होते और दूर से आवाज़ लगाते, ''जमीर भाई देखो, हमारे पास बुड़िया।''

''बुड़िया-बुड़िया अल्ला मियाँ से मेरा सलाम कहियो।''

''और मेरा भी'' अच्छे टुकड़ा लगाता।

''बुड़िया-बुड़िया अल्ला मियाँ से मेरा सलाम कहियो और अच्छे का भी।'' और बुड़िया बनी की नन्ही-मुन्नी चुटकियों से निकल कर फ़िज़ा में तैरने लगती।

वह उन्हें डाँटने लगता, ''कहाँ फिर रहे हो धूप में.....इधर आओ, दोनों के दोनों रुकते, एक-दूसरे को कनखियों से देखते और फिर उल्टे पाँव भाग जाते, ''ज़मीर भाई हम घर जा रहे हैं।''

बनी और अच्छे नज़रों से ओझल हो जाते और वह अपने काम से लग जाता, फिर वह बड़ के नीचे चारपाई पर आ लेटता और उसकी आँखें बन्द होने लगतीं कि वह दोनों फिर आ जाते, मगर इस बार डरे हुए, आँखों में दहशत।

''ज़मीर भाई गिरगिट।''

''वाँ'' अच्छे इशारे से बताता, ''खंडाल के पेड़ पर, सुर्ख़ हो गया हमें देख के।''

''तो फिर नहीं गये तुम?'' वह उन्हें घूर के देखता और दोनों के दोनों अपनी जगह पर जमे रह जाते।

फिर वह उन्हें घेर कर घर ले चलता। कभी मेंड़ पर, कभी लीख में, डगरा, फिर पक्की सड़क, सड़क से गलियों में, ठठेरों की गली, फिर बज़रिया, फिर प्याऊ की गली, फिर लाल मन्दिर, फिर घर आ जाता। तपता आँगन, सुनसान दालान कि किसी-किसी गोशे में कड़ियों के करीब इक्का-दुक्का भंरभुनार ही होती। दिल अन्दर क़दम रखते हुए ज़रा-जरा धड़कता, फिर डूबने लगता और वह फिर उल्टे पाँव भूँड़ को हो लेता।

6

कोठी की तामीर जारी थी, रुक-रुक कर शुरू हुई, शुरू होकर रुकी, रुक-रुक कर जारी रही। बाबा का अन्दाज़ा ज़रा ग़लत हो गया था, मुद्दत और लागत दोनों के

बारे में दुगुने से दुगुना ख़र्चा जा चुका था और तामीर थी कि अभी ख़त्म होने में नहीं आयी थी। छुट्टियाँ उसकी ख़त्म हो रही थीं। तालीम का सिलसिला उसका जारी रहेगा या ख़त्म हुआ चाहता है। ज़मीर के दिल में शक पैदा हो चला था। अम्मी की बातें भी मानीख़ेज़ थीं और बाबा की ख़ामोशी भी। अम्मी ने मुख़्तलिफ़ मौक़ों पर मुख़्तलिफ़ लहजों में बात की लेकिन असली बात एक ही थी। ताई अम्माँ से कहतीं, ''अजी ताई अम्मा, पढ़ाई तो बी.ए. पर ख़त्म हो जावे है। मुए एम.ए. की तो बस टीम-टाम है, मैं तो उनसे यह कह रही हूँ कि बस करो। बी.ए. कर ही लिया है, नौकरी जैसी क़िस्मत में है, मिल जावेगी। बख़त मारे एम.ए. से क्या सुर्ख़ाब के पर लग जावेगा।'' फिर उसे समझाने लगतीं, ''भय्या इस पढ़ाई को ताक़ में रखो और कुछ करो। बाप की पेंशन हो गयी। ज़ईफ़ी का वक़्त है। इसी वक़्त के लिए तो औलाद माँगे हैं कि पीरी[1] का सहारा बने। वह कमाये हम खायें। मगर तुम्हारी पढ़ाई ही ख़त्म नहीं होती। बच्चे तो हो नहीं कि तुम्हें हर बात समझायी जावे, ख़ुद भी ग़ौर करो, हालत को देखो। मुकदमे में इतनी रक़म लग गयी और हवेली हार कर बैठ रहे। निगोड़ी कोठी पैसा लिए जा रही है और पूरी नहीं हो चुकती, आमदनी हर तरफ़ से बन्द है, ख़ाली पेंशन है। पढ़ाई का बोझ कैसे उठावेंगे।'' अम्मी कहती रहीं, वह सुनता रहा, बाबा ख़ामोश रहे, फिर बोले, ''मगर न मशवरा, न दलील, न नसीहत, दो टूक बात, पढ़ाई बन्द करो, नौकरी का बन्दोबस्त करो।''

बाबा की राय थी कि वह फ़ौरन यहाँ से रवाना हो जाये, कॉलेज से सर्टीफ़िकेट ले, उनकी चिट्ठियाँ लेकर मुख़्तलिफ़ अफ़सरों के पास कि कुछ के वह एहसानमन्द थे और कुछ पर उनके एहसानात थे, जाये और नौकरी का मामला करे। मगर अम्मी को यकायक ख़याल आया, कि हवेली से कोठी में मुन्तक़िल होना है, यह काम अकेले आदमी के बस का रोग नहीं। बात बाबा की समझ में आ गयी। रवानगी उसकी दो दिन के लिए मुल्तवी हो गयी और मकान की मुन्तक़िली वक़्त से शुरू हो गयी।

रात देर तक वह जागता रहा। ताई अम्माँ रोज़ इशा की नमाज़ से फ़ारिग़ हो बीच आँगन में पड़े हुए खुरे छपरखट पे आ लेटतीं और अच्छे और बनी के मुसलसल मुतालबों पर ख़ाक-ब-सर, आवारा वतन शहज़ादियों के क़िस्से सुनाने लगतीं। आज यूँ हुआ कि कहानी किसी मंज़िल पर न पहुँची थी कि बनी सो गयी, फिर अच्छे की आँखें भी बन्द होने लगीं। ताई अम्माँ कहानी कहती रहीं और जब सुनने वालों ने खर्राटे शुरू कर दिये तो फिर उन पर भी ग़ुनूदगी तारी होने लगी। बाबा रात को फ़राग़त और इत्मीनान से तहमद और मलमल के कुर्ते में मोढे पे बैठे घंटों ख़ामोश हुक़्क़ा पीते रहते थे और उसे पता नहीं चलता था

1. बुढ़ापे।

कि वह किस वक़्त चारपाई पे लेटे हैं, आज उसके सामने उठे, हुक्का अलग रखा और चारपाई पर लेट गये। तहसीना ने आहिस्ता से उठकर लालटेन मन्दी की और उसी आहिस्तगी से फिर अपनी चारपाई पर जा लेटी। रात भीग चली थी। तारे गर्द में अटी मैली कौड़ियाँ लग रहे थे। आख़िर बड़ी आपा भी इशा के वक़्त से लेकर अब तक नमाज़ की चौकी पर एक पहलू बैठी तस्बीह को गर्दिश दिये जा रही थीं, चौकी से उठीं। लालटेन की लौ मन्दी होते-होते बुझने लगी थी कि उन्होंने बढ़ कर बत्ती तेज़ की, मगर फ़ौरन ही वह फिर मन्दी होने लगी। लालटेन स्टूल से उठकर कान के क़रीब लाकर उसे हिलाया, तहसीना को आवाज़ देने लगीं, ''तहसीना''।

''जी।''

''बीबी तेल नहीं था लालटेन में?''

''डाला तो था'' वह रुककर आहिस्ता से बोली, ''मगर बोतल में तेल ही नहीं था, ज़रा सा था।''

बड़ी आपा ने लालटेन को स्टूल पर रखा, बड़बड़ाने लगीं, ''लालटेन तो रई है, अब रात भर अँधेरे में पड़े रहो।''

रात भीग कर सर्द हुई, रात कि बत्ती की रोशनी के दाग-धब्बों से पाक थी, बेमेल, बेदाग़ अँधेरी रात। ताई अम्माँ के खर्राटे। अब बड़ी आपा भी शायद सो गयी थीं, उसकी आँखें भी नींद से बोझल हो, बन्द होने लगी थीं।

आँख खुली तो फिर वही रोज़मर्रा की फ़िज़ा, बड़ी आपा नमाज़ की चौकी पर बैठी हुई, वही दर्द भरी आवाज़—

मौला अली, वकील अली, बादशा अली

उसकी आँखें फिर बन्द होने लगीं, उसे लगा कि नींद के राज से रोने की आवाज़ आ रही है—

शेवा अगरचे अपना न ये वाज़ो-पन्द[1] है
पर इसको सुन रख ऐ कि तु कुछ दर्द मन्द है
क्या है जो अर्सा तंग हुआ काम बन्द है
दिल जम्अ कर कि हिम्मते-मौला बुलन्द है
यानी करम-शआर है मुश्किल कुशा अली
मौला अली, वकील अली, बादशा अली

अम्मी ने उसे झिंझोड़ा, ''जमीर उठो काम के दिन तो सवेरे उठ जाया करो, रोज़ वही बारे बजे तक सोना, डूबी नींद न हुई अफ़ीम हो गयी।'' वह लेटे से एकदम उठ खड़ा हुआ। आँख खोल के देखा तो सहन की शक्ल ही बदली हुई थी। नया-पुराना दुनिया भर का काठ-कबाड़ कि कमरों-कोठरियों में बन्द था, अब सहन

1. नसीहत।

में उसका अड़ंग लगा था।

बड़े अब्बा की बैठक भी खुली। सुर्ख़ और सुरमई चिलम में कि बाज़ पर सुनहरी, बाज़ पे रुपहली बारीक जाली खुदी थी, उसी पुराने क़रीने से चुनी रखी थीं। उनपे गर्द की तह कुछ ज्यादा दबीज़ हो गयी थी। पीतल का चमकता हुआ गुलदान, कोने में रखी हुई लाम[1] की शक्ल की घड़ी, लम्बा-चौड़ा तख़्त, तख़्त पर उजली चाँदनी और क़ालीन और गावतकिया, तख़्त के बराबर रखा हुआ ठंडा हुक़्क़ा और डाट वाली छत के कुन्दों में लटका हुआ भारी झालर वाला पंखा कि साकित और साकिन[2] था, पर लगता था कि अब्बा मियाँ अभी आएँगे। गावतकिये से कमर लगाकर बैठेंगे। और झालर वाला पंखा हरकत में आयेगा और उसकी भारी झालर से निकलती हुई हवा बैठक के कोने-कोने में पहुँचेगी।

"ताई अम्माँ" बड़ी आपा उदास लहजे में ताई अम्माँ से मुख़ातिब हुईं—"ऐसा लगे है कि अब्बा मियाँ अभी उठके ज़रा मस्जिद तक गये हैं।" बड़ी आपा चुप हो गयीं, उनकी आवाज़ भर्रा गयी। फिर उनकी आँखें भीगने लगीं। फिर वह आहिस्ता से बाहर निकल गयीं।

ज़ंग लगे बर्तन और दीमक चाटे काग़ज़ कि जाने किन बरसों से उन्हें हवा और धूप नहीं लगी थी, पुरानी कीड़ा लगी पोशाकें कि चुटकी मारे से तार-तार होने लगतीं, बुज़ुर्गों की निशानियाँ और यादगारें कि पुश्तों से सन्दूकों में बन्द थीं। अब यह सब की दौलत अँधेरे कमरों और तहखानों और मुक़फ़्फ़ल[3] सन्दूकों से निकल कर सहन में आ गयी थी।

"ऐ बड़ी आपा तुम्हें क्या हो गया है" अम्मी कमरों और कोठरियों का जायज़ा लेते-लेते बाहर आयीं, बाल और चेहरा और लिबास सब पे गर्द पड़ी थी और पसीने से भीग चली थीं। बड़ी आपा को फ़राग़त से बैठा देख के चौंकीं, "ऐ बड़ी आपा तुम्हें क्या हो गया है। ऐसे बैठी हो जैसे कोई काम ही नहीं है। अपने सामान की ख़बर लो, कब निकलेगा, कब जायेगा।"

"बीबी मेरा क्या है, तुम अपना सामान निकालो" बड़ी आपा खुश्क लहजे में बोलीं।

"ऐ है, यह क्या बात हुई" अम्मी तुनक कर बोलीं।

"बात क्या होती" बड़ी आपा ने अपनी दानिश्त लहजे में बड़ी मारूज़ियत[4] पैदा करने की कोशिश की थी मगर उससे मामूसाना एहतिजाज का रंग साफ़ अयाँ था, "तुम अपना सामान निकालो, भिजवाओ।"

"और तुम्हारा सामान?" अम्मी ने तुनक कर पूछा

---

1. उर्दू वर्णमाला का अक्षर।
2. रुका हुआ, ठहरा हुआ।
3. ताला लगे हुए।
4. निष्पक्षता।

"मेरा सामान नहीं जायेगा।"

"क्यों?" अम्मी के जैसे ततय्ये लग गये हों।

बाबा सामान के अम्बार के पास खड़े चीज़ें दुरुस्त कर रहे थे, उन्होंने मुड़ के देखा फिर सामान छोड़ आहिस्ता से क़रीब आये। अम्मी फ़ौरन उनकी तरफ़ मुख़ातिब हुईं, "सुन रिये हो जी, बड़ी आपा कहती हैं मेरा सामान नहीं जायेगा।"

"क्यों? क्या बात है बड़ी आपा?"

"मैं नहीं जाऊँगी" बड़ी आपा ने क़तई अन्दाज़ में जवाब दिया।

अम्मी चुप। बाबा चुप रहे, फिर बोले, "आख़िर क्यों?"

"कोई ज़बरदस्ती है, तुम जाओ, अल्लाह तुम्हें नया घर मुबारक करे, मैं तो न जाऊँगी।"

"ताई अम्माँ देख रई हो।" अम्मी ने अब ताई अम्माँ से इन्साफ़ चाहा।

ताई अम्माँ झिड़की के अन्दाज़ में बोलीं, "ऐ छम्मो, तुझे क्या हो गया है। ये भी खूब रई कि नईं जाऊँगी। तो बीबी नईं जाऊँगी तो याँ अकेली दिवालों से सर फोड़ोगी?"

अम्मी ने फ़ौरन टुकड़ा लगाया, "और ताई अम्माँ अकेला भी याँ कौन रहने देगा?"

"अजी मेरा रहना, न रहना काहे का है। तहसीना पराये घर की है, दिनों की बात है। भाई बुनियाद अली आ जावें तो चार बोल पढ़वाऊँ और घर से धक्का दूँ। बनी है सो ताई अम्माँ से हिली-मुई है, साथ चली जावेगी। रह गयी मैं, सो आने वालों से कहूँगी कि भय्या एक कोठरी दे दो।"

"बड़ी आपा कैसी बावलेपन की बातें कर रही हो।" अम्मी ग़ुस्सा करते-करते समझाने पर आ गयीं, "ऐसी बात करो कि समझ में आवे। अपना घर होते-सोते भला दूसरों के सर पड़ना। ये तो भइये को कोसना हुआ।"

बड़ी आपा टस-से-मस न हुईं। अम्मी, ताई अम्माँ, बाबा सब चुप। अम्मी ने पहलू बदला और उससे मुख़ातिब हुईं, "ज़मीर बड़ी आपा का सामान निकालो।"

"ना मेरा सामान नहीं निकलेगा।" बड़ी आपा ने क़तई अन्दाज़ में कहा।

"मगर क्यों?" बाबा ने उसी क़तई अन्दाज़ में सवाल किया।

"बस मैं याँ से नहीं जाऊँगी।" बड़ी आपा भी आज बाबा के मुक़ाबले में ख़म ठोंके हुई थीं।

"आख़िर क्यों नहीं जाओगी? वजह?" बाबा का लहजा सख़्त हो गया।

"नहीं जाऊँगी।" बड़ी आपा ने तड़ख़ कर कहा, मगर फ़ौरन ही आवाज़ में दुख पैदा हो गया।

"अब तो मेरा जनाज़ा ही याँ से जायेगा—अब्बा मियाँ की आँख यहीं बन्द हुई थी, मेरी भी....." बड़ी आपा रो पड़ीं, फिर सिसकियाँ लेने लगीं।

बाबा आहिस्ता से सरके और फिर सामान के अम्बार के पास आके चीज़ें दुरुस्त

करने में मशगूल हो गये।

"ज़मीर।"

"जी।"

"एक ठेला तो लद गया है, इसे लेकर जाओ।"

वह बाहर निकला तो सचमुच दरवाज़े पर ठेला लदा खड़ा था और बनी और अच्छे बेसब्री से ठेले वाले के पास आते, तड़ियाई लगाते कि चलो, फिर पीछे जाते और अपनी पूरी ताक़त से ठेले को ढकेलने की कोशिश करते। मुँह उनके सुर्ख़ हुए जा रहे थे मगर ठेला टस-से-मस न होता था। उसके कहे पर ठेले वाले ने फुरेरी ली और टांडे-बांडे से लदा-फँदा हवेली से कोठी को रवाना हुआ।

टांडे-बांडे से लदे ठेलों का दिन भर ताँता बँधा रहा। भर-भर सामान हवेली से लाना और कोठी के बरामदों और कमरों में जिनकी दीवारों का सीमेंट भी न सूखा था उँड़ेलना। हर ठेले के आगे-आगे नक़ीब[1] बनी और अच्छे कि कोठी क़रीब आती तो आगे जाकर ठेले की आमद का पूरे जोश से ऐलान करते और ज़मीर बेज़ारी से पेशवाई[2] को आगे निकलता और सामान उतरवाता। बनी और अच्छे ठेलों के आगे-आगे नक़ीब बनकर चलते, कभी उनका साथ छोड़ते और कभी कोठी के ज़ीने से चढ़ कर ऊँची छत पर खड़े होकर मुनादी बनते और खेतों से परे सड़क पे रेंगते हुए ठेले को देख के ग़ुल मचाने लगते। "ठेला आ रा है, ज़मीर भाई ठेला आ रा है।" और जब ठेला कोठी की हदों में आ जाता तो छत से उतर कर बाहर निकल उसकी पेशवाई करते, कभी नक़ीब, कभी मुनादी, कभी पेशवा, फिर इस पूरे धँधे से जी उचटता और एक बुड़िया के पीछे कि बुलन्दी पे बहती चली जाती थी, हो लिए और दूर निकल गये।

मेजें, कुर्सियाँ, पलँग, छपर खट, बड़े-बड़े ट्रक, मुक़फ़्फ़ल सन्दूक, कोई अधबनी पेंटरी, कोई टूटा-फूटा गड़ोलना, डेग़-डेगचे, कोई लम्बा बाँस, अनमिल, बेजोड़ पाये, पेटियाँ और निवाड़ की चकती, बानों की फाँदी, साथ में एक झलंगा, टीन के ख़ाली कनस्तर, छोटे-बड़े, पुराने पिचके हुए और नये चमकते हुए डब्बे, तोते की तस्वीर वाली पालिश की खाली डिब्बियाँ, बज़ाहिर बेफायदा, ग़रज़ एक अड़ंग था कि बरामदे की छत से जा लगा था। उसे ख़फ़क़ान[3] होने लगा। सामान उसके सर पर चढ़ा आ रहा था। बरामदे से बाहर आया। फिर कुएँ की तरफ़ निकल आया। कुआँ रुका हुआ था, मन खुश्क, बैल एक तरफ़ खड़े ऊँघते थे और गुन्दल बड़ के पेड़ के नीचे अकेला हुक़्क़ा पी रहा था।

"गुन्दल आज कुआँ नहीं चला?"

---

1. सवारी के आगे आवाज़ लगाने वाला।
2. अगवानी।
3. घबराहट।

''नयी मियाँ'' गुन्दल बोला, ''चरस को कट्टू कतर गयी। चूहवे थी, हीरा गठाई कराने गयो है।''

गुन्दल ने उठकर चारपाई डाली, ''छोटे मियाँ बैठ जाओ।''

ज़मीर बैठ गया, गुन्दल ने राख से उपला कुरेदा, चेठे से तोड़ के चिलम में भरा, वाँ से उठा तो ज़मीर के क़दमों में आ बैठा।

''ज़मीर मियाँ कब जाओगे?''

''कल।''

गुन्दल सोच में पड़ गया, फिर उसने चिलम का घूँट लिया, फिर बोला, ''ज़मीर मियाँ, वाँ के बाद जदों डिप्टी बन जाओ तो गुन्दल को अपने घूर बुला लीजो।''

ज़मीर चुप बैठा रहा। गुन्दल भी जवाब का मुन्तज़िर नहीं था। आँखें बन्द नहीं हुई थीं, हाँ एक ख़्वाब की कैफ़ियत उनमें पैदा थी। उसका लहजा उदास हो गया, ''छोटे मियाँ अपनी देई में सकत नाई रई, हड्डी ने माँस छोड़ दियो। अब्बा मियाँ की आँख बन्द हो गयी। नई तो मैं अब पलशन बे लेता.....यू शरीर के काम जोगा नई रियो, कच्ची मिट्टी का उरवा है, ओहक बोझ पड़ो तो ढै जावेगा।'' वह चुप हो गया, उसकी नज़रें आस-पास की चीज़ों से हट कर सामने के खेतों में पहुँच गयी थीं, जहाँ मुरझाई हरियाली पे धूप-छाँव का खेल जारी था। जल्दी-जल्दी चलती हुई धूप, उसके पीछे दौड़ता हुआ साया, अब्र की एक हल्की चादर खेतों में फैलती चली गयी और धूप खेतों से परे सड़क पे नंग-धड़ंग लड़कों की एक टोली कि मुँह पे कालिख मल रखी थी और हाथों में छोटे-छोटे डंडे बजाते हुए ज़ोर-ज़ोर से जाते हुए—

काले डंडे, पीले डंडे
बरसेगा, बरसाएगा, कौड़ी खेत लगाएगा
कौड़ी गयी रेत में, पानी गया खेत में।

''बादल आ रिये हैं, लगते तो हैं बरसने वाले।'' उसके लहजे में आस और शक की मिली-जुली कैफ़ियत थी।

गुन्दल देर तक आसमान को तकता रहा, फिर शक भरे लहजे में बोला, ''पूरब से उठे हैं, क्या ख़बर है बरस ही पड़ें।'' फिर फ़ौरन ही उसकी नज़रें बादलों से हटीं और कोठी की सब से ऊपर की मुँडेर पर जा टिकीं, जहाँ बनी और अच्छे खड़े थे। बनी ने चुटकी फ़िज़ा में बुलन्द की। ''बुड़िया-बुड़िया अल्लाह मियाँ से मेरा सलाम कहियो।''

''और मेरा भी'' अच्छे ने टुकड़ा लगाया।

''बुड़िया-बुड़िया दोनों की सलाम अल्लाह मियाँ से कहियो।'' और बनी की चुटकी खुली, बुड़िया चुटकी से निकल फ़िज़ा में बहने लगी, ऊँची उठने लगी।

गुन्दल बड़बड़ाने लगा। ''यू बालक ने घनी राद मचायो है।'' फिर चिल्लाया, ''लल्ला जी मुँडेर से परे को हो जाओ।''

बनी और अच्छे मुँडेर से छत पर कूद लिये, ओझल हुए, पर फ़ौरन ही फिर उचके, नन्हे-नन्हे दो सर मुँडेर के पीछे से दम के दम में उभरे और फिर ओझल हो गये।

गुन्दल ने फिर चिलम मुँह से लगा ली। परे खेतों में वह तकता रहा फिर गड़ड़- गड़ड़ की नींद भरी आवाज़ उसकी आँखों पर, उसके पूरे जिस्म पर अमल करने लगी। आँखें मुँदने लगीं और सोज़[1] और नींद में डूबी वह आवाज़ हौले-हौले फिर उभरने लगी–

रात गँवाई सोय के, दिवस गँवायो खाय
हीरा जनम अमोल थ्यो, कौड़ी बदलो जाय।

बड़ी आपा जिन्हें वह रोते, हिचकियाँ लेते छोड़ आया था, तहसीना जो कमरों से सामान निकालते वक़्त दूर से नज़र आयी थी चुप-चुप खोई हुई सी। वह ख़यालात में गुम देर तक बैठा रहा, फिर हड़बड़ा कर उठा, उठके कोठी की तरफ़ हो लिया, जहाँ सामान के आने का सिलसिला क़ायम था। दिन जा रहा था और सामान अभी बहुत आना बाक़ी था। ठेलों का एक तार बँधा हुआ था कि लदे-फँदे, रुकते-रेंगते आते और ख़ाली होकर जल्दी-जल्दी शोर करते वापस हो जाते। हवेली ख़ाली हो रही थी कि शहर ख़ाली हो रहा था। वह फ़िक्र में पड़ गया कि शाम तक सारा सामान न आया तो क्या होगा, कल तो उसे हर हाल में चले जाना है। उसे अपने जाने का ख़याल आने लगा। हवेली कि उसके नज़दीक माज़ी की उड़ती खुशबू थी, मानिन्द एक ख्वाब के ज़हन से बिसरने लगी। अब सफ़र उस पे सवार था।

1. दर्द भरी आवाज़।

कहानियाँ

कटा हुआ डिब्बा

"तो भाई! ये सब कहने की बातें हैं। सफ़र-वफ़र में कुछ नहीं रखा।"

बुन्दू मियाँ की दास्तान बड़ी दिलचस्पी से सुनी गयी थी लेकिन यह मुहाकमा[1] शुजाअत अली को पसन्द नहीं आया। कहने लगे, "ख़ैर! ये तो न कहो! आख़िर बड़े-बूढ़ों ने भी कुछ देखा ही था कि हरकत को बरकत बताते थे। तुम्हारी क्या उम्र और क्या तजरबा, एक सफ़र किया और ज़रा से नुक़सान से ऐसा खटका खाया कि सफ़र को घाटे का सौदा समझ बैठे। मियाँ! तुमने, सच पूछो तो, सफ़र किया ही नहीं। सफ़र और चीज़ है। क्यों! मिर्ज़ा साहब।"

मिर्ज़ा साहब ने हुक़्क़े की नै को होठों से आहिस्ता से अलग किया, मुँदती आँखें खोलीं, खँखारे और बोले, "शुजाअत अली, तुम आजकल के लड़कों से बहसते हो। इन ग़रीबों को क्या पता कि सफ़र क्या होता है। रेलगाड़ी ने सफ़र ही को ख़त्म कर दिया। पलक झपकते मंज़िल आ जाती है। पहले मंजिल आते-आते सल्तनतें बदल जाया करती थीं और वापस होते-होते बेटे, जिनका आगा-पीछा खुला छोड़कर गये थे, बाप बन चुके होते, और बेटियों के बर[2] की फ़िक्र में ग़लताँ नजर आते।"

बुन्दू मियाँ ने सल्तनत की बात पकड़ ली और कहने लगे, "मिर्ज़ा साहब! आज तो सल्तनतें भी पलक झपकते बदल जाती हैं। इत्मीनान से टिकट ख़रीदा, गाड़ी में सवार हुए, अगला स्टेशन आया तो अख़बार वाला चिल्ला रहा है। क्यों भाई क्या हुआ? कि जी हुकूमत का तख़्ता उलट गया।"

मिर्ज़ा साहब बरजस्ता बोले : "हुकूमत ही का तो तख़्ता उलटता है, सिक्का तो नहीं बदलता। आगे तो सिक्का बदल जाया करता था। भाई! वह सफ़र था। क़यामत का सफ़र होता था। सैकड़ों मील आगे, सैकड़ों मील पीछे, देस ओझल, मंजिल गुम कि लगता कि आख़िरी सफ़र है। कभी शेर का डर, कही कीड़े का ख़ौफ़। चोट्टों, बटमारों का ख़दशा, चुड़ैलों, छलावों का अन्देशा। उन दिनों न तुम्हारी घड़ी थी, न ये बिजली की रोशनी। ऊपर सितारे, नीचे धयेड़-धयेड़ जलती हुई मशअलें। कोई मशअल अचानक से बुझ जाती तो दिल धक से रह जाता। कभी-कभी तारा टूटता

---

1. दावा, फैसला।
2. वर।

और आसमान पर लम्बी लकीर खिंचती चली जाती। दिल धड़ने लगता कि इलाही! ख़ैर! मुसाफ़िरत में आबरू क़ायम रखियो! रात अब घंटों में गुज़रती है, आगे उम्रें गुज़र जाती थीं और रात नहीं गुज़रती थी। रात उन दिनों पूरी सदी होती थी।'' मिर्ज़ा साहब चुप हो गये। बुन्दू मियाँ और मंजूर हुसैन भी चुप थे। शुजाअत अली के होठों में हुक़्क़े की नै साकित होकर रह गयी थी और गुड़-गुड़ की आवाज़ बग़ैर किसी नशेबो-फ़राज के उठ-उठ कर अँधेरे होते हुए चबूतरे का जुज़[1] बनती जा रही थी। मिर्ज़ा साहब कुछ इस अन्दाज़ से, कि बहुत दूर निकल गये थे और अब एक साथ वापस आये हैं, फिर बोले, ''सवारियाँ खत्म, सफ़र खत्म। रेल चल निकली। सफ़र को अब तबीयत ही नहीं लेती। एक सफ़र बाकी है, सो वह बेसवारी का है। वक़्त आयेगा, चल खड़े होंगे।'' मिर्ज़ा साहब ने ठंडा साँस लिया और चुप हो गये।

शुजाअत अली के सफ़ेद बालों से ढके होठों में हुक्के की नै उसी तरह दबी थी और गुरुड़ गुरुड़ की आवाज़ जारी थी, फिर शरफ़ू लालटेन लिए हुए अन्दर से निकला और उसके साथ अँधेरे होते हुए चबूतरे पर हल्की-सी रोशनी और रोशनी के साथ धीमी-सी हरकत पैदा हुई। कोने में से स्टूल उठाकर मोढों के क़रीब रखा, उस पर लालटेन रखी और बत्ती ज़रा तेज़ की। शुजाअत अली ने हुक़्क़े की नै आहिस्ता से मिर्ज़ा साहब की तरफ़ मोड़ दी। मिर्ज़ा साहब ने एक घूँट लिया, मगर फ़ौरन ही नै को होंठों से अलग करके चिलम को देखने लगे, ''ठंडी हो गयी।'' धीरे से बोले और फिर ऊँची आवाज़ से शरफ़ू को मुख़ातिब किया, ''शरफ़ू! इसमें कोयले डाल के ला! ...तम्बाकू भी ताज़ा रख लीजो।''

शुजाअत अली ने मोढ़े को बग़ैर किसी वजह के ज़रा पीछे को सरकाया, लम्बी-सी जमाही ली और झुर्रियोंदार चेहरे पे हाथ फेरते हुए बोले, ''मिर्ज़ा साहब! आप सच कहते हैं कि अब पहले से सफ़र नहीं रहे, मगर सफ़र फिर सफ़र है, बैलगाड़ियों का हो या रेलगाड़ी का।''

''रेलगाड़ी के सफ़र में भी—'' मंजूर हुसैन न जाने क्या कहना चाहता था। लेकिन शुजाअत अली ने उसका अधूरा जुमला पकड़ लिया और आगे खुद चल पड़े : ''हाँ साहब! रेलगाड़ी के सफ़र में भी अजब-अजब मंज़िल आती है और तरह-तरह के आदमी से पाला पड़ता है।''

''और बाज़-बाज़ सूरत तो जी में ऐसी खबती है कि बस नक्श हो जाती है।'' मंजूर हुसैन को एक भूला-बिसरा वाक़या याद आ गया। चाहा कि वाक़या सुनाना शुरू कर दे, आख़िर बुन्दू मियाँ ने भी अच्छी-खासी लम्बी दास्तान सुनाई है। साथ ही उसे तअज्जुब सा भी हुआ कि इतने दिन गुज़र गये और इस वाक़ये का ज़िक्र तक उसकी ज़बान पर नहीं आया मगर अब सुनाने में क्या हर्ज है। वह सोचने लगा,

1. हिस्सा, भाग।

अब तो वह ज़माना ही गुज़र गया, न वह उम्र है कि लोग सुनें और तरह-तरह के शक करें। वह जबान खोलने ही लगा था कि बुन्दू मियाँ पट से बोल पड़े : ''जी में सूरत खबने की भी अच्छी रही। जो लोग बिस्तर बोरिया बाँध के घर से इश्क करने के लिए सफ़र पर निकलते हैं, वह भी ख़ूब लोग होते हैं। क्या ख़ूब! गोया ग़मे-इश्क भी तलाशे-रोज़गार हुआ।''

''मियाँ! यह बात नहीं है।'' शुजाअत अली कहने लगे, ''बात यह है कि रेलगाड़ी तो पूरा शहर होती है। दो-चार, आठ-दस मुसाफ़िर तो नहीं होते। हर स्टेशन पर सैकड़ों आदमी उतरता है, और सैकड़ों चढ़ता है। तरह-तरह का आदमी, रंग-रंग की मख़्लूक। ग़रज़ कि एक ख़िलक़त होती है, खुवे से खुवा छिलता है।''

''और जहाँ खुवे से खुवा छिलेगा, वहाँ नज़र से नज़र भी मिलेगी। अब देखिए मैं एक वाक़या सुनाता हूँ।'' आख़िर मंजूर हुसैन ने बात शुरू ही कर दी। बुन्दू मियाँ के तज़हीक-आमेज़[1] रवैये ने उसे गर्म कर दिया था लेकिन शुजाअत अली ने बात बीच में फिर काट दी।

''ख़ैर! नज़र से नज़र मिलना कौन-सी बड़ी बात है, यह काम तो कोठों पर खड़े होकर भी हो सकता है, सफ़र ही की इसमें क्या बात है। सफ़र में तो साहब वो-वो वाक़या होता है कि आदमी दंग रह जाता है और कभी-कभी तो मुल्कों की तारीख़ें[2] बदल जाती हैं।'' शुजाअत अली के लहजे में अब गर्मी आ चली थी। मिर्ज़ा साहब की तरफ़ मुखातिब होकर बोले, ''मिर्ज़ा साहब! आपको वह ज़माना तो कहाँ याद होगा, तब रेल चली थी। हमारे आपके होश से पहले की बात है। वालिद मरहूम इसका ज़िक्र सुनाया करते थे।''

मंजूर हुसैन इन्तज़ार देखता रहा कि कब शुजाअत-अली बात ख़त्म करें और कब वह अपनी बात शुरू करे मगर शुजाअत अली तो एक नयी और लम्बी दास्तान शुरू करने पर मायल नज़र आते थे, फिर उसकी बेचैनी आप ही आप कम होने लगी। उसने कई तरीक़ों से दिल को समझाया। इस अधेड़ उम्र में ये दास्तान सुनाना क्या अच्छा लगेगा और उसे पूरी तरह याद भी तो नहीं। बाज़ कड़ियाँ बिल्कुल गुम हैं, बाज़ कड़ियों की कड़ी से कड़ी नहीं मिलती। एक बेरब्त ख़्वाब कि हाफ़ज़े में महफ़ूज़ भी नहीं और हाफ़ज़े से उतरा भी नहीं है। पहले तो उसे वह पूरा ख़्वाब धुँधला-धुँधला दिखाई दिया, सिवाय एक नुक़्ते के, जो रोशन था और रोशन होता जा रहा था। एक साँवली सूरत। रोशन नुक़्ता फैलने लगा था। उसके अक्स से एक नीम-तारीक गोशा मुनव्वर हो उठा था। वेटिंग रूम की ख़ामोश रोशनी में सोते-जागते मुसाफ़िर। बैठे-बैठे वह ऊँघने लगता, फिर एक झपकी-सी आती, मगर फिर अचानक बाहर पटरी पर पहियों का बेतहाशा शोर होता और गाड़ी में देर होने

---

1. खिल्ली उड़ाने वाले।

2. इतिहास।

के बावजूद एक शक-सा गुज़रता कि शायद गाड़ी आ ही गयी हो। जल्दी से बाहर जाता, गुज़रती हुई मालगाड़ी को देखता और प्लेटफ़ार्म का बेवजह चक्कर काटने के बाद फिर अन्दर आ जाता, फिर आँख बचाकर सामने वाली बेंच को देखता जहाँ सफ़ेद बगला-सी धोती और घुटनों तक के कोट में मलबूस एक खिचड़ी बालों, भारी बदन वाला शख़्स बैठा था और बराबर में साँवले चेहरे, छरहरे बदन वाली लड़की कि ऊँघते-ऊँघते उसके सर से प्याज़ी साड़ी बार-बार ढुलकती और चमकते काले बाल और पीले बुन्दे झिलमिलाते नज़र आने लगते।

हिन्दुओं-मुसलमानों, दोनों ने बड़ा शोर मचाया कि शुजाअत अली उसी जोश से दास्तान सुनाये जा रहे थे। "याँ पीरों-फ़कीरों के मज़ार हैं, ऋषियों-मुनियों की समाधियाँ हैं, रेल की लाइन याँ नहीं बिछेगी मगर साहब अंग्रेज़ फ़िरऊने-बे-सामान[1] बना हुआ था। हाकिमियत की टर में था, एक न सुनी और लाइन बन गयी। उन दिनों वालिद साहब को भी दिल्ली का सफ़र दर पेश हुआ।" शुजाअत अली ठिठके और अब उनकी आवाज़ में एक फ़ख़्र की बू पैदा हो चली थी : "हमारे वालिद साहब इस शहर में पहले शख़्स थे जो रेलगाड़ी में बैठे थे। उस वक़्त यहाँ के बड़े-बड़े अमीरों तक ने रेलगाड़ी नहीं देखी थी बल्कि बहुत सों ने नाम तक नहीं सुना था।"

मंज़ूर हुसैन वाक़या नहीं आवाज़ सुन रहा था। वह शुजाअत अली का मुँह तकता रहा कि शायद अब चुप हो जायें, फिर चेहरा धुँधला पड़ने लगा और आवाज़ भी। रोशन नुक्ता और भी रोशन हो गया। मुनव्वर होते हुए गोशे और बिखरती हुई चमकदार लकीरें। एक रेल की पटरी थी कि उससे दूर-दूर हल्की रोशनी के क़ुमक़ुमों वाले खम्भे खड़े थे। खम्भे के उजाले का छलकता हुआ थाला और आगे फिर वही नीम तारीकी। अँधेरे में गुम होती हुई काली पटरियाँ। उसने ऊपर की बर्थ पर अपना बिस्तरा जमा रखा था। नीचे की बर्थों पर मुसाफ़िर कुछ ऊँघ रहे थे, मुसाफ़िर जो सन्नाटे हुए मुसाफ़िरों की पाँयती खिड़की से सर लगा के ऊँघने लगते, चौंक के पहलू बदलते, सोते हुए मुसाफ़िरों पर नज़र डालते और फिर ऊँघने लगते। अनगिनत स्टेशन आये और चले गये, अनगिनत बार रेलगाड़ी की रफ़्तार धीमी पड़ी, धीमी पड़ती गयी, अँधेरे डिब्बे में उजाला हुआ, फेरी वालों और कुलियों और निकलते-बढ़ते मुसाफ़िरों का शोर बुलन्द हुआ, सीटी, सीटी के साथ झटका लगा और फिर रेल चल पड़ी। चलते-चलते फिर वही कैफ़ियत, जैसे उसका डिब्बा गाड़ी से बिछड़ कर अकेला खड़ा रह गया है और गाड़ी सीटी देती, शोर मचाती बहुत दूर निकल गयी है। यह एहसास कि गाड़ी आगे चलते-चलते पीछे की तरफ़ हटने लगी है और रात जाने कब शुरू हुई थी और कब ख़त्म होगी। काली सदी आधी गुज़र गयी है, और आधी बाक़ी है और रेल आगे चलने के बजाय चक्कर काट रही है। कीली पर धूम रही है। रुकी तो लगा रुकी खड़ी रहेगी और सारी रात खड़े-खड़े

1. बिना सामान का राजा।

गुज़रेगी। चलते हुए लगता कि रात के साथ इसी तरह दौड़ती रहेगी और रात कभी न हटेगी। चलते-चलते फिर उसी अन्दाज़ से रफ़्तार का धीमा पड़ना गोया पहिये चलते-चलते थक गये हैं। अँधेरे डिब्बे में फैलती हुई रोशनी की पट्टियाँ, मुसाफ़िरों, कुलियों और फेरी वालों का शोर, नींद के नशे से चौंकती हुई आवाज़ ''जंक्शन है?'' और गुनूदगी में डूबता हुआ कोई अधूरा फ़ुक़रा, ''नहीं कोई छोटा स्टेशन है।'' सीटी, सीटी के साथ झटका और अलकसाहट के साथ चलते हुए पहियों का भारी शोर। उसने घड़ी देखी। सिर्फ़ डेढ़, वह सोचने लगा। अनगिनत बार आँख लगी और अनगिनत बार आँख खुली मगर रात उतनी ही बाक़ी थी बल्कि और भी लम्बी हो गयी थी। अँगड़ाई लेकर उठा और नीचे उतर कर बाथरूम की तरफ चला। नीचे बर्थ पर बगला ऐसी सफ़ेद धोती और घुटनों तक कोट वाला शख़्स ऊँघते-ऊँघते सो गया था, खर्राटे लेने लगा और वह साँवली सूरत, गुनूदगी के नशे में डूबी हुई, खिड़की से लगा हुआ सर ग़शी की कैफ़ियत पैदा कर रहा था। चमकदार बाल हवा से उड़-उड़ कर चेहरे पर आ रहे थे और साड़ी का पल्लू भरे हुए सीने से ढुलक कर नीचे आ रहा था। वह ठिठक गया। डिब्बे में ख़ामोशी थी। मुसाफ़िर सो रहे थे और गाड़ी उसी एक रफ़्तार से अँधेरे में भाग रही थी। दूसरे कोने में एक शख़्स, जिसमें गर्मी की वजह से बनियान उतार दिया था, अचानक उठके बैठ गया, ''काली नदी आ गयी'' और पहियों के बढ़ते हुए शोर के साथ गाड़ी एक सुरंग में दाखिल होने लगी। वह जहाँ का तहाँ खड़ा था और रेल अँधेरे से अँधेरे में दाखिल हो रही थी। डिब्बे में घुप अँधेरा हो गया, ज़ह्न यकायक पटरी से उतर गया।

''रेल जब जमुना के बराबर पहुँची है तो अचानक बीच जंगल में खड़ी हो गयी।'' शुजाअत अली की आल्हा जारी थी। ''आधी रात इधर, आधी रात उधर। बड़ी मुसीबत, ज़माना ख़राब था। मुल्क में लुटेरे दनदनाते फिरते थे। दिल्ली का यह हाल कि जमुना घाट से निकले नहीं, मौत के घाट उतरे नहीं। इंजन देखा, कल-पुर्ज़े देखे, कोई ख़राबी नहीं मगर गाड़ी नहीं चलती। पहाड़-सी रात सर पर खड़ी थी। जंगल भाँय-भाँय करता था। आस-पास आबादी का निशान नहीं कि जाके बसेरा कर लें। आख़िर सुबह हुई। सुबह के होने में डिब्बे के एक कोने में एक सफ़ेद रीश[1] बुज़ुर्ग नमाज़ में मसरूफ़ नज़र आये। सलाम फेर कर उन्होंने डिब्बे वालों की तरफ़ देखा और बोले—पटरी उखड़वा दो।''

बुन्दू मियाँ शुजाअत अली की सूरत देखने लगे। मिर्ज़ा साहब हुक़्क़े की नै होठों में दबाना चाहते थे लेकिन हाथ जहाँ का तहाँ रह गया और नै पर मुट्ठी की गिरफ़्त सख़्त हो गयी। मंजूर हुसैन वाक़ेआत की पिछली कड़ियों को जोड़ने में मसरूफ़ था।

शुजाअत अली ने दम लिया, मिर्ज़ा साहब की तरफ़ ग़ौर से देखा, फिर बोले : ''लोगों ने जब अंग्रेज़ से जाके कहा तो वह बहुत फुनफुनाया मगर जब गाड़ी

1. दाढ़ी।

किसी तरह टस-से-मस न हुई, तो सोचा खुदवा के देखें तो सही कि माजरा क्या है। तो यह समझ लो कि खड़ों-खड़ मजदूर लगे और खुदाई शुरू हो गयी। अभी ज़रा-सी खुदाई हुई होगी कि एक तहख़ाना.....।'' शुजाअत अली बोलते-बोलते एकदम से चुप हो गये और मिर्ज़ा साहब, बुन्दू मियाँ, मंजूर हुसैन तीनों की सूरतों को बारी-बारी देखा। सूरतें जो पत्थर की मूरतें बन गयी थीं, फिर बोले, ''वालिद साहब फ़रमाते थे कि तीन आदमी हथियार बन्द होके डरते-डरते अल्लाह का नाम लेते, अन्दर उतरे। क्या देखते हैं कि एक साफ़-शफ़्फ़ाफ एवान[1] है। एक तरफ़ कोरे घड़े में पानी भरा रखा है, जैसे अभी-अभी किसी ने भरा हो। उस पर चाँदी का कटोरा, पास में एक चटाई बिछी हुई और उस पर एक बुजुर्ग सफ़ेद रीश, सफ़ेद बुराक़ कपड़े, बदन सींक-सिलाई, सफेद बर्फ़ सी पलकें.....तस्बीह के दाने उँगलियों में गर्दिश कर रहे थे।''

शुजाअत अली की आवाज़ दूर होने लगी, ज़हन फिर पटरी बदलने लगा। मुनव्वर नुक़्तों की वेरब्त माला गर्दिश कर रही थी और मुनव्वर नुक़्ते फैल कर चमकदार तस्वीरें बना रहे थे। अँधेरी सुरंग में दाखिल होती हुई, बेपनाह शोर करती हुई रेल गाड़ी, जिसके नीचे काला पानी उमड़ रहा था और बिखरते हुए सुकून को समेट रहा था। इस ख़याल के साथ-साथ उसकी उँगलियों में रस पिघलने लगा और होठों में फूल खिलने लगे। साँवली सूरत, पस्पा होता हुआ भरा-भरा गर्म बदन। अँधेरे में दमकती हुई उस मुनव्वर तस्वीर ने उसकी आँखों में एक किरन पैदा कर दी थी जो अँधेरे में छिपे हुए बहुत से गोशों में दाखिल हो रही थी, उन्हें उजाल रही थी। सुबह मुँह अँधेरे जब वह उतर कर बर्थ के नीचे आया तो उसकी नज़र उस नर्म-मीठी निगाह से दम भर के लिए छूती हुई खिड़की से बाहर फैलती हुई सुबह की शादाब आग़ोश में जा निकली, फिर जब गाड़ी बदलने के लिए वह सफ़ेद बगला-सी धोती और साँवली सूरत बाहर निकलने लगी, एक बार फिर निगाहों ने निगाहों को छुआ। दूसरी गाड़ी सामने दूसरे प्लेटफ़ार्म पर खड़ी थी और इंजन से काले धुएँ के दल के दल उठ रहे थे, और सुबह की ठंडी फ़िज़ा में फैल रहे थे। गाड़ी ने सीटी दी, ठहरे हुए पहियों में एक शोर, एक हरकत हुई और आगे बढ़ते हुए इंजन का धुआँ पेच खाता हुआ ऊपर उठने लगा, फिर फ़ौरन ही दूसरी सीटी हुई और उसकी गाड़ी भी चल पड़ी। थोड़ी दूर तक दोनों गाड़ियाँ बराबर चलती रहीं, फिर पटरियों में फ़ासला और रफ़्तार में फ़र्क पैदा होता गया। वह गाड़ी दूर होती गयी, आगे निकलती गयी। मुसाफ़िरों से भरे डिब्बे फ़िल्म की तस्वीरों की तरह सामने से जल्दी-जल्दी गुज़रने लगे। डिब्बा जिसकी एक खिड़की में सबसे नुमायाँ, सबसे रोशन साँवली सूरत दिखाई दे रही थी, पास से गुज़रा और दूर होता चला गया। पटरियों में ज़्यादा फ़ासला और रफ़्तार में फ़र्क ज़्यादा पैदा हुआ और वह गाड़ी पेच खाती हुई नागिन की तरह दरख़्तों में गुम हो गयी, यहाँ तक कि आख़िर में लगा हुआ माल का बेडौल डिब्बा थोड़ी देर दिखाई

---

1. साफ़-सुथरा पारदर्शी महल।

देता रहा फिर वह भी दरख़्तों की हरियाली में सटक गया।

"अब जो जाके देखते हैं तो चटाई खाली पड़ी है।" फिर वही शुजाअत अली और वही उनकी आवाज़।

"और वह बुज़ुर्ग कहाँ गये?" बुन्दू मियाँ ने हैरानी से सवाल किया। "अल्लाह बेहतर जानता है कि कहाँ गये?" शुजाअत अ़ली कहने लगे : "बस, बस वह कोरा घड़ा उसी तरह रखा था, मगर पानी उसका ग़ायब हो गया था।"

"पानी भी ग़ायब हो गया?" बुन्दू मियाँ ने फिर उसी हैरानी से सवाल किया।

"हाँ! ग़ायब हो गया।" शुजाअत अली की आवाज़ धीमी होते-होते सरगोशी बन गयी : "वालिद साहब फ़रमाते थे, उसके अगले बरस ग़दर पड़ गया....जमुना में आग बरसी और दिल्ली की ईंट से ईंट बज गयी।"

शुजाअत अली चुप हो गये। मिर्ज़ा साहब पे सुकूत तारी था और बुन्दू मियाँ हैरान शुजाअत अली को तके जा रहे थे। मंज़ूर हुसैन ने उकताकर जमाही ली और हुक़्क़े को अपनी तरफ़ सरका लिया।

"चिलम ठंडी हो गयी" मंज़ूर हुसैन ने चिलम कुरेदते हुए कहा। मिर्ज़ा साहब ने ठंडा साँस लिया, "बस उसके भेद वही जाने" और आवाज़ देने लगे। "अबे शरफ़ू! चिलम तो ज़रा ताज़ा कर दे।"

धुँधले गोशे और नीम तारीक[1] खाँचे मुनव्वर हो गये थे, तस्वीरें आपस में पैवस्त होकर मरबूत वाक़ये की शक्ल अख़्तियार कर गयी थीं। मंज़ूर हुसैन की तबीयत में एक लहक पैदा हो गयी। भूली-बिसरी बात उसके लिए एक ताज़ा और रोशन हक़ीक़त बन गयी। उसका जी चाह रहा था कि पूरी आबो-ताब से यह वाक़या सुनाये। उसने कई एक दफ़ा मिर्ज़ा साहब को, फिर बुन्दू मियाँ को, फिर शुजाअत अली को देखा। वह बेचैन था कि किसी तरह शुजाअत अली की दास्तान का असर ख़त्म हो जाये और फिर वह अपना क़िस्सा छोड़ दे। जब चिलम भर के हुक़्क़े पर रखी गयी तो उसने दो-तीन घूँट लेकर शुजाअत अली की तरफ़ बढ़ा दिया। "पियो हुक़्क़ा ताज़ा हो गया।" और जब हुक़्क़े की गुड़-गुड़ के साथ शुजाअत अली अपनी दास्तान की फ़िज़ा से वापस होते हुए नज़र आये तो उसने बड़ी बेसब्री से बात शुरू की।

"एक वाक़या अपने साथ भी गुज़रा है, बड़ा अजीब।"

शुजाअत अली हुक़्क़ा पीने में मसरूफ़ रहे। हाँ! बुन्दू मियाँ ने ख़ाली दिलचस्पी का इज़हार किया। "अच्छा!"

मिर्ज़ा साहब ने यूँ कोई मुज़ाहरा नहीं किया मगर नज़रें उनकी मंज़ूर हुसैन के चेहरे पर जम गयी थीं।

मंज़ूर हुसैन सिटपिटा गया कि वाक़या कैसे शुरू करे। शुजाअत अली ने हुक़्क़ा परे करके खाँसना शुरू कर दिया था। मंज़ूर हुसैन ने हुक़्क़ा जल्दी में अपनी तरफ़

---

1. हल्का अँधेरा।

खींचा और जल्दी-जल्दी एक-दो घूँट लिए।

"हाँ भई!" बुन्दू मियाँ ने उसे टोका।

"अपनी शुरू जवानी का ज़िक्र है, अब तो बड़ी अजीब बात लगती है।" मंज़ूर हुसैन फिर सोच में पड़ गया।

अब शुजाअत अली भी पूरी तरह उसकी तरफ़ मुतवज्जाह हो गये थे।

मंज़ूर हुसैन हुक़्क़े के घूँट लेके बिला वजह खाँसने लगा : "यूँ हुआ कि.....वह रुका फिर सोचने लगा, फिर शुरू होना चाहता था कि सामने गली से बहुत-सी लालटेनें आती दिखाई दीं और आहिस्ता-आहिस्ता उठते हुए बहुत से क़दमों की चाप का हल्का शोर। वह सवालिया नज़रों से बढ़ती हुई लालटेनों को तकने लगा, फिर मिर्ज़ा साहब से मुख़ातिब हुआ, "मिर्ज़ा! यह किसके घर....?"

मंज़ूर हुसैन को फ़ुक़रा मुकम्मल करने की ज़रूरत पेश नहीं आयी। सबकी नज़रें उस तरफ़ उठ गयी थीं। इतने में शरफ़ू घबराया हुआ निकला, मिर्ज़ा साहब ने उसे हिदायत की—"जरा देख तो सही जाके।"

शरफ़ू दौड़ा-दौड़ा गया और लपक-झपक आया—"साहब! हमारे मुहल्ले में कुछ नहीं हुआ। बिसतियों की गली वाले हैं....शम्स बिसाती का लौंडा था।"

"शम्स बिसाती का लौंडा?" बुन्दू मियाँ हैरान रह गये, "उसे तो मैंने सुबह दुकान पे बैठे देखा था।"

"जी हाँ! दोपहर को अच्छा-खासा घर गया था" शरफ़ू कहने लगा, "खाना खाया, तबीयत मालिश करने लगी। बोला कि मेरा दिल डूबा जा रहा है। उसी वक्त चलियो-दौड़ियो हुई, मगर।"

"हद हो गयी।" मिर्ज़ा साहब कहने लगे "इस नये ज़माने में ये दिल का मर्ज़ अच्छा चला है। देखते ही देखते आदमी चल देता है। अपने ज़माने में तो हमने इस कमबख़्त का नाम भी नहीं सुना था। क्यों भाई शुजाअत अली?"

शुजाअत अली ने ठंडा साँस लिया और एक लम्बी-सी "हूँ" करके चुप रहे। मिर्ज़ा साहब ख़ुद किसी सोच में डूब गये थे। बुन्दू मियाँ और मंज़ूर हुसैन भी चुप थे। शरफ़ू खड़ा रहा, शायद इस इन्तज़ार में कि फिर कोई बात हो और फिर उसे अपनी मालूमात का मुज़ाहरा करने की ज़रूरत पेश आये। वह मायूस होकर जाने लगा, लेकिन जाते-जाते फिर पलटा, लालटेन की बत्ती तेज़ की, चिलम की आग कुरेदी, फिर भी सूकूत न टूटा तो नाउम्मीद होकर अन्दर पलट गया।

ख़ासी देर के बाद शुज़ाअत अली ने ठंडा साँस लिया और सँभल कर बोले—"ख़ैर यह तो दुनिया के क़िस्से हैं, चलते ही रहते हैं। आना-जाना तो आदमी के दम के साथ है। हाँ भई मंज़ूर हुसैन!"

मंज़ूर हुसैन ने फुरेरी ली, बोलने की हमहमी बाँधी फिर किसी सोच में पड़ गया ..."सारी बात ही ज़हन से उतर गयी," मंज़ूर हुसैन बड़बड़ाया। उसके ज़ह्न में उभरे

मुनव्वर नुक़्ते फिर अँधेरे में डूब गये थे। डिब्बा पिछड़ कर अकेला ही पटरी पर खड़ा रह गया था और रेल बहुत दूर, बहुत आगे निकल गयी थी।

"इसके बाद कोई कहे भी क्या।" मिर्ज़ा साहब फिर किसी सोच में डूब गये।

शुजाअत अली ने हुक़्क़ा अपनी तरफ़ बढ़ा लिया। आहिस्ता-आहिस्ता दो-तीन घूँट लिये। ठहर-ठहर कर खाँसे और फिर लगातार घूँट लेने शुरू कर दिये।

मंज़ूर हुसैन का ज़हन ख़ाली था। ख़ाली ज़हन से कुश्तम-कुश्ता जारी थी कि लड़का बुलाने आ गया—"अब्बा जी! चल के खाना खा लीजिए।"

गोया एक सहारा मिला कि मंज़ूर हुसैन फ़ौरन उठ खड़ा हुआ और चबूतरे से उतर कर घर की तरफ हो लिया। अँधेरा हो चुका था। गली के किनारे वाले खम्भे का क़ुमक़ुमा रोशन हो गया था जिसके नीचे रोशनी का एक थाला-सा बन गया था और उसके आगे बढ़ कर फिर वही अँधेरा। लाठी से रास्ता टटोलता हुआ कोई अंधा-वंधा फ़क़ीर, तारीकी में लिपटी हुई किसी-किसी राहगीर की चाप, अँधेरे में आहिस्ता से बन्द होता हुआ कोई दरवाज़ा। घर पहुँचते-पहुँचते तारीक गोशे और धुँधले नुक़्ते फिर मुनव्वर हो गये थे, और वह बेताबी फिर करवट ले रही थी कि अँधेरे में किसी उस दुल्हन किरन को बाहर लाया जाये, उसका अँधेरा घूँघट उठाया जाये। दरवाज़े में दाख़िल होते हुए पलटा—अन्दर जाओ। अभी आता हूँ। और फिर मिर्ज़ा साहब के चबूतरे की तरफ़ हो लिया।

अँधेरा गहरा हो गया था। गली में खेलने वाले बच्चे, कि अभी थोड़ी देर पहले गली को सर पर उठाये ले रहे थे, घरों को चले गये थे। बस एक-दो साबित-क़दम लड़के थे जो अभी तक मस्जिद के हम्माम के उस ताक़ के पास खड़े थे जिसके अन्दर आग जल रही थी और जिसकी दीवार से काला लिसलिसा मसाला खुरच-खुरच कर उन्होंने अच्छी-ख़ासी बड़ी-बड़ी गोलियाँ बना ली थीं, लेकिन ताक़ में ईंधन जल चुका था और आँच मन्दी पड़ती जा रही थी, जिसकी वजह से दीवार पर पिघला मसाला भी सख़्त पड़ता जा रहा था। मस्जिद के सामने से गुज़र कर मंज़ूर हुसैन गली में दाख़िल हुआ और दो क़दम चलकर चबूतरे के सामने जा पहुँचा। मोढे ख़ाली थे, अगरचे हुक़्क़ा उसी तरह बीच में रखा हुआ था और तिपाई पर लालटेन उसी अन्दाज़ से जल रही थी।

"शरफ़ू! कहाँ गये मिर्ज़ा साहब?"

शरफ़ू बोला—"अजी इशा की नमाज़ को गये हैं। आते होंगे, बैठ जाओ!"

मंज़ूर हुसैन अपने पहले वाले मोंढे पर जाके बैठ गया। बैठा रहा, बैठा रहा, फिर हुक़्के को अपनी तरफ़ सरकाया, मगर चिलम ठंडी हो चुक़ी थी।

"चिलम गर्म कर लाऊँ जी?" शरफ़ू बोला।

"नहीं रहने दो! बस चलता हूँ।"

मंज़ूर हुसैन उठ खड़ा हुआ और जिस रास्ते से आया था, उसी रास्ते से घर को हो लिया।

बादल

वह बादलों की तलाश में दूर तक गया। गली-गली घूमता हुआ कच्ची कुइय्याँ पर पहुँचा। वहाँ से कच्चे रास्ते पर पड़ लिया और खेत-खेत चलता गया। दूसरी तरफ़ से एक घसियारा घास की गठरी सर पर रखे चला आ रहा था। उसे उसने रोका और पूछा कि, ''इधर बादल आये थे?''

''बादल?'' घसियारे ने इस तअज्जुब से कहा जैसे उससे बहुत अनोखा सवाल किया गया हो। ''बादल! बादल!'' और जब घसियारे की हैरत में कोई कमी न आयी तो वह उससे मायूस हुआ और आगे चल कर उसने खेत में एक हल चलाते हुए किसान से यही सवाल किया—''इधर बादल आये थे?''

किसान की समझ में भी यह सवाल न आया। उसने सिटपिटा कर कहा, ''बादल?''

''हाँ! बादल!''

अस्ल में वह बादलों के बारे में ऐसे पूछ रहा था जैसे ढूँढ़ने वाला राह चलते हुओं से गुम हो जाने वाले बच्चे के बारे में पूछता है। शायद बादल भी गुमशुदा बच्चे थे कि वह उन्हें ढूँढ़ता फिर रहा था और हर राह चलते से पूछ रहा था मगर किसी ने उसे तशल्लीबख़्श जवाब नहीं दिया।

सबसे पहले आज सुबह उसने अम्माँ जी से यह सवाल किया था, ''अम्माँ जी! बादल कहाँ गये?''

''कौन कहाँ गये?'' अम्माँ जी ने उससे ऐसे पूछा जैसे उसने बहुत अहमक़ाना सवाल किया था।

''बादल।''

''बादल...? अरे! तेरा दिमाग़ चल गया है। जल्दी मुँह-हाथ धो! नाश्ता कर और स्कूल जा!''

अम्माँ जी के इस अन्दाज़े-बयान ने उस पर एक नाख़ुश-गवार असर छोड़ा। उसने बेदिली से हाथ-मुँह धोया, नाश्ता किया, और किताबों का बैग गले में डाल स्कूल के लिए घर से निकला मगर घर से निकलते ही उसके ज़हन में फिर वही सवाल उभरा—बादल कहाँ गये? और इसके साथ उसे रात का वह वक़्त याद

आया जब उसने बादल उमड़ते, गरजते देखे थे। जब वह सोने लगा था, उस वक़्त आसमान बादलों से ख़ाली और सितारों से भरा हुआ था, हवा बन्द थी और गर्मी से नींद नहीं आ रही थी। उसे मुश्किल से नींद आयी। फिर जाने क्या वक़्त था कि उसकी आँख खुल गयी। जो वक़्त भी हो, उसके लिए वह आधी रात थी। दूर आसमान पर बादल गरज़ के साथ उमड़ रहे थे। बीच-बीच में बिजली चमकती और इस चमक में वह बादल बहुत काले-काले नज़र आते। उसे लगा कि बहुत ज़ोर की बारिश आयेगी मगर इसमें नींद कितनी ख़राब होती। बस इसी अन्देशे में उसने आँखें बन्द कर लीं। ऐसे हो गया जैसे उसे ख़बर ही नहीं कि बादल गरज रहे हैं, सो गया। सुबह जब उठा तो हैरान रह गया। आसमान....आसमान बादलों से बिल्कुल ख़ाली था और सहेन में बूँदें पड़ने के कोई आसार नहीं थे। उसे पहले तअज्जुब हुआ फिर अफ़सोस हुआ। तअज्जुब इस पर कि बादल इतने उमड़ घुमड़ आये थे और बरसे नहीं, फिर गये कहाँ? अफ़सोस इस पर कि वह सो क्यों गया। जैसे वह जागता रहता तो बादल आँखों से ओझल न होते और फिर बरस कर ही जाते। वो बारिश हो जाती तो मौसम की पहली बारिश होती, मगर उसके सोते हुए बादल घिर कर आये और चले गये। बारिश की कोई बूँद नहीं पड़ी। बरसात का मौसम ख़ाली गुज़रा जा रहा था। उसने चलते-चलते एक बार फिर आसमान का जायज़ा लिया। दूर तक कोई बादल नहीं था। ख़ाली आसमान में सूरज बिल्कुल उसके सर पर चमक रहा था। वह स्कूल का रस्ता छोड़कर खेतों में निकल गया।

खेतों के बीच पतली-पतली मेढों पर होता हुआ वह दूर निकल गया। धूप बहुत तेज़ थी। उसका बदन फुँकने लगा। हलक़ ख़ुश्क हो गया। खेत पार करने के बाद घनी छाँव वाला एक पेड़ दिखाई दिया कि उसी छाँव में कुआँ चल रहा था। गोया रेगिस्तान में चलते-चलते नख़्लिस्तान आ गया। उसने दरख़्त की छाँव में पहुँच कर किताबों का बैग एक तरफ़ रखा। कुएँ के पास पहुँचकर रहट से निकलते हुए पानी से पैर धोये, हाथ-मुँह धोया और फिर जी भर कर पानी पिया।

मुँह-हाथ धोकर, पानी पीकर आँखों में ठंडक और रोशनी आयी। अब उसने इर्द-गिर्द का जायज़ा लिया। कुएँ के पास ही टूटे से मोढे पर एक बड़े मियाँ बैठे हुक़्क़ा पी रहे थे। उसने कई मरतबा बड़े मियाँ की तरफ़ देखा। कुछ कहना चाहा फिर हिम्मत छोड़ बैठा। आख़िर उसने हिम्मत बाँधी और बोला—''बड़े मियाँ! इधर बादल आये थे?'' बड़े मियाँ ने हुक़्क़ा पीते-पीते उसे गौर से देखा, फिर बोले—''बेटा! बादल छुप कर तो नहीं आयेंगे। जब घिर कर आयेंगे तो आसमान-ज़मीन को पता चल जायेगा।''

''मगर रात तो बादल आये थे और किसी को पता ही न चला।''

''रात बादल आये थे!'' बड़े मियाँ ने कुछ सोचा, फिर ऊँची आवाज़ में अल्लादीन से मुख़ातिब हुए—''अल्लादीन! रात बादल आये थे?''

अल्लादीन बैलों को हाँकते-हाँकते रुका, बोला—"मैं तो जी रात खाट पर पीठ लगाते ही सो गया था। मुझे पता नहीं।"

फिर बड़े मियाँ बोले, "बेटा! बादलों के ख़ाली आने से कुछ नहीं होता। मैं ऐसे इलाक़े में रह चुका हूँ, जहाँ दस साल से बारिश नहीं हुई थी।"

"दस साल?" उसका मुँह खुला का खुला रह गया।

"हाँ! दस साल से, मगर बादल आते थे। मैं जिन दिनों वहाँ था, उन दिनों भी एक दफ़ा बादल बहुत घिर कर आये थे, मगर पानी की एक बूँद नहीं पड़ी।"

"अजीब बात है।"

"अजीब बात कोई नहीं। बारिश उसके हुक्म से होती है। उसका हुक्म होता है तो बादल बरसते हैं, उसका हुक्म नहीं होता तो बादल नहीं बरसते।"

बड़े मियाँ के इस बयान के साथ-साथ उसके तसव्वुर में पिछली मुख़्तलिफ़ घटाएँ उमंड़ आयीं। वो घटाएँ जो घटा-टोप अँधेरे के साथ उठीं, जैसे बरस कर जल-थल कर देंगी मगर बूँदें बरसे बग़ैर गुज़र गयीं। वो घटाएँ जो चन्द मामूली बेमानी-सी बदलियों की सूरत में आयीं और ऐसी बरसीं कि ताल-तलैया उमड़ आयीं।

बड़े मियाँ ने तपते आसमान की तरफ़ देखा, फिर बड़बड़ाए, "मौसम गुज़रा जा रहा है, पता नहीं उसका हुक्म कब होगा।"

जवाब में वह भी बड़बड़ाया, "मेंह बरसता नहीं। पता नहीं बादल आके कहाँ चले गये।"

"बेटा क्या बरसे? बरसेगा तो ख़बरें आने लगेंगी कि सैलाब आ गया। आसमान बख़ील[1] हो गया, ज़मीन में ज़र्फ़[2] नहीं रहा। बारिश होती ही नहीं, होती है तो सैलाब उमड़ पड़ता है।"

बड़े मियाँ की बातें उसकी समझ में कुछ आयीं, कुछ न आयीं। वह बैठा सुनता रहा, फिर अचानक उसे ख़याल आया कि बहुत देर हो गयी है। किताबों का बैग उठा, गले में डाल उठ खड़ा हुआ।

मिट्टी, धूल और धूप में वह देर तक चलता रहा, जिन रास्तों से आया था, उन्हीं रास्तों पर लौट रहा था। धूप अब भी तेज़ थी मगर जब वह कच्ची कुइय्याँ के पास पहुँचा तो उसे लगा कि हवा में ठंडी लकीर सी तैर गयी है और क़दमों के नीचे मिट्टी कुछ सीली-सीली है।

बस्ती में दाख़िल होते-होते उसने देखा कि रास्ता यहाँ से वहाँ तक गीला है। दरख़्त कि उसके जाते वक़्त रोज की धूल में अटे खड़े थे, अब नहाये-धोये नज़र आ रहे हैं और नाला कि पिछली बरसात के बाद से खुश्क चला आ रहा था, रवाँ हो गया है। खुशी की एक लहर उसके अन्दर दौड़ गयी। अब उसे घर पहुँचने की

1. कंजूस।
2. बर्तन।

जल्दी थी। वह देखना चाहता था कि उसके सहेन में जो जामुन का पेड़ खड़ा है, वो कितना तरो-ताज़ा हुआ है।

घर पहुँचकर उसने फ़िज़ा को बारिश के हिसाब से बदला हुआ पाया। जामुन से बहुत से पत्ते नीचे गिरे पड़े थे और गीली मिट्टी में लत-पत थे। बाक़ी दरख़्त नहाया-धोया खड़ा था और अम्माँ जी एक आसूदगी के लहजे में कह रही थीं, ''अच्छी बारिश हो गयी, अल्लाह तेरा शुक्र है! मेरा तो गर्मी से दम उलटने लगा था।''

जामुन की टहनियों से बूँदें अभी तक टप-टप गिर रही थीं। वह पेड़ के नीचे खड़ा हो गया और बूँदों को अपने सर पर और अपने गालों पर लिया। उसकी नज़र आसमान पर गयी। आसमान धुला-धुला नज़र आ रहा था। अब वहाँ कोई बदली नहीं थी। उसे ख़याल आया कि वह बादलों की तलाश में धूप और धूल में कितनी दूर तक गया और बादल उसके पीछे आये और बरस कर चले भी गये। इस ख़याल ने उसे उदास कर दिया। बारिश में भीगी सारी फ़िज़ा उसे बेमानी नज़र आने लगी।

सुबह से ख़ुशनसीब

हम लोग बीच जंगल में थे और गाड़ी रुकी खड़ी थी। कितनी बार गुमान हुआ कि गाड़ी अब चली, मगर नहीं चली। कितनी बार गाड़ी से बाहर बिखरे हुए मुसाफ़िर सीटी देते इंजन से इशारा लेकर लपक-झपक वापस अपनी सीट पर आये और दम साध कर बैठ गये कि गाड़ी अब चलेगी। दम साधे बैठे रहे और इन्तज़ार करते रहे कि कब गाड़ी हरकत में आती है। गाड़ी हरकत में तो आयी ही नहीं। आयी तो बस इस क़दर कि पहिये मुश्किल से थोड़ा घूमे और डिब्बों को थोड़ा झटका लगा मगर पहिये पूरा चक्कर लेने से पहले ही रुक गये और गाड़ी एक थरथरी के बाद फिर रुक गयी। मुसाफिर बैठे रहे, बैठे रहे, फिर किसी ने बेइत्मिनान होकर पहलू बदला, कोई बेज़ार होकर उठ खड़ा हुआ। एक-एक करके फिर गाड़ी से उतरे और पटरी पर चहल-क़दमी[1] करने लगे। किसी ने पटरी को पार किया और दरख़्तों के साये में जा बैठा।

"अम्मी! गाड़ी क्यों नहीं चलती?" बच्चे ने बोर होकर माँ से सवाल किया।

'चलेगी।"

"कब चलेगी?"

"बस! अभी चलेगी।"

मगर वह कमसिन माँ से यह जवाब पहले भी सुन चुका था। बेदिली से उसने सुना और बाहर झाँकने लगा। सामने की सीट पर बैठी हुई औरत ने गोद के बच्चे को पहले ख़ाली बातों से बहलाने की कोशिश की। जब वह न माना और सीने पर दस्त-दराज़ी कराने लगा तो उसने क़मीज़ का दामन उठा कर बच्चे का मुँह अन्दर किया और दामन गिरा लिया। क़मीज़ का दामन उसने इतनी चाबुक दस्ती से उठाया कि पेट के एक बेमाना गोशे के सिवा कुछ नज़र नहीं आया। ख़ैर इससे इतना पता तो चल ही गया कि उस मलगुजे लिबास के अन्दर कितना रोशन बदन छिपा है।

मेरे बराबर की सीट पर बैठे हुए बड़े मियाँ, जो बड़ी यकसूई से अख़बार पढ़े चले जा रहे थे, बिल आख़िर अख़बार पढ़ते-पढ़ते थक गये। अख़बार को एक तरफ़ रखा और बड़बड़ाये—

1. टहलना।

"बहुत देर हो गयी! आख़िर गाड़ी क्यों नहीं चल रही?"

"क्रासिंग होना है।" क़रीब में बैठा हुआ ब्रीफ़केस वाला आदमी बोला।

"मेरे ख़याल में 'तेज़गाम' आ रही है" दूसरे ने टुकड़ा लगाया।

"तेज़गाम?" ब्रीफ़केस वाले ने कलाई पर लगी ख़ूबसूरत घड़ी को देखा।

"तेज़गाम का तो यह वक़्त नहीं है।"

"फिर और कोई गाड़ी होगी।"

"हाँ! और कोई गाड़ी होगी। मगर बड़ी देर लगायी।"

"असल में पैसेन्जर के साथ यही होता है। चींटी की चाल चलती है और क़दम-क़दम पर रुकती है।"

पैसेन्जर ट्रेन की ख़राबियाँ अब उन पर खुल रही थीं। सवार होते वक़्त तो वह कश्तिए-नूह[1] नज़र आ रही थी। प्लेटफ़ार्म पर कितना हुजूम था। कितनी धक्कम-पेल के साथ वह गाड़ी में घुस रहे थे और सीट लेने के लिए एक-दूसरे पर गिर रहे थे, एक-दूसरे को ढकेल रहे थे, एक-दूसरे से उलझ रहे थे। जो अन्दर दाख़िल हो गये थे, उनकी सर तोड़ कोशिश थी कि अब कोई अन्दर न आये और जो बाहर रह गये थे, वह सर तोड़ कोशिश कर रहे थे कि किसी तरह अन्दर दाख़िल हो जायें। अन्दर दाख़िल हो जाने वालों ने कितनी फुर्ती से अपने डिब्बे के दरवाज़े बन्द किये थे और बाद में आने वालों ने कितने ज़ोर के साथ दरवाजे खुलवाये थे, और सामने आने वालों को धक्के देते हुए, बिस्तरों और बक्सों को फलाँगते हुए सीट की तलाश में बढ़ते जा रहे थे। कितनी धींगा-मुश्ती के बाद कभी बैठने की और कभी महज़ खड़े होने की जगह मयस्सर आयी, फिर जब गाड़ी चली तो हम सवार हो जाने वालों ने अपने आपको कितना खुशनसीब और पीछे रह जाने वालों को कितना बदनसीब जाना था। फिर यकायक पीछे रह जाने वालों के लिए हमारे यहाँ कितनी हमदर्दी का जज़्बा पैदा हो गया था। चलती गाड़ी के साथ दौड़ते-दौड़ते अगर कोई हैंडिल पकड़कर लटक गया तो किसी न किसी ने जल्दी से उसके लिए दरवाज़ा खोला और उसे अन्दर आने की राह दे दी, फिर चलती हुई गाड़ी से हमने इत्मिनान के साथ अपनी-अपनी खिड़की से बाहर झाँक कर देखा। प्लेटफ़ॉर्म पर खड़े रह जाने वाले मुसाफ़िर कितने बेआसरा और कितने काबिले-रहम नज़र आ रहे थे।

अब पहिया उल्टा घूमने लगा था। उस गाड़ी के मुसाफ़िर होने की वजह से हम अपने आपको कितना बेआसरा, कितना क़ाबिले रहम समझ रहे थे और वह जो गाड़ी में सवार न हो सके, अच्छे रहे वह लोग जो उस गाड़ी में सवार होते-होते रह गये।

"मेरी सीट तो जहाज़ में बुक थी।" ब्रीफ़केस वाला बोला। "लेकिन प्रोगाम में तब्दीली की वजह से मुझे अपनी सीट कैंसिल करानी पड़ी। उसके बाद किसी

1. एक पैग़म्बर हज़रत नूह की कश्ती।

फ़्लाइट में कोई सीट नहीं मिली। सोचा कि ट्रेन पकड़ी जाये। तेज़ाम, सुपर, किसी में सीट नहीं मिली। आख़िर पैसेन्जर में बैठना पड़ा।''

एक दफ़ा फिर मुसाफ़िर तेज़ी के साथ अन्दर आये और अपनी सीट पर आकर बैठ गये। अस्ल में अभी-अभी इंजन ने सीटी दी थी।

''गाड़ी अब चलने वाली है।'' कहने वाले के लहजे में दबी-दबी ख़ुशी का रंग शामिल था।

''वाक़ई?''

''हाँ बस! चलने वाली है। इंजन ने सीटी दे दी है।''

''अल्लाह तेरा शुक्र है!''

कमसिन लड़के ने झाँक कर बाहर देखा—''अम्मी! देखो!''

''क्यों, क्या बात है?''

''धुआँ!'' उसने उँगली से इशारा करते हुए कहा।

अम्मी ने बाहर झाँक कर देखा। मैंने भी बाहर झाँका वाक़ई इंजन ने अचानक कितने ज़ोर-शोर से धुआँ उगलना शुरू कर दिया था। सीटी ही से नहीं, उस धुएँ से भी शायद मुसाफ़िरों ने यह इशारा लिया था कि बस अब गाड़ी चल पड़ेगी। इंजन के मुँह से ऐसा काला धुआँ निकल रहा था कि लगता था कि कोई देर जाती है कि सारा जंगल काला हो जायेगा। चलती गाड़ी का इंजन जब धुआँ उगलता है, तो उसकी बात और होती है। फ़िजा में कालोस की एक लकीर खिंचती और मिटती चली जाती है। मगर जब खड़ा हुआ इंजन धुआँ उगलता है, तो फ़िज़ा की पाक़ीज़गी के लिए ख़तरा बन जाता है।

इंजन ने धुआँ उगलते-उगलते एक दफ़ा फिर सीटी दी, इतनी तेज़ कि पूरे जंगल में गूँज गयी। हम मुसाफ़िरों के दिल जैसे सीटी की आवाज़ से गरमा गये हों। वह जो एक बेज़ारी सी छाई हुई थी, वह काफ़ूर हो गयी। हम सब ही तैयार अपनी सीट पर बैठ गये। लग रहा था कि गाड़ी बस हरकत में आने वाली है।

बैठे रहे, बैठे रहे। पहियों ने बिल्कुल पहले की तरह हल्की-सी जुंबिश की थी और इससे एक तकलीफ़ भरी आवाज़ भी पैदा हुई थी, जैसे पहियों को गर्दिश करने में तकलीफ़ हो रही हो, मगर फिर वही सकता। और अब धुएँ का ज़ोर भी कम होता जा रहा था। काले से भूरा हुआ फिर बिल्कुल ही ग़ायब हो गया।

जब गाड़ी किसी तौर हरकत में न आयी तो फिर वही बेज़ारी। बड़े मियाँ ने बोर होकर फिर अख़बार उठाया और पढ़ी हुई ख़बरों को फिर पढ़ना शुरू कर दिया। सामने गोद में बेज़ार बच्चा फिर कुलबुलाया और औरत ने इस मरतबा इतनी बेज़ारी और लापरवाही से क़मीज़ ऊपर उठाई कि दम भर के लिए पेट और ऊपर का हरा-भर दायरा भी नुमायाँ हो गया।

''गाड़ी आज नहीं चलेगी।'' किसी ने बेज़ार होकर कहा।

"अम्माँ! गाड़ी नहीं चलेगी।" कमसिन लड़के ने ख़ौफज़दा होकर पूछा।

"चलेगी बेटे।"

"कब चलेगी?"

"बस! थोड़ी देर में चलेगी।"

कमसिन लड़के ने बेएतबारी से माँ का जवाब सुना और फिर बाहर देखना शुरू कर दिया।

"शाम हो रही है।" एक मुसाफ़िर ने बाहर झाँकते हुए कहा।

"हाँ वाकई!" वह फैले हुए मैदान और खेत जो अभी थोड़ी देर पहले तक धूप में चमक रहे थे, अब छाँव में आ चुके थे, और छाँव फैलने के साथ-साथ जैसे उदासी फैलती जा रही हो।

"रात कहीं इसी जंगल में न गुज़ारनी पड़ जाये।"

"इस जंगल का रास्ता तो दिन में भी महफ़ूज नहीं। रात गुज़ारनी पड़ी तो....." वह कहते-कहते रुक गया, मगर उसके तश्वीश भरे लहजे ने सब कुछ कह दिया था।

बड़े मियाँ ने अख़बार से नज़रें उठाकर कहने वाले की सूरत देखी, फिर अख़बार एक तरफ़ डाल कर मुँह ही मुँह में कोई आयत पढ़ी। ला इलाहा इल्ला अन्ता सुभानका.....[1] चुप हुए, फिर उन्होंने बोलने वालों की तरफ़ से मुँह फेर कर मुझे अपने खिताब[2] के लिए चुना—

"बेटे! तुम कहाँ जा रहे हो?"

"यह सवाल बेमहल है।"

उन्होंने ग़ौर से मेरी सूरत देखी—"बेमहल कैसे है?"

"हम में से किसे कहाँ जाना है, यह तो बाद की बात है, पहली बात तो यह है कि हम यहाँ से कब निकल रहे हैं।"

"और निकल भी रहे हैं या नहीं।" किसी पास बैठे हुए ने टुकड़ा लगाया।

उसी घड़ी गार्ड सफ़ेद वर्दी में गुज़रता नज़र आया। एक मुसाफ़िर उसे देख कर फुर्ती से उठा और गाड़ी से उतर गया। थोड़ी ही देर बाद वापस आ गया। सबने उसे तजस्सुस की नज़रों से देखा।

"यह गार्ड था।"

"हाँ!"

"क्या कहता है। गाड़ी क्यों नहीं चल रही?"

"आगे गड़बड़ है।"

"मेरा ख़याल है।" ब्रीफ़केस वाला बोला—"आगे कोई हादसा हुआ है। नहीं तो गाड़ी इतनी देर नहीं रुक सकती थी।"

1. पाक खुदा के अलावा कोई खुदा नहीं।

2. सम्बोधन।

"हुआ तो नहीं है, हो जाता।"

"अच्छा?"

"हाँ! और इसी गाड़ी के साथ हो जाता। वह तो वक़्त पर पता चल गया।"

"अच्छा? क्या बात थी?"

"आगे पटरी उखड़ी हुई है।"

"फिर तो बच गये।"

"हाँ! यहाँ से निकल जायें फिर जानें।"

हाँ वाक़ई! मैंने सोचा, यहाँ से तो निकलें और इसी के साथ मुझे फिर उस घड़ी का ख़याल आया, जब हम इस गाड़ी में सवार हुए थे। हम गाड़ी में बैठे लोग किस तरह एक एहसासे-तहफ़्फ़ुज़ के साथ उन पर तरस खा रहे थे, जो पीछे रह गये थे। अब वह हम पर तरस खायेंगे। ख़ुशनसीबी और बदनसीबी का कितनी जल्दी आपस में तबादला हो गया। सुबह के ख़ुशनसीब शाम होते-होते बदनसीब बन चुके हैं। अच्छे रहे वो लोग जो गाड़ी में सवार न हो सके और एक वक़्ती बद क़िस्मती से गुज़र कर, ख़ुश क़िस्मत बन गये, और हम.....हाँ और हम। मैंने इर्द-गिर्द नज़र डाली। शाम की छाँव बाहर से रेंग-रेंग कर अन्दर आ गयी थी, साथ ही उदासी भी, जो शाम की छाँव की हमज़ाद[1] है। डिब्बे में अभी लाइटें नहीं जली थीं। अपनी-अपनी सीट पर चुपचाप बेहिसो-हरकत बैठे हुए सब आदमी साये दिखाई पड़ रहे थे।

1. साया।

शहूरज़ाद की मौत

शहूरज़ाद ने एक हज़ार एक रातों में ख़ैर से हज़ार से ऊपर कहानियाँ सुनायीं और तीन बेटे जने। कहने वाले का भला, सुनने वाले का भला, कहने वाली शहूरज़ाद जिसकी इन कहानियों के सदक़े में जाँ बख़्शी हुई और उसके सदक़े में सल्तनत की उन अनगिनत कुँवारियों की जानें बच गयीं, जिन्हें बारी-बारी एक रात की मलिका बनना था, और सुबह हुए पर उनका सर क़लम होना था। सुनने वालों में दुनिया ज़ाद और बादशाह शहूरयार, जिसकी इन कहानियों ने कायाकल्प कर दी। औरत ज़ात की तरफ़ से दिल पर जो मैल आ गया था, वह धुल गया। सो वह जो उसने वतीरा पकड़ा था कि रोज़ रात को एक दोशीज़ा से ब्याह रचाया और सुबह को उसका सर उड़ा दिया, उसने, इससे तोबा की।

इस ख़ुशी में सल्तनत में जश्न मनाया गया। शहूर की आराइश हुई। रैयत[1] नेहाल हो गयी, मगर शहूरज़ाद का यह हाल था कि भौचक्की होकर इर्द-गिर्द देखती थी कि शबो-रोज़ अचानक कैसे बदल गये। एक हज़ार एक रातों वाली ख़ून भरी फ़िजा जब वह मौत के साये में कहानी सुनाया करती थी, उस पर ऐसी छा गयी थी कि उससे निकल ही नहीं पा रही थी। और जब उसे थोड़ा ऐतबार आया कि वो रातें वाक़ई गुज़र गयी हैं तो उसे एक हैरत ने आ लिया। सोचती थी और हैरत करती थी कि अच्छा मैंने इतना लम्बा रतजगा किया था और इतनी कहानियाँ सुनायी थीं। इतनी कहानियाँ मुझे सूझी कहाँ से। ग़ैब ही से आयी हों तो आयी हों। आख़िर उससे रहा न गया। रात दुनिया ज़ाद को अपने पास बिठाया और बोली, "ऐ मेरी बहन दुनिया ज़ाद, अब मैं सोचती हूँ तो मेरी अक़्ल चकरा जाती है। एक हज़ार एक रातें मैंने कहानियाँ कह-कह कर काट दीं। कुछ तू ही मुझे समझा कि यह सब कैसे हुआ?"

दुनिया ज़ाद बोली, "ऐ मेरी हमशीरए-हज़ार दास्तान[2], मैं तो ख़ुद दरियाए-हैरत में ग़र्क़ हूँ कि मेरी बहन के हाफ़िज़े में कहानियों का इतना बड़ा ख़ज़ाना दबा हुआ था। अज़ीज़ बहन, वैसे तो वो रातें ख़ौफ़ की रातें थीं, दिल को धड़का लगा रहता

---

1. प्रजा।
2. हज़ार दास्तान वाली बहन।

था कि सुबह चढ़ेगी तो क्या गुल खिलाएगी। मौत मुस्तक़िल उसे पास मंडराती नज़र आती थी, मगर ये काली डरावनी रातें, ऐ मेरी अज़ीज़ बहन, तेरी कही हुई कहानियों से जगमग-जगमग कर रही हैं। जब कहानी शुरू हो जाती थी, तो फिर पता ही न चलता था कि कितनी रात गयी और कब ख़त्म हुई और बादशाह का ये हाल कि मबहूत[1] बैठा सुनता रहता था।''

शहरज़ाद बोली, ''बहनों मुझे तो किसी बात का होश ही नहीं था, बस एक ही धुन सवार थी कि कहानी कहनी है और जिन्दा रहना है। फिर कहानियों में मैं ऐसी खो गयी कि ज़िन्दा रहने का ख़याल भी पीछे चला गया। ले-देके एक ही लगन लगी रहती थी कि जो कहानी शुरू की है उसे अंजाम तक पहुँचाना है।''

''सो बीबी वो अंजाम को पहुँच गयी। और क्या ख़ूब अंजाम को पहुँची कि बादशाह की काया ही बदल गयी। कहाँ औरत ज़ात से इतनी नफ़रत कि रोज़ एक निसवानी[2] सर क़लम होता था। कहाँ अब वह तुम्हारे पैर धो-धो के पीता है।''

फिर दोनों ने मिल के उन रातों के ख़ौफ़ को और दुख-दर्द को याद किया और ख़ूब रोयीं, फिर आँसू पोंछ और खुदा का शुक्र अदा किया कि मुसीबत की घड़ियाँ कट गयीं। अल्लाह ताला ने कहानियाँ कहने की तौफ़ीक़[3] अता की और इन कहानियों के तुफ़ैल जान बची।

दुनिया ज़ाद की बातें सुनकर, कुछ रो-धोकर शहरज़ाद का दिल हल्का हो गया। अब जश्न भी तमाम हो चुका था। सल्तनत का कारोबार मामूल के मुताबिक चलने लगा। एक हज़ार एक रातें भी क़िस्सए-माज़ी बन चली थीं। शहरज़ाद बादशाह शहरयार की चहीती मलिका और तीन होनहार शहज़ादों की माँ बन कर महल में राज करने लगी। दुनियाज़ाद ने बहन की चाहत में शादी-ब्याह का ख़याल दिल से निकाला। बस बहन का साया बनकर महल में रहने लगी।

बेटे बड़े हुए। धूम से उनकी शादियाँ हुईं। चाँद-सी बहुएँ घर में आयीं। थोड़े ही दिनों में बारी-बारी उनकी कोख हरी हुई। फूल-सी बेटियाँ पैदा हुईं। ये बच्चियाँ जब ज़रा बड़ी हुईं तो दुनियाज़ाद ने देखा कि उनका जी खेल-कूद में कम और कहानियाँ सुनने में ज़्यादा लगता है। उनका यह शौक़ देखकर उनसे कहा कि, बच्चो! कहानियाँ सुनने का तुम्हें ऐसा ही शौक़ है तो अपनी दादी से सुनो। कहानी सुनाने में उनका दुनिया के पर्दे पर कोई सानी नहीं।

यह सुनकर तीनों बच्चियाँ शहरज़ाद के गिर्द इकट्ठी हो गयीं और लगीं ज़िद करने कि हम तो आप से कहानी सुनेंगे।

बच्चियों की ज़िद देखकर शहरज़ाद बहुत सिटपिटायी। वह तो मलिका बन कर

---

1. हक्का-बक्का।
2. औरत।
3. हिम्मत।

भूल ही गयी थी कि कभी वह कहानियाँ सुनाया करती थी। बच्चियों को टालने की बहुत कोशिश की मगर वह कहाँ टलने वाली थीं। इधर दुनियाज़ाद ने बहन को टोका, "ऐ बहन, मुझे बोलने का हक़ तो नहीं, दादी-पोतियों के बीच में मैं बोलने वाली कौन, मगर इन्साफ की बात तो कहनी ही पड़ती है। आख़िर ये तुम्हारी पोतियाँ हैं, घर में दादी बैठी है, जो कहानी सुनाने में ताक़ है। पोतियाँ आख़िर दादी के फ़ैज से क्यों महरूम रहें और घर छोड़कर किस दरवाज़े को कहानियों के लिए खटखटायें।"

शहूरज़ाद बहन की बात सुनकर पसीजी। पोतियों से बोली, "ऐ चन्दा, मैं तुम्हारे क़ुरबान जाऊँ, तुम्हें कहानी नहीं सुनाऊँगी तो किसे सुनाऊँगी मगर अभी तो दिन है, कहानी दिन में सुनाई जाये तो मुसाफ़िर रास्ता भूल जाता है। रात हो जाने दो, फिर मैं तुम्हें कहानी सुनाऊँगी।"

कहानी सुनने की आस में रात का किस शिद्दत से इन्तज़ार किया गया। रात आयी और तीनों पोतियाँ शहूरज़ाद के गिर्द इकट्ठी हो गयीं। दुनियाज़ाद भी क़रीब आन बैठी। कितने ज़माने बाद उस एक मरतबा फिर शहूरज़ाद ने बहुत सोचा, बहुत याद किया, उसे कोई कहानी याद ही नहीं आयी। परेशान होकर दुनियाज़ाद से बोली, "ऐ दुनियाज़ाद, मेरे तो हाफ़िजे पर पत्थर पड़ गये हैं, क्या सुनाऊँ, मुझे तो कोई कहानी याद ही नहीं आ रही।"

"लो भला ये क्या बात हुई।" दुनियाज़ाद बोली, "तुमने अपने सरताज[1] को इतनी कहानियाँ सुनाई थीं, उन्हीं में से कोई कहानी इन बच्चियों को सुना दो।"

"ऐ बहन, वो जो तुमने पहली रात को सुनाई थी, सौदागर और देव की कहानी, वही सुना दो।"

सौदागर और देव की कहानी—शहूरज़ाद बड़बड़ाई।

याद करने लगी कि वह क्या कहानी थी। कुछ याद न आया तो परेशान होकर कहा, "ऐ दुनियाज़ाद, सौदागर और देव की कहानी में क्या हुआ था, मुझे तो कुछ याद नहीं आ रहा।"

"ऐ लो, अपनी कही हुई कहानी भूल गयीं। उसमें यही तो है कि सौदागर ने छुआरा खाकर गुठली फेंकी। गुठली का फेंकना था कि धुआँ उठा। धुएँ में से एक देव बरामद हुआ। गरजने लगा कि तेरे छुआरे की गुठली मेरे बेटे के सीने में जाकर लगी। वह मर गया। अब मैं तुझे छोड़ूँगा नहीं। मरने के लिए तैयार हो जा।"

शहूरज़ाद ने गौर से सुना। फिर याद करने की कोशिश की कि आगे क्या हुआ था। जब कुछ याद न आया तो दुनियाज़ाद से बोली कि, "मेरी बहन दुनियाज़ाद, मुझे तो अब कुछ भी याद नहीं है मगर लगता है कि तुझे यह कहानी पूरी याद है। फिर तू ही क्यों नहीं सुना देती।"

दुनियाज़ाद ने सोचा और बोली कि, "बुलबुले-हज़ार दास्तान तो तुम हो। बयान

1. पति।

में तुम जो जादू जगाती थीं, वह तो मैं नहीं जगा सकती। जैसी तुमसे सुनी उसे अपने टूटे-फूटे अन्दाज़ में सुनाये देती हूँ, मगर इस शर्त पर कि कल इससे आगे की कहानी तुम सुनाओगी।''

शहरज़ाद ने यह शर्त मान ली, और दुनियाज़ाद ने बच्चियों को ख़ूब मज़े ले-लेकर सौदागर और देव की कहानी सुनाई। कहानी सुनकर तीनों खिल उठीं। दुनियाज़ाद ने कहा, ''बच्चियो! मेरी ज़बान में शहरज़ाद वाला जादू कहाँ। जब तुम कल रात अपनी दादी से कहानी सुनोगी तब देखना तुम्हें कितना लुत्फ़ आयेगा।''

दुनियाज़ाद से कहानी सुनकर शहरज़ाद के हाफ़िज़े में हलचल मच गयी। सारी कही हुई कहानियाँ उसके दिलो-दिमाग़ में मँडराने लगीं लेकिन टुकड़ों, निवालों की सूरत में। ख़ैर कोई बात नहीं, शहरज़ाद ने इत्मिनान की एक कैफ़ियत के साथ सोचा, मेरा हाफ़िजा जाग उठा है। कल जब कहानी कहने बैठूँगी तो इंशाअल्लाह सब कुछ याद आ जायेगा। सो दूसरी रात वह बहुत एतमाद के साथ अपनी पोतियों को लेकर बैठी। दुनियाज़ाद भी उसके घुटने से लगकर बैठ गयी, मगर शहरज़ाद को बस इतना याद आया कि अगली कहानी जो उसने सुनाई थी वह माहीगीर और देव की कहानी थी। इससे आगे उसे कुछ भी याद नहीं आ रहा था। दुनियाज़ाद ने लुक़्मा दिया कि, ''ऐ बहन, हुआ यूँ था कि माहीगीर ने दरिया में जाल डाला। जाल भारी हुआ तो उसने समझा कि कोई मोटी मछली पकड़ी गयी, मगर जब जाल खींचा तो उसमें एक पीतल की मुहर बन्द लुटिया फँसी हुई थी। मुहर हज़रत सुलेमान[1] की थी। मोहर को तोड़कर लुटिया का मुँह खोला तो उसमें से ऐसा काला धुआँ निकला कि अँधेरा छा गया और उस धुएँ के बीच से एक लहीम-शहीम देव दड़ोंकता हुआ निकला।''

शहरज़ाद हैरत से बोली, ''दुनियाज़ाद लगता है कि यह कहानी भी तुझे ही पूरी याद है। फिर तू ही सुना दे। मुझे तो कहानी की कोई बात याद ही नहीं आ रही।''

दुनियाज़ाद तो अब माशा अल्लाह चल निकली थी। उसने माहीगीर और देव की कहानी शहरज़ाद वाली शान से शुरू की और सुबह होते-होते पूरी कहानी सुना दी, और शहरज़ाद ने कहानी ऐसे सुनी जैसे वह है ही दुनियाज़ाद की कही हुई कहानी। वह तो बस सुनने वालियों में है। तीनों पोतियों का जी भी कहानी सुनकर बाग़-बाग़ हो गया।

अगली रात शहरज़ाद को यक़ीन था कि उसे अगली कहानी याद आ जायेगी। जब वह कहानी याद न आयी तो उसने दूसरी कहानियों की तरफ़ ज़हन दौड़ाया। अलादीन के चिराग़ वाली कहानी उसे जहाँ-तहाँ से याद आती मगर कड़ी से कड़ी नहीं मिल रही थी। फिर दुनियाज़ाद को ही वह कहानी सुनानी पड़ी।

बस फिर तो शहरज़ाद को मसावाती पड़ गयी। वह कहानी याद करने की कोशिश करती। उसे तो कहानी याद न आती। उसकी फ़रमाइश पर दुनियाज़ाद कहानी सुनाना शुरू कर देती बस उसी तरह दुनियाज़ाद ने सारी अलिफ़ लैला सुना दी।

---
1. एक पैग़म्बर।

शह्रज़ाद ने डूब कर ये कहानियाँ सुनीं। ये सब कहानियाँ मैंने सुनाई थीं, उसे कितनी हैरत हुई। फिर रफ़्ता-रफ़्ता हैरत की जगह उदासी ने ले ली। उसे एक-एक करके वह सारी रातें याद आयीं। एक हज़ार एक रातें, जब उसने यह कहानियाँ सुनाई थीं। हर रात यूँ लगता कि उसकी ज़िन्दगी की आख़िरी रात है मगर अब उनमें से हर रात यूँ दिखाई दे रही थी कि वही उसकी ज़िन्दगी का हासिल थी। वह रातें एक सेहर[1] बनकर उसपर छाती चली गयीं। अस्ल में मैंने तो उन्हीं रातों में ज़िन्दगी को पाया था, उसने उदास होकर सोचा और एक दफ़ा फिर वह सोई हुई रातें जाग उठीं, और उसके इर्द-गिर्द मँडराने लगीं। रात भीगती जाती और अपने किरदारों के साथ अजनबी जज़ीरों, समन्दरों, सह्राओं में भटकती फिरती। इतनी दूर निकल जाती कि मौत और ज़िन्दगी के सारे अंदेशे और वसवसे कहीं बहुत पीछे रह जाते। फिर जब पौ फटती और मुर्ग़े-सहर की बाँग सुनाई देती तो वह किस एतमाद से कहानी को अगली रात पर मौक़ूफ़ करती कि मौत सहम कर पीछे हट जाती।

शह्रज़ाद कितनी देर तक उन कहानियों से लबरेज़ रातों के सेहर में खोयी रही। उस सेहर से निकली तो अब की रातों का ख़याल आया और अब उसने सोचा। अब मेरी रातें वीरान हैं। सिर्फ काली और लम्बी हैं। उनका जादू रुख़्सत हो चुका है। मेरी रातें जो बाँझ हो चुकी हैं, उसने लम्बी ठंडी साँस भरी और गहरी उदासी में डूब गयी।

जब बादशाह महल में आया तो देखा कि शह्रज़ाद ख़िलाफ़े-मामूल चुप-चुप है। सूरत से उदासी टपकती है। ख़ैर, उस दिन तो वह चुप रहा, मगर जब देखा कि शह्रज़ाद की तबीयत बहाल होने में ही नहीं आ रही, और उदासी गहरी होती चली जा रही है, तो उसे बहुत तश्वीश हुई। आख़िर रहा न गया और एक रोज़ पूछ ही लिया कि, "अरे शह्रज़ाद, मैं कुछ दिनों से देख रहा हूँ कि न वह पहली-सी शोख़ी न तर्रारी। न हँसना, न बोलना, तबीयत अफ़सुर्दा। चेहरे की रंगत फ़ीकी-फ़ीकी। यह कैसा हाल है। कौन-सा ग़म है कि तुझे घुन की तरह खाये जा रहा है।"

इस पर शह्रज़ाद ने ज़ब्त का दामन छोड़ा। रोई और बोली, "ऐ मेरे सरताज, तू किस शह्रजाद का हाल पूछता है, जो शह्रज़ाद चहकती, बोलती, कहानियाँ सुनाती तेरे महल में आयी थी, वह तो कब की मर चुकी।"

बादशाह यह सुनकर सिटपिटाया। परेशान होकर बोला, "यह मैं क्या सुन रहा हूँ। अगर तबीयत पर कोई मलाल है तो उसकी वजह तो मालूम होनी चाहिए।"

"ऐ बादशाह, ऐ मेरे सरताज" शह्रज़ाद गमज़दा आवाज़ में बोली, "तूने मेरी जान तो बख़्श दी मगर मुझसे मेरी कहानियाँ छीन लीं। मगर मैं तो उन्हीं कहानियों में ज़िन्दा थी। वो कहानियाँ ख़त्म हुईं तो समझो कि मेरी कहानी भी ख़त्म हो गयी।

---

1. जादू।

मोरनामा

अल्लाह जाने यह बदरूह कहाँ से मेरे पीछे लग गयी। सख़्त हैरान और परेशान हूँ। मैं तो अस्ल में मोरों की मिज़ाजपुर्सी के लिए निकला था। यह कब पता था कि यह बला जान को चिमट जायेगी। वह तो इत्तेफ़ाफ़ से उस छोटी-सी ख़बर पर मेरी नज़र पड़ गयी वरना इस हंगामे में मुझे कहाँ पता चलना था कि वहाँ क्या वारदात गुज़र गयी। हिन्दोस्तान के एटमी धमाके की धमाका-खेज़ ख़बरों के हुजूम में कहीं एक कोने में यह ख़बर छपी हुई थी कि जब यह धमाका हुआ तो राजस्थान के मोर सरासीमगी[1] के आलम में झंकारते-शोर मचाते अपने गोशों से निकले और हवास-बाख़्ता फ़िज़ा में तितर-बितर हो गये।

वैसे तो मैंने फ़ौरन ही एक कालम लिख कर अपनी दानिस्त में मोर-दोस्ती का हक़ अदा किया और फ़ारिग़ हो गया। मगर फ़ारिग़ कहाँ हुआ। उस छोटी-सी ख़बर ने मेरे साथ वही किया जो मनु जी के साथ उनके हाथ आ जाने वाली झिंगलिया जैसी मछली ने किया था। मनु जी ने उसे घड़े से नींद में, नाँद से कुंड में, कुंड से तलिया में, तलिया से नदी में मुन्तक़िल किया मगर फिर वह नदी में भी नहीं समाई। फिर उन्होंने उसे उठाकर समन्दर का रुख़ किया, तो वह छोटी-सी ख़बर भी या वह वाक़या जिसे अख़बार वालों ने एक कालमी सुर्ख़ी वाली ख़बर समझा था, मेरे तसव्वुर में फैलती चली गयी। आग़ाज उन मोरों की याद से हुआ जिन्हें मैंने जयपुर के एक सफ़र के दौरान देखा था। सुभान अल्लाह क्या तरशा-तरशाया गुलाबी रंग का शहर था। उस शहर में मैंने दोपहर में क़दम रखा था। इन औक़ात में तो किसी वजूद का एहसास नहीं हुआ था लेकिन जब दिन ढले मैंने उस दुल्हन ऐसे सजे-सजाये रेस्ट हाउस में अपने कमरे की खिड़की खोलकर बाहर झाँका तो क्या देखता हूँ कि सामने फैले हुए सहन में फ़व्वारे के इर्द-गिर्द चबूतरे पर, मुँडेरों पर मोर ही मोर, कितने सुकून के साथ और कितनी ख़ामोशी से अपनी नीली-चमकीली लम्बी दुमों के साथ एक शाहाना शान के साथ चहल-क़दमी कर रहे थे। उनकी इस चहल-क़दमी में शाहाना वक़ार के साथ कितनी शान्ति थी। उस आन वह सारा दयार मुझे शान्ति का गहवारा नज़र आया। शान्ति का, हुस्न का और मुहब्बत का।

1. परेशानी, हैरानी।

अगली शाम जब मैं शहर से निकलने लगा तो जिस टीले, जिस पहाड़ी पर नज़र गयी, वहाँ मोरों का एक झुरमुट नज़र आया। उसी तरह ख़ामोश। उनकी चहल-क़दमी से वही वैसी ही शान्ति, थोड़ी ही देर में शाम का धुँधलका फैल गया और पूरी फ़िज़ा मोरों की झंकार से लबरेज़ हो गयी। मैंने जाना कि ये मुसाफ़िर नवाज़ मेरी ही ख़ातिर यहाँ इस पास के टीलों और दरख़्तों पर उतरे हुए थे। अब वह अपने मेहमान को अलविदा कह रहे हैं।

और अब जब मैंने उस सफ़र को याद किया तो मेरी सारी फ़िजाए-याद मोरों से भर गयी। और मैं हैरान हुआ कि अच्छा वहाँ इतने मोरों से मेरी मुलाक़ात हुई थी। जैसे राजस्थान के सारे मोर मेरे इर्द-गिर्द इकट्ठे हो गये हों, मगर अब वहाँ क्या नक्शा होगा। मैं ध्यान ही ध्यान में फिर उस दयार में निकल जाता हूँ। मैं हैरान-परेशान भटकता फिर रहा हूँ। न कोई मोर दिखाई पड़ रहा है, न उनकी झंकार सुनाई पड़ रही है।

वह सब कहाँ चले गये। किस खोह में जा छिपे। दूर एक टीले पर नज़र गयी। एक नुचा-खुसटा मोर बैठा दिखाई दिया। मैं तेज़ क़दम उठाता उस तरफ़ चला, मगर मेरे पहुँचने से पहले उसने एक डरी हुई आवाज़ निकाली, उड़ा और फ़ौरन ही नज़रों से ओझल हो गया।

वह मोर उड़ कर किधर गया। यहाँ अकेला बैठा क्या कर रहा था। उसके संघी-साथी, मोरों के झुरमुट के झुरमुट, वह सब कहाँ गये। वह इस तरह वीरानी की तस्वीर क्यों नज़र आ रहा था। इतना उजड़ा-उजड़ा, इतना नुचा-खुसटा क्यों नज़र आ रहा था। वीरानी की उस तस्वीर से मेरा ध्यान, वीरानी की ऐसी ही एक और तस्वीर की तरफ़ चला गया, जिसे मैं भुला बैठा था और जो उस वक़्त अचानक मेरे तसव्वुर में उभर आयी थी। समन्दर के साफ-शफ़्फ़ाफ़ पानी में घुलता हुआ गाढ़ा-गाढ़ा पेट्रोल, पानी की रंगत बदलती चली जा रही है। पेट्रोल की आलूदगी से कुछ सियाही मायल नज़र आ रहा है और उजाड़ साहिल पर एक अकेली मुर्ग़ाबी उस आलूदा पानी में नहाई हुई साकित बैठी हैरत से समन्दर को तक रही है। जो पानी कल उसके लिए अमृत का मरतबा रखता था, आज ज़हर बन गया है। उसके पर भारी हो गये हैं कि अब वह उड़ने योग्य नहीं रही और ज़हर जैसे नस-नस में उतर गया हो। इराक़-अमरीका जंग की सारी हौलनाकी इस आन मेरे लिए इस मुर्ग़ाबी में मुजस्सम हो गयी थी। मुझे दुख हुआ कि यह मुर्ग़ाबी इस वक़्त कितनी अज़ीयत में है और हैरानी हुई कि आदमियों ने इस दौरान जो कुछ एक-दूसरे के साथ किया, सद्दाम हुसैन ने इराक़ियों के साथ, इराक़ियों ने कुवैतियों के साथ, अमरीका ने इराक़ियों के साथ उस सारे अज़ाब को इस ग़रीब मुर्ग़ाबी ने अपनी जान पर ले लिया है। अजीब बात है कि जब पैगम्बरी वक़्त पड़ता है तो बड़े-बड़े जान बचा कर निकल जाते हैं। कोई नन्ही-सी जान अज़ीयत के इस बारे-गराँ को अकेली सुँघवा लेती है। उस घड़ी

वह मुर्ग़ाबी मुझे एक जलीलुल-क़द्र दास्तानी परिन्दा नज़र आयी। जैसे उसमें किसी पैग़म्बर की रूह समा गयी हो कि इस ज़ोर पर उसने इन्सानी उम्मत का सारा अज़ाब एक अमानत जानकर अपने काँधों पर ले लिया है।

मेरी कम नज़री थी कि मैंने उस मुर्ग़ाबी को नहीं पहचाना। एहसास ही नहीं हुआ कि यह तो एक पैग़म्बराना शान रखती है। हमारे अह्द की अलामत[1] है। आदमी इस ज़माने में आदमी के साथ जो कर रहा है और अपने ज़ोमे-आदमीयत[2] में जो कुछ फ़ितरत के साथ कर रहा है, यह उस सबकी कहानी सुना रही है। मुझे ख़याल ही नहीं आया कि मुझे उस पर कहानी लिखनी चाहिए। कितनी आसानी से मैंने उस मुर्ग़ाबी को फ़रामोश कर दिया। शायद इसकी वजह यह हो कि वह बेचारी सिर्फ़ मुर्ग़ाबी थी। और मोर जिन पर मैं कहानी लिखने के लिए बेचैन हूँ सिर्फ़ मोर नहीं है। फ़र्ज करो कि इस मुर्ग़ाबी की जगह कोई राजहंस होता। राजहंस, मगर राजहंस अब इस दुनिया में कहाँ हैं, एक ज़माना था कि इस उपमहाद्वीप की विशाल धरती पर दो परिन्दे राज करते थे और यह फ़ैसला करना मुश्किल था कि परिन्दों का राजा कौन है, राजहंस या मोर। अब वह राजहंस कहाँ हैं और वह मोती जैसी झीलें कहाँ हैं जहाँ वह उतरा करते थे। और वह राजकुमारियाँ कहाँ हैं जो अपने महल की फ़सील[3] पर उतर आने वाले राजहंस पर आशिक़ हो जाया करती थीं। उसे अपने आँगन में उतारने के लिए अपनी माला के मोती बिखेर दिया करती थीं। वह राजहंस मोती चुगते थे और मानसरोवर झील के साफ़-शफ़्फ़ाफ़ पानी में तैरा करते थे। अब मानसरोवर झील कहाँ है। लगता है सब झीलें ख़ुश्क हो गयीं। नदियों का पानी मैला हो गया। फ़िज़ा बारूद, धुएँ, ख़ाक-धूल से अटी हुई है। नारों और धमाकों के शोर से आलूदा है। राजहंस पाकीज़ा फ़िज़ा और शफ़्फ़ाफ़ पानी की तलाश में कहीं दूर निकल गये। पीछे बस मुर्ग़ाबियाँ और क़ाज़ें रह गयीं। ज़माने का अज़ाब वह सहती हैं, राजहंस क़िस्से-कहानियों की दुनिया में परवाज़ करते हैं।

एक मोर था जो अभी तक अपने ताऊसी-वेक़ार के साथ टिका हुआ था और माज़ी और हाज़िर के दरमियान पुल की हैसियत रखता था। अब भी बाग़ों से उसकी झंकार इस तरह आती है जैसे माज़ीए-क़दीम[4] से देवमालाई ज़मानों से तैरती हुई आ रही है। राजस्थान में तो मोर की कोई आवाज़ नहीं सुनाई दी थी। ये आवाज़ें कहाँ से आ रही है। मैं खिंचा चला जाता हूँ। राजस्थान बहुत पीछे रह गया है। यह मेरी पस्ती है। सावन-भादों की भीगी शामों में वह कितना गुल मचाते थे। वह तो बस्ती के बाहर बाग़-बगीचों में झंकारते थे, मगर उनकी झंकार से सारी बस्ती

1. प्रतीक।
2. आदमी होने का घमंड।
3. दीवार।
4. सुदूर भूतकाल।

गूँजती थी। और वह एक मोर जो जाने किधर से उड़ता आया और हमारी मुँडेर पर बैठ गया। कितनी देर चुप चाप बैठा रहा। मैं दबे-पाँव छत पर गया। पीछे से सरकते-सरकते मुँडेर तक गया, उसकी दुम पकड़ने ही को था कि उसने झुरझुरी ली और फ़िज़ा में तीर हो गया।

"मेरे लाल, मोर को तंग नहीं किया करते। यह जन्नत का जानवर है।" नानी अम्माँ ने मुझे सरज़निश[1] की।

"जन्नत का जानवर।" मैंने हैरान होकर पूछा, "फिर यह यहाँ क्या कर रहा है?"

"अरे बेटा, अपने किये की सज़ा भुगत रहा है।"

"नानी अम्माँ क्या किया था मोर ने, जो सज़ा भुगत रहा है।"

"अरे बेटा, मासूम तो है ही, शैतान की चाल में आ गया।"

"कैसे आ गया शैतान की चाल में?"

"वह कमबख़्त बुड्ढा फूँस बनके जन्नत के दरवाजे पर पहुँचा। बहुत मिन्नतें कीं कि दरवाज़ा खोलो। जन्नत के दरबान भाँप गये कि नहूसत मारा तू शैतान है। उन्होंने दरवाज़ा नहीं खोला। मोर जन्नत की मुँडेर पर बैठा यह देख रहा था। उसे बुड्ढे पर तरस आया और कहा कि बड़े मियाँ मैं तुम्हें जन्नत की दीवार पार कराये देता हूँ। अन्धा क्या चाहे, दो आँखें। शैतान फ़ौरन ही मोर पर सवार हो गया। मोर उड़ा और उसे जन्नत में उतार दिया। अल्लाह मियाँ को जब पता चला तो उन्हें बहुत ग़ुस्सा आया। बाबा आदम और अम्माँ हव्वा को जन्नत से निकाला तो मोर को भी निकाल दिया कि जाओ लम्बे बनो।"

मैं हैरान हुआ था। बेचारा मोर। जन्नत की दीवार पर बैठा करता था। अब हमारी मुँडेर पर आके बैठ जाता है। मैंने नानी अम्माँ से कहा तो कहने लगीं, "हाँ बेटे, अपनी मुँडेर छुट जाये तो यही होता है। अब तेरी-मेरी मुँडेरों पर बैठता है और कहीं जो टिक के बैठ जाये।"

मुँडेरों, दरख़्तों के झुंड में टीले, पर, जहाँ भी पंजे टिकाने को जगह मिल जाये, मैं जब श्रावस्ती की राह से गुज़रा था तो मैंने उसे एक हरे-भरे टीले पर बैठे देखा था। किसी ध्यान में गुम या जैसे चुपचाप किसी की राह तक रहा है। मैं श्रावस्ती बहुत देर से पहुँचा था। महात्मा बुद्ध कितनी बरसातों पहले यहाँ से सिधार चुके थे। अब वह ठिकाना भी यहाँ नहीं था, जहाँ वह बरसात के दिनों में आकर वास किया करते थे। बस अब तो उस बस्ती से यादगार थोड़ी-सी ईंटें पड़ी रह गयी थीं। ज़रा हटके एक हरे-भरे शादाब टीले पर शायद उसी समय का एक मोर बैठा रह गया था जो गये समय को इस समय की श्रावस्ती को अपनी आँखों में रमाये बैठा था, और कितने सुकून से बैठा था। उस एकदम से उजड़ी हुई श्रावस्ती की सारी फ़िज़ा में जैसे शान्ति रच गयी थी।

1. बुरा-भला कहना।

मैं श्रावस्ती में ज़्यादा देर नहीं रुका। मुझे वापस दिल्ली पहुँचना था। दिल्ली की वह शाम बहुत उदास थी। कम से कम बस्ती निज़ामुद्दीन में तो यही रंग था। अभी पिछले दिनों कितने ख़ाना-बरबाद क़ाफ़िला-दर-क़ाफ़िला यहाँ से निकले थे। अब ख़ामोशी थी। और बरसात की यह शाम बस्ती निज़ामुद्दीन में कुछ ज़्यादा ही ख़ामोश थी। कच्चे अहाते के बीच ग़ालिब की क़ब्र उजड़ी-उजड़ी थी। अहाते के गिर्द कितनी ऊँची-ऊँची घास खड़ी थी। इस बीच से मैं गुज़र रहा था कि पीछे से एक मोर ने मुझे पुकारा। मैंने मुड़ कर देखा, वह दिखाई तो नहीं दे रहा था मगर उसकी पुकार फिर सुनाई दी। अजब पुकार थी, जैसे हज़ार सदियाँ मिल कर मुझे पुकार रही हों।

हज़ार सदियों के किनारे पर पहुँच कर मैं ठिठका। उस मोर की आवाज़ तो मुझे यहीं तक लेकर आयी थी मगर अब सदियों के उस पार से मोरों की झंकार सुनाई दे रही थी। मैं हैरान, या मौला ये मोर कौन से बाग़ से बोल रहे हैं। मैंने क़दम बढ़ाया और एक नयी हैरानी ने मुझे आ लिया। यह कौन-सा नगर है। फ़सीलें बादलों से बातें करती हुई। फ़सीलों के इर्द-गिर्द फैले हुए बाग़, क़िस्म-क़िस्म के फल। रंग-रंग की चिड़ियाँ, बाग़ चिड़ियों की चहकार से गूँज रहे हैं। सारी चहकार पर छाई हुई दो आवाज़ें। कोयल की कूक और मोरों की झंकार। अरे ये तो पांडवों का नगर है। इन्द्रप्रस्थ। यह तो मैं बहुत दूर निकल आया। मुझे वापस चलना चाहिए।

बहुत घूम-फिर लिया। बहुत मोरों को देख-भाल लिया। किन-किन वक़्तों के, किस-किस नगर के मोरों को देखा। उनकी झंकार सुनी। अब मुझे मोरनामा लिखना चाहिए, मगर मुझे घर वापस होने से पहले राजस्थान का फिर एक फेरा लगा लेना चाहिए। शायद वह मोर जो सरासीमगी के आलम में यहाँ से उड़ गये थे, वापस आ गये हों।

वाक़ई मोर अच्छी-ख़ासी तादाद में वापस आ गये थे। मगर अजब हुआ कि मुझे देखकर वह सख़्त हिरासाँ हुए और चीख़ते-चिल्लाते टीलों और दरख़्तों की शाखों से उड़े और फ़िज़ा में तितर-बितर हो गये। बस उसी आन मुझे एहसास हुआ कि मैं अकेला नहीं हूँ। कोई दूसरा मेरे साथ-साथ चल रहा है। मैंने अपने बायें नज़र डाली। मेरी आँखें फटी की फटी रह गयी हैं, यह तो अश्वत्थामा है, कुरुक्षेत्र का महापापी। यह यहाँ कहाँ? और मेरे साथ क्यों चल रहा है? मुझे पता ही न चला कि कब वह मेरे साथ लग गया। फिर मुझे ख़याल आया कि जब मैं इन्द्रप्रस्थ से पलटा हूँ तो कुरुक्षेत्र के पास से गुज़रा था, वहीं से यह मनहूस शख़्स मेरे साथ हो लिया होगा, मगर कुरुक्षेत्र में तो अब सन्नाटा था। न आदमी, न आदमज़ाद। यह वहाँ क्या कर रहा था। क्या तब से वहीं भटक रहा है।

जंग आदमी को क्या से क्या बना देती है। अश्वत्थामा को देखो और इबरत पकड़ो। द्रोणाचार्य का बेटा, बाप ने वह इज़्ज़त पायी कि सारे सूरमा, क्या कौरव,

क्या पांडव उसके सामने माथा टेकते थे, चरण छूते थे। बेटे ने विरसे में बाप से कितना कुछ पाया। मगर यह विरसा उसे पचा नहीं। उस जंग का सबसे बुरा आदमी आख़िर में यही शख़्स ठहरा।

कहते हैं कि सूरमाओं के उस्ताद द्रोणाचार्य के पास वह ख़ौफनाक हथियार भी था, जिसे ब्रह्मास्त्र कहते हैं। देखने में घास की पत्ती, चल जाये तो वह तबाही लाये कि दूर-दूर तक जीव-जन्तु का नाम-निशान दिखाई न दे। बस्ती ज़द में आ जाये तो दम-के-दम में राख का ढेर बन जाये। द्रोणाचार्य ने इस हथियार का राज़ बस अपने एक ही सूरमा चेले को मुन्तक़िल किया था। अर्जुन को, जो उनका सबसे चहेता चेला था। जंग भी क्या ज़ालिम चीज़ है। कुरुक्षेत्र के मैदान में उस्ताद और चेला एक-दूसरे के मुक़ाबिल लड़ रहे थे मगर दोनों ने क़सम खायी थी कि ब्रह्मास्त्र का इस्तेमाल नहीं करना है, क्योंकि इसके चलने का मतलब तो यह होगा कि सब कुछ तबाह हो जायेगा।

द्रोणाचार्य ने मरने से पहले अपने बेटे अश्वत्थामा को ब्रह्मास्त्र का गुर समझा दिया था मगर सख़्ती से ताकीद की थी कि किसी हाल में इसे इस्तेमाल नहीं करना है। मगर जब द्रोणाचार्य जंग में मारा गया तो अश्वत्थामा को रोकने-टोकने वाला कोई नहीं था। जंग के आख़िरी लम्हों से डरना चाहिए। जंग के सबसे नाज़ुक और ख़ौफनाक लम्हे वही होते हैं। जीतने वाले को जंग को निबटाने की जल्दी होती है। हारने वाला जी-जान से बेज़ार होता है, तो वह ख़ौफ़नाक हथियार जो बस धमकाने-डराने के लिए होते हैं, आख़िरी लम्हों में इस्तेमाल होते हैं। फिर बेशक शहर जलकर हिरोशीमा बन जाये, दिल की हसरत तो निकल जाती है। जंग के आख़िरी लम्हों में दिल की हसरत कभी जीतने वाला निकालता है, कभी हारने वाला। कुरुक्षेत्र में आख़िर में दिल की हसरत अश्वत्थामा ने निकाली और ब्रह्मास्त्र फेंक मारा।

तब श्रीकृष्ण अर्जुन से बोले, "हे जनार्दन, द्रोणाचार्य के मूरख पुत्र ने तो ब्रह्मास्त्र फेंक मारा। मुझे जीव-जन्तु सब नष्ट होते दिखाई दे रहे हैं। इस अस्त्र का तोड़ तेरे पास है। सो जल्दी तोड़ कर, इससे पहले कि सब कुछ जल कर भस्म हो जाये।"

तब अर्जुन ने अपना ब्रह्मास्त्र निकाला और अश्वत्थामा के तोड़ पर उसे सर किया। और कहते हैं कि जब अर्जुन का बाण चला तो ऐसी बड़ी आग भड़की कि तीनों लोक उसके शोलों की लपेट में आ गये। उसकी धाक उस वन तक पहुँची जहाँ व्यास ऋषि बैठे तप कर रहे थे। उन्होंने तपस्या बीच में छोड़ी। हड़बड़ाकर उठे और उड़कर कुरुक्षेत्र पहुँचे। अश्वत्थामा और अर्जुन के बीच आ खड़े हुए और दोनों हाथ उठा कर चिल्लाये कि दुष्टो, यह तुमने क्या अन्याय किया। सारी सृष्टि जलकर भूभल बन जायेगी। जीव-जन्तु का विनाश हो जायेगा। अपने अस्त्र वापस लो।

अर्जुन ने उस महान आत्मा के चरण छुए। हाथ जोड़कर खड़ा हो गया और फ़ौरन ही अपना अस्त्र वापस ले लिया।

पर अश्वत्थामा ढिठाई से बोला कि, "हे महाराज, मैंने तो अस्त्र चला दिया। इसे वापस लेना मेरे बस में नहीं है। बस इतना ही कर सकता हूँ कि इसकी सीमा बदल दूँ। सो अब यह अस्त्र पांडवों की सेना पर नहीं गिरेगा, पांडवों की स्त्रियों पर गिरेगा, जिसे गर्भ रहा है, उसका गर्भ गिर जायेगा, जिसकी कोख में बच्चा पल रहा है, वह बच्चा मर जायेगा। पांडव सन्तान का इस पर अन्त हो जायेगा।"

उस आन श्रीकृष्ण जी कलुष कर बोले, "हे द्रोणा के पापी पुत्र, तेरा विनाश हो। तूने बाल हत्या का पाप किया है। मैं तुझे श्राप देता हूँ कि तू तीन हज़ार बरस इस तौर जियेगा कि वनों में अकेला मारा-मारा फिरेगा। तेरे ज़ख़्मों से सदा ख़ून और पीप ऐसी रिसा करेगी कि बस्ती वाले तुझसे घिन खायेंगे और दूर भागेंगे।"

मैं भी तो उससे दूर भागने की कोशिश कर रहा था, मगर वह तो साये की तरह मेरे पीछे लगा हुआ था। या अल्लाह मैं किधर जाऊँ, कैसे इस नहूसत से पीछा छुड़ाऊँ। अचानक एक ख़याल आया कि मीराबाई की समाधि यही कहीं है। वहाँ जाकर छुप जाऊँ। फिर याद आया कि अरे हाँ, ख़्वाजा मुईनुद्दीन चिश्ती की दरगाह भी तो इसी नवाह में है। अगर उस दरगाह में पहुँच जाऊँ तो फिर तो समझो कि इसकी ज़द से बच गया। वहाँ दरगाह में इसे कौन घुसने देगा। बस इस तरह के ख़याल मुझे आ रहे थे। लेकिन समझ में नहीं आ रहा था कि इससे आँख बचाकर कैसे निकलूँ। जिस राह जाता वह परछाईं की तरह साथ-साथ चलता। उधर मोरों ने शोर मचा रक्खा था। कितनी हिरास भरी आवाज़ में चिल्ला रहे थे, यानी वह मोर जो बचे रह गये थे। इधर पांडवों के घरों से औरतों के बैन की आवाज़ें आ रही थीं। हर घर मातम-कदा[1] बना हुआ था, वहाँ मरे हुए बच्चे पैदा हो रहे थे और अर्जुन के घर में तो क़यामत मची हुई थी। सुभद्रा किस दर्द से बैन कर रही थी। उसकी कोख से जना अभिमन्यु पहले ही कुरुक्षेत्र में खेत हो चुका था। उसे रो-धो कर उसने बहू से आस लगायी थी कि वह पूत जनेगी। उस पूत से अर्जुन के अँधेरे घर में उजाला होगा और पांडवों की सन्तान आगे चलेगी, मगर हुआ वह जो अश्वत्थामा ने कहा था। उत्तरा बेहोश पड़ी है। बच्चा मरा हुआ पैदा हुआ है। पांडवों के किसी घर में अब उजाला नहीं होगा। ब्रह्मास्त्र ने उनकी स्त्रियों की कोखों को उजाड़ डाला है। मगर सुभद्रा ने उम्मीद का दामन हाथ से नहीं छोड़ा है। भाई का वादा उसे याद है। कृष्ण ने वादा किया था कि बहना तेरी बहू की कोख उजड़ने नहीं दूँगा। तो लो उन्होंने अवतार होने के नाते मुर्दा बच्चे में जान डाल दी है और बता दिया है कि यह बालक बड़ा होकर हस्तिनापुर के सिंहासन पर बैठेगा। पांडवों का नाम रोशन करेगा। मगर इस मरे हुए बच्चे ने बड़े होकर अजब सवाल किया। जब सिंहासन पर बैठा और व्यास जी आशीर्वाद देने के लिए वनों से निकलकर आये और उसके दरबार में बिराजे तो उसने गुलाब-क्योंड़े के पानी से चिलमची में

1. शोक गृह।

उनके पाँव धोये। फिर चरण छुए और हाथ बाँध के खड़ा हो गया। "मेरे पुरुख, आज्ञा हो तो एक प्रश्न पूछूँ।"

"पूछ बेटा।"

"हे महाराज, कुरुक्षेत्र में मेरे सब ही बड़े मौजूद थे, उधर भी और इधर भी। और दोनों तरफ गुनी ज्ञानी, बुद्धिमान मौजूद थे। फिर उन्हें यह समझ क्यों न आयी कि युद्ध महँगा सौदा है, सब कुछ उजड़ जायेगा विनाश हो जायेगा।"

व्यास जी ने लम्बा ठंडा साँस भरा, बोले, "पुत्र, युद्ध में अच्छे-अच्छे मानव की मति मारी जाती है। और होनी को कौन टाल सकता है।"

और ऋषि जी तुरन्त उठ खड़े हुए। जिन वनों से आये थे, उन्हीं वनों में चले गये।

ऋषि लोग उन भले वक़्तों में हज़ारों बरस के हिसाब से ज़िन्दा रहते थे। अर्जुन का पोता ऋषि नहीं था उसे साँप ने डस लिया और वह मर गया, मगर उसने व्यास जी से जो सवाल किया था, उस सवाल ने व्यास जी से ज़्यादा उम्र पायी। मैं जब राजस्थान में भटकता फिर रहा था। वहाँ यह सवाल भी आस-पास भटकता दिखाई दिया। उसने भी मेरा भी बहुत पीछा किया। यह समझ लो कि मैं दो सायों के बीच चल रहा था।

पहले ही अश्वत्थामा को देख के हैरान हुआ था कि अच्छा इस मूरख के अभी तीन हज़ार साल पूरे नहीं हुए हैं। फिर जब परीक्षित वाले सवाल से मुठभेड़ हुई तो मैं और हैरान हुआ कि अच्छा यह सवाल भी अभी तक चला आ रहा है।

बल्कि मुझे लगा कि अब यह सवाल ज्यादा गम्भीर हो गया है। मानो पूरी पाक-भारत धरती पर मँडरा रहा है, जैसे किसी के सर पर तलवार लटकी हुई हो। होनी को कौन टाल सकता है। यह जवाब तो न हुआ। व्यास जी ने सवाल को टाला था, जवाब नहीं दिया था। तब ही तो वह तब से फ़िज़ा में भटकता फिर रहा है और जवाब माँग रहा है। यक न शुद दो शुद।[1] मेरी जान के लिए अश्वत्थामा क्या कम था कि यह सवाल भी मेरी जान को लग गया।

ख़ैर मैं पहले अश्वत्थामा से तो अपनी जान छुड़ाऊँ। कितनी मरतबा इसे ग़च्चा देने की कोशिश की। अचानक राह बदल कर दूसरी राह पर हो लिया। समझा कि उसे पता नहीं चला, मगर थोड़ी देर बाद पता चला कि वह तो मेरे आस-पास चल रहा है।

मैंने सोचा कि यह मेरा कितना पीछा करेगा, मुझे तो अपने दयार वापस चले जाना है। यह इस दयार की मख़्लूक है। हद से हद सरहद तक मेरा पीछा करेगा। आगे इसे कौन जाने देगा। फिर भी मैंने कोशिश की कि उससे आँख बचा कर निकल जाऊँ। बाद में उसे पता चले कि मैं यहाँ से निकल गया हूँ और उसकी ज़द से बाहर हूँ।

---

1. एक नहीं दो हो गये।

मैं वाक़ई उससे जान बचा कर निकल आया था। कैसी तड़ी दी। उसके फ़रिश्तों को भी पता नहीं चला कि मैं कब वहाँ से निकला और कब सरहद पार की। अपनी सरहद में क़दम रखने के बाद इत्मीनान का लम्बा साँस लिया। ख़ुदा का शुक्र अदा किया कि उस बद रूह से मैंने नजात पायी। मुझे बैताल पच्चीसी की कहानी याद आयी, मगर वो तो कहानी थी। इस तरह तो कहानियों ही में भूत जान को चिमटा करते हैं, मगर मेरे साथ तो वाक़ई ऐसा हुआ। ख़ैर बला से पीछा छूटा। अब मैं निश्चिन्त था। सोच रहा था कि अब मैं युग-युग के मोरों से मिल लिया हूँ। किस-किस नगर के मोर की झंकार सुनी है। अब मैं इत्मीनान से घर बैठकर मोरनामा लिखूँगा। दिल ख़ुशी से झूम उठा। जिन-जिन मोरों को देखा था वह सब एक दम से मेरे तसव्वुर में मँडराने लगे। उनकी शीरीं झंकार से मेरे कान गूँज गये। फिर मुझे लगा जैसे मैं जगत मोर के साये में चल रहा हूँ। जगत मोर जिसकी दुम सीधी खड़ी होकर पंखे की शक्ल बन गयी है और सारी फ़िज़ा पर फैल गयी है। जगत मोर नाच रहा है।

मैं जब अपने घर के क़रीब पहुँचा हूँ, तो अचानक मेरे क़दमों के पीछे आहट का एहसास हुआ। जैसे कोई दबे पाँव मेरे पीछे-पीछे आ रहा है। मैंने अचानक पलट कर देखा और मेरे क़दम सौ-सौ मन के हो गये। अश्वत्थामा मेरे पीछे-पीछे आ रहा था। यह कमबख़्त तो यहाँ भी आ गया। अब मैं कैसे इससे छुटकारा पाऊँगा।

तब मैं रोया और मैंने गिड़गिड़ा कर पालने वाले से पूछा कि ऐ मेरे पालने वाले, मेरे रब, इस प्रेत के तीन हज़ार साल आख़िर कब पूरे होंगे। कब मैं अपना मोरनामा लिख पाऊँगा।

पछतावा

माधव पैदा होकर बहुत पछताया। मगर अब पछताने से क्या होता था। पैदा तो वह हो चुका था। अस्ल में वह माँ के भर्रे में आ गया। अजीब बात है कि माँ ही की बातों से उसके अन्दर यह बात बैठ गयी थी कि आदमी पैदा ही नहीं होना चाहिए और माँ ही की बातों में आकर वह पैदा होने पर रज़ामन्द हो गया। इस पछतावे में जब वह अपने सारे अगले-पिछले को कुरेद रहा था, धीरे-धीरे करके उस पर यह बात खुली कि बस वह सवाल करके फँस गया। सारी ख़राबी उस सवाल से पैदा हुई। मगर सवाल उसने ऐसा कौन-सा बड़ा किया था। इतना ही तो पूछा था कि माँ तू दिन-रात कुढ़ती क्यों रहती है। माँ ने दुखी होकर कहा, "कि मेरे लाल तू तो अभी पैदा ही नहीं हुआ है। माँ के पेट में निश्चिन्त बैठा है। जब ख़ैर से मैं तुझे जनूँगी और तू आँख खोल कर इस दुनिया को देखेगा, फिर तुझे पता चलेगा कि यहाँ पर कितने दुखड़े-बखेड़े हैं।"

"दुखड़े-बखेड़े जायें भाड़ में, माँ तू सुखी रहा कर।"

"लाल, मुझ दुखिया के भाग में तो दुख लिखे हैं।"

"और सुख?"

"सुख।" रुक्मिणी ने ठंडा साँस भरा, "सुख यहाँ कहाँ है।"

वह यह बात सुनकर बहुत बेकल हुआ। पूछा, "माँ, तू यह क्या कह रही है। सुख क्या दुनिया में नापैद है। आख़िर कहीं तो होगा।"

"मेरे लाल, सुख माँ की कोख तक है, आगे दुख ही दुख है।"

"माँ, फिर लोग पैदा क्यों हुए चले जा रहे हैं।"

"मूरख जो हुए। हबड़-दबड़ में पैदा हुए चले जा रहे हैं। पहले पैदा हो जाते हैं, फिर अपनी जान को रोते हैं।"

"फिर पैदा होने और जीने में क्या फ़ायदा है।"

"कोई फ़ायदा नहीं, घाटा ही घाटा है।"

माधव माँ की बातें सुनकर दुविधा में पड़ गया। एक सवाल ने उसे आ पकड़ा कि पैदा हुआ जाये या न हुआ जाये। बहुत उधेड़बुन के बाद आख़िर उसने एक फ़ैसला कर लिया, सोचा कि चलो अच्छा हुआ, माँ के पेट ही में असली बात का

पता चल गया। अभी तो तीर कमान में है। मैं पैदा ही नहीं होता। घाटे का सौदा मैं क्यों करूँ?

रुक्मिणी भोली-भाली औरत थी। उसे पता ही न चला कि उसकी कोख में क्या गुल खिला है, और होने वाला क्या सोच रहा है। आसों-मुरादों के साथ उसने नौ महीने पूरे किये और बच्चा जनने के लिए तैयार हुई, मगर बच्चे ने पैदा होने से इनकार कर दिया। रुक्मिणी तो पेट पकड़ कर बैठ गयी कि यह क्या हुआ। इस बात का तो उसे सान-गुमान भी नहीं था। होश ज़रा ठिकाने आये तो बोली, ''मेरे लाल, यह तेरे जी में क्या समाई है। यह तो अनहोनी बात है। जो बालक पेट में आ गया उसे पैदा भी होना होता है। माँ की कोख तो बालक को बस नौ महीने तक सँभालती है। मैंने नौ महीने पूरे कर लिये, सो मेरे लाल जी अब तुम बाहर आओ, आँखें खोलो और दुनिया को देखो।''

''नहीं माँ, मैं इस अन्धेर नगरी में जहाँ दुख ही दुख हैं, आँखें नहीं खोलूँगा, चाहे मेरी सारी उम्र तेरी कोख में पड़े-पड़े बीत जाये।''

रुक्मिणी ने बहुत समझाया-बुझाया। मगर बालक अपनी हठ पर आ गया था। कोख में धरना देके बैठ गया।

जब बहुत दिन बीत गये और रुक्मिणी इतनी भारी हो गयी कि उठना-बैठना उसके लिए दूभर हो गया, तब फिर उसने पति से रो-रो के कहा, ''बच्चे का बोझ मुझे ले बैठेगा।''

गनपत पत्नी की तकलीफ़ देखकर बेकल हो गया। उसने कहा, ''वैद्य जी से जाकर कहता हूँ। वह कोई दारू[1] करेंगे।''

''वैद्य जी की दारू क्या काम देगी, जब बालक ही पैदा होने पे राज़ी नहीं है।''

गनपत की समझ में यह बात न आयी। चकराकर पत्नी को देखने लगा।

रुक्मिणी ने कहा, ''स्वामी, इसे समझाओ।''

''किसे समझाऊँ।''

''अपने बालक को।''

''बालक को? वह तो पेट में है।''

''यही तो इसे समझाना है कि पेट में बहुत रह लिया, अब बाहर निकले।''

''अरी कुछ तेरी मति मारी गयी है, कैसी बहकी-बहकी बातें कर रही है।''

''स्वामी, मैं तुम्हें कैसे समझाऊँ। तुम्हारा बालक पैदा होने के लिए तैयार नहीं है। निराला बालक है। पेट में धरना देके बैठ गया है। पैदा होने से इनकार करता है।''

गनपत बहुत चकराया। पहले तो उसने यह बात मानने से ही इनकार कर दिया। मगर जब रुक्मिनी ने माधव की बातें बताईं तो सोच में पड़ गया। उसने वेदों-पुराणों को बहुत छाना था। धीरे-धीरे करके बात उसकी समझ में आ गयी।

1. दवा।

सोच कर बोला, "है तो यह अनोखी बात, पर सोचो तो इतनी अनोखी भी नहीं। गान्दिनी ने भी इसी प्रकार पैदा होने से इनकार कर दिया था।"

रुक्मिणी ने चकरा कर पूछा, "गान्दिनी कौन थी?"

"गान्दिनी वर्शिणी के पुत्र शिफालिक की पुत्री थी। माँ के पेट में अड़ के बैठ गयी। महीने चढ़े, फिर बरस चढ़ा, फिर दूसरा बरस चढ़ा, फिर तीसरा बरस आन लगा। पुत्री थी कि पेट में फिरती थी। कहती थी कि मुझे पैदा होना ही नहीं है।"

"फिर क्या हुआ पैदा हुई या नहीं हुई।"

"पैदा कैसे नहीं होती। पैदा तो होना ही पड़ता है। जो बच्चा पेट में आ गया, वह भाग के कहाँ जायेगा, पैदा होवे ही होवे, पर उसने सताया बहुत। पैदा होने के लिए शर्तें रखनी शुरू कर दीं।"

"वह क्या शर्तें थीं।"

"शर्त बस एक थी। उसी पर अड़ी हुई थी। पिता ने कहा पुत्री ज़्यादा पैर मत फैला, यह तेरी माता की कोख है, विष्णु जी का विशाल पेट नहीं है। मेरा कहा मान और पैदा हो जा। वह बोली, एक शर्त पर जन्मूँगी। पूछा वह क्या शर्त है। कहा, मैं रोज़ एक गैया ब्राह्मणों को दान किया करूँगी। यह शर्त पूरी करने का वचन दो तो फिर मैं जन्मूँगी। पिता ने कहा, चल तेरा कहा मान लिया, अब देर मत कर, पैदा हो जा। बस वह तुरन्त ही पैदा हो गयी और पैदा होते ही घर में बँधी हुई गायें दान देनी शुरू कर दीं।"

रुक्मिणी ने कहा, "अपने माधव से भी पूछ लो कि उसकी क्या शर्त है। जो शर्त रखे मान लो। मुझसे अब उसे सहा नहीं जाता।"

गनपत ने बेटे को पुकारा, "पुत्तर माँ का पेट है। तुम्हारे बाप का घर नहीं है। बहुत हो चुकी, अब पैदा हो जाओ। खुद भी जियो, माँ को भी जीने दो।"

माधव ने कोख में लेटे-लेटे पुकार के कहा, "पिता जी पैदा होके मैं क्या लूँगा। पैदा होने का फ़ायदा क्या है, जीवन में तो दुख ही दुख है।"

गनपत बेटे के इस जवाब से अपना-सा मुँह लेके रह गया। रुक्मिणी से बोला, "अरी भागों भरी, तेरे पूत के तो गूमड़ लाल वाले लच्छन हैं।"

रुक्मिनी ने पूछा, "स्वामी, गूमड़ लाल कौन था, और उसके क्या लच्छन थे।"

"गूमड़ लाल प्राचीन काल में एक विद्वान का पुत्र था। वह अभी माँ के पेट में था कि बाप से विद्या में बराबरी करने लगा। बाप जो बात कहता, यह उससे जिरह करने लगता। एक दिन बाप को ताव आ गया कि मैं इतना बड़ा विद्वान और यह डेढ़ बालिश्त का छोकरा। अभी माँ के पेट में है और मुझसे बहस करता है। इसी ताव में पत्नी की कोख में लात मारी। लात सीधी बालक के सर पड़ी। चोट से उसके सर पर गूमड़ पड़ गया। उसी से वह गूमड़ लाल कहलाने लगा।"

"पर वह पैदा तो हो गया था ना?"

“पैदा तो वह अपने समय से पहले हो गया और ऐसा पैदा हुआ कि वेदों का वर्णन करते पेट से निकला। बाप कहीं जीता होता तो उसकी विद्या के आगे पानी भरता। मगर उसका तो पहले ही देहान्त हो चुका था। हुआ यूँ कि वह राजदरबार के चातुर विद्वानों के चक्कर में आ गया और उनसे मात खा गया। यह हार उसे खा गयी। नदी में जाके डूब मरा। गूमड़ जब सियाना हुआ तो माँ ने उसे बताया कि तेरे पिता के साथ क्या हुआ। उसने आव देखा न ताव, सीधा राजदरबार में जा धमका। ललकारा कि मैं उन चातुर विद्वानों से बहस करूँगा जो मेरे पिता की मौत का कारण बने हैं। राजा ने कहा कि बालक हाथियों से गन्ने मत खा। तू अभी कच्ची धातु है। ये मेरे दरबार के रतन अपने हुनर में मँझे हुए हैं। पर गूमड़ लाल एक-एक को पानी करने पर तुला हुआ था। एक-एक को पानी करके माना। राजदरबार के विद्वानों ने नाक रगड़ी और हार मान ली।”

रुक्मिणी यह कहानी सुनकर बोली कि, “पिता का उसने अपमान किया। पर पैदा तो हो गया। तुम्हारा लाडला तो पैदा होने ही के लिए तैयार नहीं। अरे इसे किसी प्रकार पैदा होने के लिए राज़ी करें।”

“भागों भरी, मैं इसे कैसे राज़ी करूँ। इसने ऐसा सवाल कर डाला है जिसका जवाब मेरे पास तो है नहीं। पूछता है कि पैदा होने का क्या फ़ायदा है। भला मैं इसका क्या जवाब दूँ। इसका जवाब तो ऋषियों-मुनियों के पास भी नहीं है।”

“अच्छा मैं इस करम-जले का जवाब देती हूँ।” जल-भुन कर बोली और फिर अपनी कोख वाले से मुख़ातिब हुई, “बालक बता तूने अपने बाप से क्या पूछा था।”

“माँ, मैंने बाप से यह पूछा था कि पैदा होने का आख़िर फ़ायदा क्या है।”

“मूरख मैं तुझे बताती हूँ कि पैदा होने का क्या फ़ायदा है। फ़ायदा यह है कि मेरा पिंड तुझसे छूट जायेगा और मेरे पेट का बोझ हल्का हो जायेगा।”

इस बात पर माधव झाग की तरह बैठ गया। कुछ बन न पड़ा कि माँ की बात का क्या जवाब दे। बस पैदा हो गया। मगर अजब हुआ, इधर उसने आँख खोली, उधर माँ की आँख बन्द हो गयी। जैसे वह उसे जनने ही के लिए जीने का कष्ट खींच रही थी।

गनपत को रुक्मिणी से बड़ा लगाव था। वह दुनिया से सिधार गयी तो वह भी ढहता चला गया। दिनों में वह भी चट-पट हो गया। माधव दुनिया में अकेला रह गया। था तो बालक, पर सियानों से भी ज़्यादा सियाना था। माँ-बाप की मौत पर उसने जितना शोक किया उससे ज़्यादा सोच-विचार किया। रह-रह कर सोचता कि उसके जनम लेने के साथ ही माता-पिता दोनों बैकुंठ को लद गये। आख़िर क्यों? उसने बहुत सोच-विचार के बाद यह जाना कि वह दोनों इसी कारण दुनिया से सिधारे। न वह दुनिया में आता, न वह दोनों दुनिया से जाते। एक जीव आया और दो जीव चले गये। और जीव भी कैसे। गनपत और रुक्मिनी जैसे कि दोनों

हीरा थे। और मैं? मैं तो उनके सामने रोड़ा हूँ और अब उनके बिना तो बिल्कुल ही गली का रोड़ा बन जाऊँगा। माँ ने सच ही कहा था कि इस जगत का जीवन घाटे का सौदा है। और वह पछताया कि वह क्यों इस दुनिया में आया। अगर मैं माँ की बात का असर न लेता और पैदा न होता तो कितना अच्छा होता। पैदा न होने का अच्छा-भला फ़ैसला करके माँ के भर्रे में आ गया और ख़्वाहमख़्वाह पैदा हो गया।

कहते हैं कि कैसा ही घाव हो, वक़्त उसे भर देता है। मगर यह कैसा घाव था कि जितना वक़्त गुजरता जाता था, उतना ही गहरा होता जाता था। उसका यह हाल देखकर कुनबे के लोग एक दिन इकट्ठे होकर उसके पास आये और समझाने लगे कि, ''माता-पिता किसी के भी सदा नहीं रहते और आना-जाना तो इस दुनिया में लगा ही रहता है। अब इस घटना को बहुत दिन बीत गये हैं और तुम सियाने हो गये हो। घर में दाता का दिया सब कुछ है। तुम्हारा पिता धन-दौलत छोड़ कर दुनिया से गया है। ब्याह करो और घर आबाद करो।''

वह बोला, ''मैं खुद दुखी हूँ। घर में किसी दूसरे जीव को लाकर क्यों दुखी करूँ।''

''अरे भागवान, तू कैसी बातें करता है। आने वाली आयेगी तो जी और सा होगा और दुख बँट जायेगा।''

और कुनबे के एक बड़े ने यह कहा कि, ''लाला, दुख इस असार संसार में इतना है कि कोई अकेली जान इसे सहार नहीं सकती। इसी कारण पैदा करने वाले ने जीव को जोड़े-जोड़े पैदा किया है। दूसरे की संगत में दुख बँट जाता है।''

माधव ने कुनबे वालों की बातें सुनीं मगर ज़रा भी टस से मस हुआ हो। आख़िर में उसने यही कहा कि, ''मैं ख़ुद अपने लिए बोझ हूँ। मैं इस बोझ को उतारने को फिर रहा हूँ। ब्याह करके एक बोझ और सर ले लूँ। न बाबा न।''

कुनबे वालों को यह टका-सा जवाब देकर उसने चलता किया। फिर सोचा बाप का छोड़ा हुआ रुपया-पैसा, ढोर-डंगर, खेत, मकान यह भी तो सब बोझ ही हैं। यह खटराग आख़िर किसलिए। बस उसने तुरत-फुरत सब कुछ ब्राह्मणों को दान दे दिया। गायों को पुन्य कर दिया। जैसे यह सब कुछ ख़ाक था कि इससे दामन झाड़कर उठ खड़ा हुआ।

बाप की सारी दौलत दान-पुन करने के बाद माधव ने सोचा कि बस अब एक जनम भार रह गया है, इसे भी उतार दूँ तो बिल्कुल हल्का हो जाऊँगा, मगर कैसे उतारूँ। इस चक्कर में वह नगर से निकल खड़ा हुआ। कितने दिनों तक वह नगर-नगर मारा-मारा फिरता रहा। फिरता-फिरता एक जंगल बियाबान में जा निकला। दूर-दूर तक आदमी न आदमज़ाद। पर थोड़ी देर में एक हरे-भरे पेड़ पर नज़रें जम गयीं। उसकी छाँव में एक हरी-भरी नारी बैठी धारों-धारों रो रही थी। उसे देखकर मन में कुनमुन-कुनमुन होने लगी। पर फ़ौरन ही सँभल गया। सोचा कि यह तो मैं नारी जाल में फँसने लगा हूँ। उससे कन्नी काटी और क़दम मारता आगे निकल गया।

बहुत आगे निकल गया। बहुत आगे निकल आया तो फिर ठिठका। इस बन में जहाँ दूर-दूर तक आदमी का पता नहीं है, नारी कैसे आयी और क्यों रो रही है। ज़रूर इस पर कोई विपदा पड़ी है। उससे मुझे पूछ तो लेना चाहिए कि तुझ पर क्या मुसीबत पड़ी है कि यहाँ अकेली बैठी टुसुर-टुसुर रो रही है, अगर मैं उसकी कोई मदद कर सकता हूँ तो करनी चाहिए। आख़िर आदमी ही आदमी के काम आता है। सो वह जिस तेज़ी से कन्नी काट के आया था, उसी तेज़ी से पलटा। जाकर नारी से पूछा, "ऐ नारी तू कौन है। आदमी की बच्ची है या कोई अप्सरा है। इस निर्जन वन में तू क्या कर रही है और क्यों यूँ बिलख-बिलख कर रो रही है।"

नारी ने सर उठाकर देखा। रोते-रोते थम गयी, जैसे उसे देखकर उसकी ढारस बँध गयी हो, आँसू पोंछे और बोली, "थी तो मैं अप्सरा ही मगर अपने फूटे भागों से अब नारी बन कर कष्ट खींच रही हूँ।"

"यह किस कारण हुआ।"

"हुआ यूँ कि इस वन में एक ऋषि तप कर रहा था। इन्द्र देवता उसका तप देखकर वसवसे में पड़ गया। अप्सराओं को बुला कर कहा कि यह ऋषि बहुत बढ़ चला है। तप के ज़ोर पर देवता बनने का जतन कर रहा है। कौन अप्सरा है जो इसे रिझा कर इसके तप में भंग डाले। मैंने अपने घमंड में कहा कि मैं जाती हूँ। वो भाव बताऊँगी कि ऋषि जी सारा तप भूल जायेंगे। सो मैं सुन्दर नारी बनकर इठलाती, भाव बताती, जोबन दिखाती उसके सामने आयी। ऋषि ने मेरे खेल को ताड़ लिया। लाल-पीली आँखों से मुझे देखा और श्राप दिया कि अब तू इसी रूप में रहेगी, और इसी वन में ख़ाक फाँकती फिरेगी। मेरे तो होश उड़ गये। ऋषि के चरणों में पड़ गयी। रोयी, गिड़गिड़ायी कि ऋषि जी चूक हो गयी, क्षमा कर दो। ऋषि महाराज थोड़े नरम पड़े और बोले कि अब तो मैं श्राप दे चुका हूँ। वापस नहीं ले सकता। हाँ, यह कर सकता हूँ कि सज़ा लम्बी न खिंचे। सो सुन, इस वन में जब कोई जवान आयेगा और तू उससे मिलेगी तो फिर तेरा अप्सरा वाला रूप वापस आ जायेगा। और तू इस वन की क़ैद से छुटकारा पायेगी।"

माधव ने उसकी यह विपदा सुनी तो उसका दिल पसीज गया; फिर हैरान होकर पूछा, "नारी, तुझे कितने दिन हो गये यह सज़ा भुगतते।"

ठंडा साँस लेकर बोली, "मत पूछ कि कितने बरसों से यह कष्ट खींच रही हूँ। लगता है कि शताब्दी बीत गयी।"

"उस दिन से इधर कोई जवान आया ही नहीं।"

"जवान यहाँ कहाँ दिखाई देता है।" उसने फिर ठंडा साँस भरा। "सफ़ेद सन ऐसी जटायें बढ़ाये बुड्ढे फूँस ऋषि यहाँ पे आते हैं। समाधि लगाकर, आँखें मूँदकर ऐसे बैठते हैं कि फिर आँख ही नहीं खोलते। पर ख़ैर तू आ गया है।" और यह कहते-कहते उसके मन में कामना कुनमुनायी और मन से निकलकर आँखों

में झिलमिलाई। ऐसी नज़रों से माधव को देखा कि उसका जी तिलमिलाने लगा।

पर माधव ने जल्दी ही अपने आपको सँभाल लिया, ''सुन्दरी, मैं तो ख़ुद अपने किये की सज़ा काट रहा हूँ।''

''तूने क्या किया था?''

''मैंने बस इतना किया कि पैदा हो गया और अब जीने का दुख सह रहा हूँ।''

इस पर वह नारी खिलखिला कर हँसी, बोली, ''मुझसे मिल, सुखी हो जायेगा।''

वह एक बार फिर डोल गया। मगर फिर अपने आपको सँभाला, और जी कड़ा करके कहा, ''एक चूक कर चुका हूँ, दूसरी चूक नहीं करूँगा।''

''अरे मान जा।'' उसने लजा कर कहा, ''तेरे भी दलिद्दर दूर हो जायेंगे। मेरी भी नारी जनम से मुक्ति हो जायेगी।''

माधव फिर फिसलने लगा था मगर जल्दी ही अपने आपको थाम लिया। जी में कहा कि ऋषि जी तो बचकर निकल गये, पर मैं यहाँ टिका रहा तो फँस जाऊँगा। ख़ैर इसी में है कि यहाँ से भाग निकलो। दिल में यह ठान कर उसने नारी की बात का जवाब यूँ दिया कि कान पकड़े, कहा–''ना बाबा'' और चल खड़ा हुआ।

नारी की आँखों में आस की जो किरन जगमगायी थी, वह तुरत की तुरत बुझ गयी। आस भरी नज़रों से उसे देखा। बोली, ''तू कैसा मर्द है। एक नारी को निराशा के अन्धकार में छोड़ कर जा रहा है।''

माधव बोला, ''जो ख़ुद अँधेरे में भटक रहा हो, वह किसी दूसरे को अँधेरे से क्या निकालेगा।'' और आगे बढ़ गया।

माधव ने कानों में उँगलियाँ दे लीं और आगे बढ़ता चला गया। दूर निकल कर उसने इत्मीनान का साँस लिया कि किस तरह नारी जंजाल में फँसने से वह बाल-बाल बचा है।

माधव चलता रहा। धूल-मिट्टी में कंकरों-पत्थरों पर चलते-चलते उसके तलवे छिल गये। आख़िर एक दिन एक साधू के दर्शन हुए। माधव ने दंडवत किया और उसके चरणों में बैठ गया। साधू ने आँख भर कर उसे देखा। पूछा, ''बच्चा तुझे क्या दुख है?''

''साधू महाराज, मुझसे एक चूक हो गयी।''

''बच्चा क्या चूक हो गयी तुझसे।''

''मैं पैदा हो गया।''

''फिर?''

''इसका उपाय क्या है?''

''उपाय!'' साधू ठंडा साँस भर कर बोला, ''बच्चा, इसी चिन्ता में तो मैं बेकल फिरता हूँ। कितने तीरथ किये, कितना वनों में मारा-मारा फिरा, कितना ज्ञान-ध्यान किया, पर पता न चला कि इस जीवन रोग का उपाय क्या है।''

"महाराज, मैं तो इसी यात्रा पर निकला हुआ हूँ। अगर आप नहीं बताते तो किसी ऐसे का पता बताइए जो इस खोज में मेरी मदद करे।"

साधू सोच में पड़ गया फिर बोला, "सुमेर पर्वत पर एक ऋषि वास करता है। कितनी शताब्दियों से अपनी समाधि पर आँखें मूँदे बैठा है। वहाँ तक जाने का साहस हो तो जा और उस ज्ञानी के चरण छू, वही तुझे कुछ बताये तो बताये।"

माधव ने सुमेर पर्वत पर जाने का बीड़ा उठाया और चल पड़ा। न दिन को दिन समझा, न रात को रात जाना। जाड़ा, गर्मी, बरसात, किसी ऋतु को न गरदाना। बस चलता रहा। मरता-गिरता, ठोकरें खाता आखिर उस ऊँचे पर्वत पर पहुँच ही गया।

देखा कि एक गुफा में एक बूढ़ा आँखें मूँदे बैठा है, बिल्कुल फूँस कि फूँक मारे से उड़ जाये। जटा में सफ़ेद बर्फ़ समान, वह हाथ जोड़ कर सर न्योढ़ा कर खड़ा हो गया। देर बाद बूढ़े ने आँखें खोलीं। माधव को ग़ौर से देखा, "बच्चा तू कौन है। यहाँ क्या लेने आया है।"

"दुखी हूँ, दारू की खोज में आया हूँ।"

"क्या दुख है तुझे?"

"जीवन दुख।"

"जीवन तेरे लिए दुख किस कारण बना।"

"एक चूक हो गयी।"

"क्या?"

"सोचा था पैदा नहीं हूँगा। पर माता-पिता के बहकावे में आकर पैदा होना पड़ गया।"

"मूरख पैदा तो होना पड़ता है।"

"और इससे जो दुख पैदा होता है।"

"वह सहना पड़ता है।"

"पर ऋषि महाराज, इसका कोई उपाय भी तो होगा।"

"मारा-मारा मत फिर, बैठ जा।"

वह बैठ गया और बोला, "महाराज मैं बैठ गया।"

"आँखें बन्द कर ले।"

उसने आँखें बन्द कर लीं और बोला, "महाराज मैंने आँखें बन्द कर लीं।"

"कान बन्द कर ले।"

उसने कान बन्द कर लिए और कहा, "ऋषि महाराज, मैंने कान बन्द कर लिए।"

"चुप हो जा।"

वह चुप हो गया। बिल्कुल चुप। दिन गुज़रते गये और वह चुप बैठा रहा। बिल्कुल गुम-सुम। जाने कितने दिन, कितने बरस। उसे लगा कि सदियाँ बीत गयीं। आख़िर आँख खोली और बोला, "महाराज, अब बहुत समय बीत गया।"

"समय?" ऋषि ने आँखें खोलीं और हैरत से माधव को देखा, "मूरख तू अभी तक समय के चक्कर से नहीं निकला?"

"निकलने लगा था कि उसने सताना शुरू कर दिया।"

"किसने?"

"नारी ने।"

"कौन थी वह?"

उसने वह सारी कहानी सुनाई और कहा, "जब उसने आख़िरी बार मेरी तरफ़ देखा था तो उसकी नज़रों में कितनी निराशा थी। उन नज़रों को मैं नहीं भूल पा रहा।"

ऋषि ने ग़ुस्से से उसे देखा, "मूरख जीवन भार क्या थोड़ा कम था कि एक और बोझ तूने अपने दम के साथ लगा लिया। जा पहले इस बोझ को उतार। और फिर आ।"

"बोझ को उतारूँ। पर कैसे?"

"उसी नारी के पास जा। हल्का होके आ।"

वह बहुत सिटपिटाया, "महाराज समय बहुत बीत गया है और मैं बर्फ़ से ढके इस पर्वत पर बैठे-बैठे सील चुका हूँ।"

"पर चिनगारी तो तेरे अन्दर अभी तक सुलग रही है।"

वह रो पड़ा, "यही तो मुश्किल है। यह कैसे बुझे।"

"वह ही बुझायेगी। जा यहाँ से। बुझ जाये तो आ जाइयो।"

कितनी बेदिली से उठा। मगर जब चलने लगा तो पक्के इरादे के साथ बोला, "बस गया और आया।"

जिस रास्ते आया था, उसी रास्ते वापस चला। चलते-चलते उसे अच्छे-बुरे ख़यालों ने आ घेरा। अगर यही बात थी तो मैंने उसे क्यों इनकार किया। अच्छा होता कि उसी घड़ी उसे भुगता देता। वह भी सुखी हो जाती। मुझे भी कामना से मुक्ति मिल जाती। यह कष्ट कि अब खींच रहा हूँ, क्यों खींचना पड़ता। हाँ बिल्कुल। अच्छा ही होता। उसने कितना समझाया, रिझाया पर मैं ही....उसकी एक-एक बात, एक-एक अदा उसे याद आयी और बेकल करती चली गयी। उसके क़दम तेज़ी से उठने लगे। क़दमों में जैसे बिजली भर गयी हो। चल क्या रहा था, दौड़ रहा था।

जब उस वन में पहुँचा तो दिल बल्लियों उछलने लगा। भला वह कौन-सा वृक्ष था जिसकी छाँव में वह विराजती थी। जिसकी शाखें हरी-भरी और छाँव घनी देखी, उसी पर गुमान हुआ कि यहाँ थी वह। पर वह तो अब यहाँ पर कहीं दिखाई नहीं दे रही थी। एक-एक पेड़ तले देखा। कहीं नहीं थी। हे राम, वह कहाँ अलूप हो गयी। क्या मुझे देख कर छिप गयी है। अरे, सुन्दरी क्यों जोगी को तड़पाती है। किस बेकली के साथ एक-एक कुंज में झाँका। पूरा वन छान मारा। कहाँ गयी सुन्दरी। ज़मीन खा गयी कि आसमान चर गया। और वन जो उसे हरा-भरा दिखाई दे रहा

था, उजाड़ लगने लगा, जैसे एकदम से पतझड़ लगी हो।

बहुत दौड़-धूप के बाद एक उजड़े पतझड़ के मारे पेड़ तले एक जोगी दिखाई दिया कि अंग पर भभूत मले धूनी रमाये बैठा था। चलो कोई आदमी, आदमज़ाद नज़र तो आया। सोचा कि शायद उससे खोये नगीने का खोज मिले। जाकर उसके पैर छुए। जोगी ने उसका हाल देख कर तरस खाया। कहा कि, ''बच्चा, तू बहुत चला है, बैठ जा।''

वह बैठ गया।

''इस उजाड़ वन में किस कारन मारा-मारा फिरता है।''

''जोगी जी, यहाँ पर एक नारी थी। यहीं-कहीं एक पेड़ तले विराजी हुई थी। अब आया हूँ तो वह मिल नहीं रही। कुछ उसका पता हो तो बताओ।''

''वह नारी कौन थी, और तू कौन है?''

जवाब में उसने सारी अपनी राम कहानी सुना डाली। जोगी ने सारी कहानी सुनी। फिर अफ़सोस करते हुए कहने लगा, ''जिस यात्री के रस्ते में नारी आ निकले और आकर निकल जाये फिर उसे बहुत ठोकरें खानी पड़ती हैं। और बहुत पछताना पड़ता है।''

''जोगी जी, फिर मैं क्या करूँ।''

''उसे ढूँढ़।''

''बहुत ढूँढ़ा।''

''और ढूँढ़।''

''कितना तो ढूँढ़ लिया, कब तक ढूँढूँ।''

''मूरख, ढूँढ़ने वाले यह नहीं पूछा करते। वह ढूँढ़ते ही रहते हैं।''

माधव यह सुन कर तुरन्त उठ खड़ा हुआ और आगे चल पड़ा। एक-एक पेड़ तले झाँकता और आगे बढ़ जाता। इसी में कितनी दूर निकल गया। सुमेर पर्वत अब बहुत पीछे रह गया था। वह आगे बढ़ता ही चला जा रहा था। चलते-चलते पाँव छिल गये, सूज गये, पर वह चलता चला गया। तब कभी यूँ लगता कि वह सदियों से चल रहा है, भागता फिर रहा है, थोड़ा ठिठकता और सोचता कि इस यात्रा का कोई अन्त भी है या नहीं, और फिर चल पड़ता। मगर अन्त कहाँ, रस्ता तो उलझता, लम्बा होता ही जा रहा था। और रस्ता जितना उलझता, लम्बा होता गया, उतना ही उसका पछतावा बढ़ता गया।

पत्ते

अगले दिन संजय फिर उसी गली में गया और द्वारे को खटखटाया। फिर वही कोमल पैरों वाली ड्योढ़ी पर आयी और फिर उसने नीची नज़रों के साथ भिक्षा-पात्र आगे कर दिया और भिक्षा लेकर चला गया। यही उसका नियम था। कितनी ड्योढ़ियों से कितनी नारियों के हाथों से भिक्षा ली थी मगर कभी नज़र उठा के किसी को नहीं देखा। उसने जान लिया था कि पंच इन्द्रिय में आँख सबसे ज़्यादा पापी है। जो दिखाई देता है, वह सब माया का जाल है। देखने वाला माया के जाल में फँसता है और दुख उठाता है, सो आँख देखती है। सो मत देखो और मत फँसो और मत दुख उठाओ! सो वह नहीं देखता था कि भिक्षा किस हाथ से मिल रही है। सो उसने यहाँ भी नहीं देखा कि भिक्षा देने वाली कौन है, कैसी उसकी मूरत है? बस उजले, कोमल पैर उसकी झुकी नज़र के सामने पल भर के लिए आते और ओझल हो जाते। वह उस ड्योढ़ी पर एक दिन आया, दो दिन आया, और आता चला गया कि भिक्षा उस ड्योढ़ी से बहुत श्रद्धा के साथ मिलती थी।

वह बसन्त पंचमी का दिन था। गली-गली द्वारे-द्वारे पीली साड़ियाँ लहरा रही थीं। मानो सरसों खेतों में नहीं गलियों में फूली है और गेंदा क्यारियों में नहीं ड्योढ़ियों में महका है। उसने आज फिर उसी द्वारे जाकर साँकल बजायी और फिर कोमल पैरों वाली ड्योढ़ी पर आयी, पर आज पैरों पर मेहँदी लगी थी। उसने झुकी नज़रों से उन पैरों को देखा और अचम्भा किया कि गोरे पैरों में मेहँदी कैसी रचती है और पैर क्या से क्या बन जाते हैं। वह अचम्भे में मेहँदी रचे पैरों को तकने लगा। ये ध्यान ही न रहा कि उसे भिक्षा भी लेनी है।

''भिक्षु जी! जल्दी करो, त्योहार का दिन है।'' और उस आवाज़ के साथ कि यह आवाज़ आज उसने पहली बार सुनी थी। भिक्षा पात्र के साथ-साथ उसकी नज़रें भी उठ गयीं और फिर उठी रह गयीं। क्या मोहनी मूरत थी। मुख चन्द्रमा जैसा, बाल घटा से, आँखें मृग की सी, गर्दन मोरनी की सी, छातियाँ नाशपातियाँ, गात भरी-भरी, कमर पतली-पतली, साड़ी बसन्ती, माथे पर लाल बिन्दी। वह सुध-बुध खोये टकटकी बाँधे उसे तकने लगा। वह सुन्दरी ऐसी हड़बड़ाई कि भोजन से भरी थाल हाथ से गिर पड़ी।

संजय उस शुभ दिन खाली पात्र के साथ स्थान पर वापस आया। मन को एक चिन्ता लग गयी थी। क्या मुझे मोह ने आ घेरा है। बहुत विचार किया, कुछ समझ में न आया, जैसे उसकी मत मारी गयी हो। आनन्द के पास पहुँचा और बोला कि "प्रभु! मैं व्याकुल हूँ"।

आनन्द ने उसे देखा जैसे टोह रहा हो, "कारण।"

"नारी"

"नारी?"

"हाँ! नारी।" और संजय ने अपनी सारी विपदा कह सुनाई। आनन्द अचम्भे के साथ आँख खोले उसकी विपदा सुनता रहा, और उसने आँखें मूँद लीं। आँखें मूँदे चुप बैठा रहा, फिर आँख खोलीं और बोला, "बन्धु! गलियाँ और ड्योढ़ियाँ मोह का जाल हैं। भिक्षुओं का नियम यह है कि वह गलियों में रुकते नहीं और ड्योढ़ियों में ठहरा नहीं करते। गली-गली, द्वारे-द्वारे फिरते हैं। भिक्षा आज यहाँ से कल वहाँ से। पर मूरख! तूने इस नियम का पालन नहीं किया। तूने वही किया जो सुन्दर समुद्र ने किया था।"

"सुन्दर समुद्र ने क्या किया था?"

"तू नहीं जानता कि सुन्दर समुद्र ने क्या किया था?"

"नहीं प्रभु! मैं नहीं जानता कि सुन्दर समुद्र ने क्या किया था।" तब आनन्द ने संजय को सुन्दर समुद्र की कहानी सुनाई।

सुन्दर समुद्र की कहानी

जन्माष्टमी का दिन था। सुहानी ऋतु, मंगल समय, भादों की रिम-झिम हो रही थी। एक हवेली में एक बुड्ढा-बुढ़िया धारों-धार रो रहे थे। एक कंचनी उधर से गुज़री तो उसने अचरज किया, "हे दुखियारे! तुम पर क्या विपदा पड़ी है कि आज जन्माष्टमी के दिन जब हरं नर-नारी, बूढ़ा-बालक उत्सव मना रहा है, तुम आँसुओं की गंगा-जमुना बहा रहे हो।"

वह दुख से बोले, "अरी! हमारे लिए न अब जनमाष्टमी है, न होली-दीवाली है। पूत के बिछड़ने का रोग ऐसा लगा है कि हर घड़ी उसे याद करते हैं, और रोते हैं।"

"पूत बिछड़ गया।"

"अरी! हमारे एक ही तो पूत था, वह बिछड़ गया और हमारी दुनिया अँधेर कर गया।"

"कैसे बिछड़ गया?"

"एक दिन बुद्ध देव का इस नगर से गुज़रना हुआ। उनके उपदेश ने उसे ऐसा बदला कि कहाँ तो छैला बना फिरता था, कहाँ यह सर मुँडाया, पीला बाना पहना

और शाक्य मुनि के पीछे हो लिया।''

''उस पूत का नाम क्या है?''

''सुन्दर समुद्र।''

''अच्छा! मैं तुम्हारे पूत को वापस लाऊँगी।''

''अरी! तू कैसी बात करती है? शाक्य मुनि के संघ में जाके कौन वापस आया है?''

कंचनी ने ताव खाया। बोली, ''वह अपने समय का मुनि है, तो मैं अपने समय की कंचनी हूँ।''

यह कह वह वहाँ से चली। शाक्य मुनि का अता-पता लिया कि इन दिनों कहाँ विराजते हैं और किस नगर में उनके भिक्षु भिक्षा लेने पहुँचते हैं। उसी नगर एक ऊँची हवेली लेकर वहाँ रह पड़ी। सुन्दर समुद्र हर रोज भिक्षा पात्र लिए बस्ती में पहुँचता। कभी इस गली में, कभी उस गली में। एक रोज़ उस गली में आया और उस ऊँची हवेली की ड्योढ़ी पर पहुँचा। वह कंचनी तो बाट ही देख रही थी। थाल लेकर खुद ड्योढ़ी पर आयी। ऐसी चतुराई से बात की और भिक्षा दी कि सुन्दर समुद्र ने अगले दिन फिर उसी गली का फेरा लगाया और उसी ड्योढ़ी पर आया। फिर उस ड्योढ़ी से ऐसा हिला कि द्वारे-द्वारे जाना छोड़ा। रोज़ उसी ड्योढ़ी पर जा खड़ा होता और भिक्षा पात्र भरवा के लौटता। एक दिन वह चतुराई से कहने लगी कि ''भिक्षु जी! तुम्हारे नियम में कोई फ़र्क न पड़े तो आज यहीं पधारो और भोजन करो! मैं जानूँगी कि मेरी कुटिया को चार चाँद लग गये।''

सुन्दर समुद्र ने विचार किया, फिर दिल में कहा कि तथागत ने कभी किसी को ना नहीं कहा। एक मूरख ने उनके सामने भोजन के नाम मांस लाकर रख दिया। उस पर भी ना नहीं कहा और मांस खा लिया। मुझे भी यही नीति अपनानी चाहिए। सो सुन्दर समुद्र ने उस दिन उसी ड्योढ़ी में बैठ के भोजन किया। उस कंचनी ने दूसरे दिन भी यही इच्छा की और सुन्दर समुद्र ने फिर उसकी इच्छा मान ली। फिर सुन्दर समुद्र रोज़ ही उस ड्योढ़ी में बैठकर भोजन करने लगा।

सुन्दर समुद्र को अपनी ड्योढ़ी पर बुला लेने के बाद उस कंचनी ने गली के बालकों को बहलाया-फुसलाया कि जब भिक्षु जी ड्योढ़ी में बैठ के भोजन करें तो तुम गली में ख़ूब दंगा करना और धूल-मिट्टी उड़ाना। मैं दिखावे के लिए डाँटूँ-डपटूँगी, तुम बिल्कुल मत मानना। अगले दिन उन बालकों ने यही किया। कंचनी ने बालकों को डाँटा-डपटा मगर उन्होंने एक कान सुनी और दूसरे कान उड़ा दी। अगले दिन कंचनी सुन्दर समुद्र के आगे हाथ बाँध के खड़ी हो गयी, कहा कि ''प्रभु जी! गली के बालक बगटुट हैं। गर्द-मिट्टी उड़ा के भोजन ख़राब करते हैं। मैं विनती करती हूँ कि आप अन्दर आकर पधारें और भोजन करें।''

सुन्दर समुद्र ने फिर बुद्ध नीति को याद किया और कंचनी की बात चुपचाप मान

ली। उस दिन से सुन्दर समुद्र ड्योढ़ी से निकल कर अन्दर दालान में बैठ के भोजन करने लगा। वह भोजन करता और कंचनी उसकी सेवा करती। सेवा करते-करते छब दिखाती। क्या उस कंचनी की छब थी और क्या रूप था। सूरत सुर्ख़-सफ़ेद जैसे सेब-अनार, चुटिया नागन जैसी, भवें कमान-सी, गोल गदराई छातियाँ, कमर पतली, कूल्हे भरे-भरे। सुन्दर समुद्र जब उसकी ओर देखता तो जी उसका जलने लगता।

तथागत ने अपने ज्ञान से जाना कि उनका एक भिक्षु किस गत में है। उन दिनों तथागत ने अपने पूरे संघ के संग श्रावस्ती के बाहर अनाथ पिंडिका के बाग़ में वास किया था। सब संघी उपदेश सुनने के लिए इकट्ठे हुए। तथागत एक घने आम तले वीरासन मार के बैठे और आँखें मूँद लीं। कुछ देर बाद आँखें खोलीं, संघियों को तका, फिर उनकी ज्ञान भरी नज़रें सुन्दर समुद्र पर आकर ठहर गयीं। टकटकी बाँध के उसे देखते रहे, फिर बोले, "संघी! तेरा मन किस कारन उचाट है?"

सुन्दर समुद्र ने सर झुका लिया और रुकते-रुकते बोला, "हे तथागत मोह के कारन।"

तथागत टकटकी बाँधे उसे देखा किये, फिर बोले, "भिक्षु मोह में दुख है। कामना आदमी की दुर्दशा करती है। कामी आदमियों से वह बन्दर भले, जिन्होंने यह भेद जानकर गिरह में बाँधा और सुख पाया।"

भिक्षुओं ने पूछा, "हे तथागत! वह भले बन्दर कौन थे और कहाँ थे?"

"क्या तुमने भले बन्दरों की कहानी नहीं सुनी?"

भले बन्दरों की जातक

बरस-बरस पहले मनुष्य जाति से दूर-परे हिमालय की तलहटी में बन्दरों की एक बिरादरी रहती थी। एक बार ऐसा हुआ कि कोई शिकारी उधर आ निकला। उसने एक बन्दर को जतन कर के पकड़ा और बनारस जाकर राजा को दे दिया। उस बन्दर ने राजा की ऐसी चाकरी की कि उसने प्रसन्न होकर उसे आज़ाद कर दिया।

वह बन्दर लौट के अपने जंगल पहुँचा तो बिरादरी उसके गिर्द इकट्ठा हो गयी। सब पूछने लगे, "बन्धु! तू इतने दिनों कहाँ रहा?"

"बन्धु! मैं मनुष्य जाति के बीच रहा।"

"मनुष्य जाति के बीच?—अच्छा—फिर बता तूने उस जाति को कैसा पाया?"

"बन्धुओ! ये मत पूछो!"

"हम तो पूछेंगे।"

"अच्छा! यह बात है तो सुनो कि मनुष्य जाति में भी नर-मादा होते हैं, जैसे हमारे बीच होते हैं, पर उनमें नर की ठोड़ी पर लम्बे-लम्बे बाल होते हैं और मादा की छातियाँ बड़ी-बड़ी होती हैं। इतनी बड़ी कि थुल-थुल करती हैं। थुल-थुल छातियों

वाली ठोढ़ी पर बाल वालों को मोह में फँसाती है और दुख देती है।''

बन्दरों ने कानों में उँगलियाँ दे लीं, चिल्लाये, ''बन्धु बस कर, हमने बहुत सुन लिया।''

फिर वह उस टीले से यह कह कर उठ गये कि हमने यहाँ बैठ के बुराई की बात सुनी है। अब यहाँ से उठ जाना चाहिए।

तथागत जातक सुना कर चुप हो गये, फिर बोले, ''भिक्षुओ! सुनाने वाला बन्दर मैं था, सुनने वाले बन्दर वह थे जो आज मेरे भिक्षु हैं।''

एक भिक्षु ने अचम्भे से पूछा, ''हे तथागत! नारी, मर्द को कैसे दुख देती है, जबकि मर्द बलवान है और वह निर्बल है?''

तथागत मुस्कुराये, ''भोले भिक्षुओ! नारी निर्बल है तो क्या हुआ, चातुर जो हुई। अपनी चतुराई से बलवानों के बल निकाल देती है। क्या तुमने चातुर राजकुमारी की जातक नहीं सुनी।''

''नहीं तथागत।''

''सुनो!''

चातुर राजकुमारी की जातक

बीते समय की बात है कि बनारस में एक राजा था जिसने तक्षशिला जाकर विद्या हासिल की। बहुत विद्वान, बहुत बुद्धिमान। उसके एक पुत्री थी। यह सोचकर कि पुत्री ख़राब न हो जाये, वह उस पर बहुत कड़ी नज़र रखता था, पर नारी को सात तालों में भी रखो तो वह ख़राब होकर रहती है। राजा ने बहुत चौकसी की, मगर राजकुमारी के नैन एक रसिया से लड़ गये।

नैन तो लड़ गये पर मिलने की सूरत नहीं निकलती थी, कि महल में चौकी-पहरा बहुत था। रसिया ने अपनी दाया को अपना भेदी बनाया और महल में भेजा। दाया महल में जाकर राजकुमारी की चाकर बन गयी, साथ ही ताक में रही कि मौका मिले तो राजकुमारी से भेद की बात जाने। एक दिन की बात है कि वह बैठी राजकुमारी के सर में जुँएँ देख रही थी। जुओं को कुरेदते-कुरेदते उसने नाख़ून से सर खुजाया। राजकुमारी भी उड़ती चिड़िया को पकड़ती थी। भाँप लिया कि दाल में काला है। बोली, ''अरी! मुँह से फूट कि उसने क्या कहा है।''

दाया ने हौसला पकड़ा, कहा, ''पूछता है कैसे मिलूँ?''

बोली, ''यह कौन-सी बड़ी बात है। सधा हुआ हाथी, काली घटा, नर्म कलाई।''

दाया ने राजकुमारी का कहा रसिया को जा सुनाया। रसिया भी खेला-खाया था। सब इशारे समझ गया। एक हाथी को सधाया। एक नर्म से लड़के को बुलाया। जब सावन के दिन आये और काली घटायें घिर कर आयीं तो रात पड़े हाथी पे बैठ,

लड़के को साथ बिठा, महल की दीवार तले जा पहुँचा। इधर राजकुमारी ने राजा से कहा कि महाराज! कैसी सुन्दर वर्षा हो रही है, मैं तो इस वर्षा में स्नान करूँगी।

राजा ने बहुत बहलाया पर वह न मानी। स्नान के लिए मेंह में निकली और उस मुँडेर पर जा बैठी जिसके बराबर रसिया हाथी पर सवार बैठा था। राजा ने यहाँ भी चौकसी की। उसके पीछे-पीछे मेंह में गया। राजकुमारी भी बला की बनी हुई थी। उसने अंगिया खोलने के बहाने, कलाई राजा के हाथ से छुड़ाई फिर घड़ी भर में लड़के की कलाई राजा के हाथ में पकड़ा दी, और ख़ुद मुँडेर से कूद हाथी पर बैठ गयी, फिर ये जा, वो जा।

अँधेरे में राजा को कुछ पता ही न चला कि क्या हो गया और फिर यूँ भी उसने मुँह फेर रखा था। बस उसी तरह मुँह फेरे, कलाई पकड़े वापस हुआ। राजकुमारी की अटारी में उसे ढकेल आगे से साँकल लगा दी। जब सुबह हुई तो पता चला कि राजकुमारी तो रसिया के साथ भाग गयी। राजा ने हार कर कहा, "नारी की चौकसी कठिन काम है। कलाई पकड़ लो तो भी जुल दे जाती है।"

तथागत जातक सुनाने के बाद चुप हुए, फिर बोले, "भिक्षुओ! जानते हो वह राजा कौन था? वह राजा मैं था कि पिछले जन्म में राज गद्दी पर बैठा था और एक मेरी पुत्री थी।" चुप हुए फिर एक ठंडा साँस लेकर बोले, "मैंने प्रकृति के भेद जाने, पर नारी के भेद-भाव नहीं जान पाया।"

सुन्दर समुद्र जैसे सोते से जाग उठा। नारी के चक्कर को जाना और इस चक्कर से निकलने की ठानी। मन में कहा कि आज मैं उस नारी से कह दूँगा कि कल से मेरी बाट न देखे। यह प्रतिज्ञा करके वह उस ड्योढ़ी पर पहुँचा। कंचनी ने रोज़ की तरह उसकी आवभगत की और अन्दर ले जाकर दालान में बिठाया, पर आज उसके सिखाये हुए बालकों ने ड्योढ़ी के अन्दर आकर धमा-चौकड़ी शुरू कर दी। उस रंडी ने पहले तो बालकों को डाँटा-फटकारा, फिर जब वह न माने तो सुन्दर समुद्र से कहा कि, "भिक्षु जी! यहाँ ये बालक रोल मचाते हैं और तुम्हें सताते हैं। अच्छा हो कि ऊपर कोठे पर चलकर भोजन करो।"

सुन्दर समुद्र यह सुनकर पहले तो रुका, फिर सोचा कि लोग बालक समान हैं, इनकी इच्छा पूरी करनी चाहिए। यही बुद्ध नीति है, और यूँ भी आज इस घर में मेरा आख़िरी भोजन है। कल मैं कहाँ और यह घर कहाँ। बस, यह सोच के वह उठ खड़ा हुआ। आगे-आगे कंचनी, पीछे-पीछे वह। वह सीढ़ियाँ चढ़ता चला गया। अपने पैरों पर नज़रें जमाये एक-एक सीढ़ी चढ़ रहा था। उसने कहाँ यह ध्यान दिया कि आगे कौन चल रहा है। मगर आगे जाने वाली कई बार रुक कर खड़ी हो गयी, जैसे वह थक गयी हो और हर बार सुन्दर समुद्र बेध्यानी में एक नर्म साये के साथ छू गया।

सीढ़ियाँ चढ़ कर कंचनी ने सुन्दर समुद्र को एक सजी-बनी अटरिया में ले जाकर, नर्म सेज पर बिठा दिया, फिर आप भी बराबर में यह कहकर पसर गयी

कि सीढ़ियाँ चढ़ कर मैं तो थक गयी हूँ, और ऐ मेरे बन्धु! नारी के पास मर्द को फुसलाने के चालीस गुर हैं। वह कंचनी चालीसों गुरों में पैरी हुई थी। उसने पहले तो एक अँगड़ाई ली। अँगड़ाई लेते हुए बाँहें कि नंगी थीं, ऊपर उठायीं, फिर शरमा कर, मुस्करा कर गिरा दीं। फिर नाखून खुरचने लगी, फिर दान्तों में साड़ी का पल्लू दबा कर लजाई, बिना किसी कारण के ज़ोर से हँसी, फिर एकदम से हाथों में मुँह छिपा लिया। आप ही आप ज़ोर-ज़ोर से बोली, फिर ऐसे हौले-हौले से बोली जैसे काना-फूसी कर रही हो। पहले दूर सिमट कर बैठी, फिर वह बेसवा भिड़कर बैठ गयी। छातियों से पल्लू ढुलकाया, फिर ऊपर सरका लिया। रानों से साड़ी सरकायी, फिर जल्दी से नीचे कर ली और एक बार तो ऐसी अँगड़ाई ली कि पिंडा खुल गया, फिर वह जल्दी से सिमट गयी। एक बार होंठ, होठों के पास ले आयी, फिर शरमा के, लजा के पीछे हट गयी, और ऐ मेरे बन्धु! सुन्दर समुद्र तो बिल्कुल मोहित हो गया। भोला कि वह भिक्षु है, और वह तो पहले ही से गरमायी हुई थी, उसे गरमाता देख के खुल खेली। बेहया ने न अपने बदन पर कोई धज्जी रहने दी और न उसके तन पर लत्ता रहने दिया। सीने से सीना, रानों से रानें भिड़ने लगी थीं।

आनन्द चुप हो गया। संजय तड़प कर बोला, "फिर क्या हुआ?"

"फिर क्या हुआ?" आनन्द हँसा।

"तथागत वीरासन बाँधे, आँखें मूँदे बैठे थे। उन्हें खूब दिखाई दे रहा था कि बाग़ से दूर श्रावस्ती की उस ऊँची हवेली की अटरिया में नार एक भिक्षु के साथ क्या छल कर रही है, मिलने की नौबत आ गयी थी। बदन बस गुड-मुड होने लगे थे कि अमिताभ ने उस अटरिया में अपना दरस दिखाया। सुन्दर समुद्र की बिसरी समझ वापस आयी। बस काम नदी में डूबते-डूबते बाहर निकल आया।"

आनन्द कहानी सुना कर चुप हो गया। इधर संजय विचारों में डूबा हुआ था, फिर ठंडा साँस भरा और कहा कि, "वह कैसा मंगल समय था कि तथागत हमारे बीच विराजते थे। कोई अज्ञानी, नार के छल में आ जाता तो वह उसे जूती दिखाते और सत्य पथ पर ले आते।" चुप हुआ फिर बोला, "मुझे नार के छल से कौन बचायेगा?"

आनन्द बोला, "हे संजय! मैं तुझसे वही कहता हूँ जो अमिताभ ने मुझसे कहा था कि आनन्द! तू अब आप अपना दीप बन।"

संजय ने यह सुनकर विचार किया, फिर कहा कि मैं अपना दीप बनूँगा। सो दूसरे दिन जब वह भिक्षा-पात्र लेकर बस्ती की ओर चला तो प्रतिज्ञा की कि वह उस गली में नहीं जायेगा। पर वह जब बस्ती में दाख़िल हुआ तो उसने क्या देखा कि हर रास्ता उसी गली की ओर जा रहा है, जिस रास्ते पर चलता, लगता कि वह रास्ता उसे उसी गली में, उसी ड्योढ़ी पर लिए जा रहा है। वह ठिठक कर खड़ा हो गया। फैली हुई श्रावस्ती आज कितनी सिमट गयी थी। उस नगर की एक-एक गली उसकी

खूँदी हुई थी। हर गली, ड्योढ़ी से वह भिक्षा ले चुका था, मगर आज जिस गली, जिस ड्योढ़ी का उसने ध्यान किया, लगा वह वहाँ हाथ में थाल लिए उसकी बाट देखती है। वह एक बार पूरे नगर को ध्यान में लाया, फिर उसने अचम्भा किया कि कितनी गलियाँ हैं कि जाल के समान फैली हुई हैं और गली-गली कितनी ड्योढ़ियाँ हैं कि हर ड्योढ़ी में कोई नारी भिक्षा देने के लिए खड़ी है। गलियाँ, ड्योढ़ियाँ, नारियाँ, उसने सोचा कि यह सब माया का जाल है, फिर वह उन भले बन्दरों को ध्यान में लाया जिन्होंने नारी की बात सुन के कानों में उँगलियाँ दे ली थीं और उस स्थान को छोड़ दिया था, जहाँ उन्होंने यह बात सुनी थी। मुझे भी यह नगर छोड़ देना चाहिए और वह नगर से मुँह मोड़ के जंगल की ओर हो लिया।

गलियाँ, ड्योढ़ियाँ, नारियाँ सब पीछे रह गयी थीं। संजय अब घने जंगलों में चल रहा था। चलते-चलते उसने फूले हुए एक अशोक के पेड़ को देखा और रुक गया। उस पेड़ के नीचे उसने निर्जन वास किया। वसन्त ऋतु थी। सरसों फूली हुई थी। गेंदा महक रहा था, अशोक की डालियाँ अपने ही बोझ से झुकी हुई थीं। संजय यह समाँ देख कर बहुत प्रसन्न हुआ। अशोक को देर तक देखा किया। फिर वह अचम्भे से मन-ही-मन में कहने लगा कि हे राम! किस कन्या ने इस अशोक को ठोकर मारी है कि वह इतना फूला है। बस, इस विचार के साथ उसका ध्यान मेहँदी वाले, उज्ज्वल, कोमल पैरों की ओर चला गया। क्या अशोक के पेड़ को उन मेहँदी वाले उज्ज्वल कोमल पैरों ने ठोकर मारी है? वह सुन्दरी, बसन्ती साड़ी में लिपटी उसके ध्यान में उभरी। थोड़ी देर तक वह इस ध्यान में ऐसे डूबा रहा कि किसी बात की सुध-बुध न रही, मगर अचानक वह चौंका। यह तो मैं फिर मोह के फंदे में फँस रहा हूँ। वह तुरत वहाँ से उठ खड़ा हुआ। इस पेड़ तले बुराई की बात मेरे ध्यान में आयी है, मुझे यहाँ से उठ जाना चाहिए।

संजय ने फिर एक लम्बी यात्रा की और जंगल-जंगल मारा फिरा। दिन गुज़रे, महीने बीते, रातें चढ़ीं और उतरीं। हर रात अपनी चहक-महक के साथ आयी और बीत गयी। हर रात संजय को दुखी करके गयी। कभी फूलती सरसों, कभी बौराते आम, कभी डोलता, भुनभुनाता भौरा, कभी मँडलाती भंभीरी, कभी दुखिया कोयल की पुकार, कभी उदास मोर की झंकार, कभी चम्पा की महकार, कभी बेले की बास, तो यूँ कहूँ कि हर रात आती और यादों की शान्त नदी में हिलकोरे पैदा कर जाती। हर बहाने बीता पल लौट के आ जाता और वह सुन्दर मूरत सामने आ खड़ी होती। संजय सोच में पड़ गया कि यहाँ भी सब रास्ते उसी ड्योढ़ी की ओर जाते हैं। बहुत विचार के बाद उसने यह तथ्य निकाला कि यादें पंच इन्द्री से मिली हुई हैं और पंच इन्द्री दुख के पाँच दरवाज़े हैं। आदमी मोह में किस-किस राह से फँसता है। कभी कोई कोमल पंखुड़ी छूके, कभी कोई रसीली बानी सुनके, फिर कभी कोई महक उसे ले उड़ती है, कभी रंग उसे ले डूबता है। सो, बात यूँ है कि हर रात दुख देती है।

यह जान कर वह उदास हुआ और दुखी होकर कहा कि नगर में गलियाँ हैं, और जंगल में रातें। मैं मोह के जाल से कैसे निकलूँ?

संजय इन्हीं विचारों में था कि पतझड़ आ गयी। दिन उदास हो गये, डोल-डोल सूखे पत्ते बिखरने लगे। हवा के झोंके के साथ अनगिनत पत्ते टहनियों से गिरते और जहाँ-तहाँ तितर-बितर हो जाते। अब यह ऋतु मुझसे क्या कहने आयी है? संजय फिर सोच में पड़ गया। धीरे-धीरे फिर उसके अन्दर कुनमुन हुई। उसे फिर कुछ याद आने लगा। पर अबके याद कुछ और ही तरह की आयी। यही रात थी और ऐसा ही जंगल था। तथागत ने बीच पतझड़ यहाँ आकर वास किया था। इर्द-गिर्द पीले-पीले सूखे पत्ते बिखरे पड़े थे। हाथ बढ़ाकर पत्तों से मुट्ठी भरी, फिर आनन्द को देखा, "आनन्द! क्या सब पत्ते मेरी मुट्ठी में आ गये हैं?"

आनन्द झिझका, फिर बोला, "हे तथागत! यह ऋतु पतझड़ की है। पत्ते जंगल में इतने झड़े हैं कि उनकी गिनती नहीं हो सकती।"

तथागत ने कहा, "आनन्द! तूने सच कहा, पतझड़ के अनगिनत पत्तों में से बस एक मुट्ठी उठा सका हूँ। यह गत सच्चाइयों की है। जितनी सच्चाइयाँ मेरी मुट्ठी में आयीं, मैंने उनका प्रचार किया, पर सच्चाइयाँ अनगिनत हैं, पतझड़ के पत्तों के समान।"

उस याद ने उस पर निराला जादू किया। वह जहाँ का तहाँ खड़ा रह गया। फिर न एक क़दम आगे बढ़ा, न एक क़दम पीछे हटा। वहीं एक घने पीपल की छाँव में आसन मार के बैठ गया। और गिरते ज़र्द पत्तों को तकने लगा। पतझड़ के पत्ते, अनगिनत सचाइयाँ। एक हैरानी के साथ वह गिरते पत्तों को देख रहा था, देखता रहा, धीरे-धीरे करके उसकी आँखें मुँदती चली गयीं। जो बाहर है, वही मेरे अन्दर भी है। आसन मारे, आँखें मूँदे बैठा रहा। जाने कितने दिन, कितने युग। जब उसने आँखें खोलीं तो जाना कि अनगिनत ऋतुएँ बीत गयी हैं और अब वह पतझड़ में है। उसकी गोद में ज़र्द सूखे पत्ते भरे थे। वह ज़र्द सूखे पत्तों में नहाया हुआ था और धूप में तप रहा था। उसने नज़रें उठा कर ऊपर देखा। जिस पीपल को घना देख कर वह उसकी छाँव में बैठा था, उस पीपल का एक-एक पत्ता झड़ चुका था। फिर उसने इर्द-गिर्द नज़र डाली और दूर तक धरती को जर्द पत्तों से ढका पाया। दूर तक पेड़ लुण्ड-मुण्ड खड़े नज़र आ रहे थे। उसने अपने शान्त मन में झाँका। मेरी कामनायें भी ज़र्द सूखे पत्तों की तरह झड़ चुकी हैं। फिर उसने कहा कि बसन्त ऋतु, बरखा ऋतु, जाड़े की ऋतु सब रातें आनी-जानी हैं। फूल झड़ जाते हैं, बास उड़ जाती है, टहनियाँ सूख जाती हैं, पर पतझड़ अमर है। वह मुस्काया, जैसे उसकी मुट्ठी भर गयी हो। वह उठ खड़ा हुआ। अब वह शान्त था। मन में कहा कि मेरी यात्रा सिद्ध हुई। अब मुझे वापस चलना चाहिए।

संजय जंगल में ख़ाली पात्र, व्याकुल मन के साथ गया था। जंगल से भरी

'मुट्ठी और शान्त हृदय के संग लौटा, जंगल से निकल आया था। अब वह भरी बस्ती में था। श्रावस्ती में उस समय कैसी चहक-महक थी। लगता था कि नगर नहीं फला-फूला बाग़ है, रंग और सुगन्ध की नदी उमड़ी हुई थी। चहकते पंछी, महकती क्यारियाँ, सुन्दर नारियाँ, रंग-रंग की उनकी सारियाँ, गलियों में आतियाँ-जातियाँ! उसने एक बैराग के साथ यह सब कुछ देखा। एक बार जी में आयी कि बस्ती के बीच खड़ा होके चेतावनी दे कि, हे अज्ञानियो! हे श्रावस्ती के वासियो! रंग-रस में मत डूबो! फूल कुम्हला जाते हैं, बू-बास उड़ जाती है, रंग-रूप उतर जाता है, सुन्दरता की सब ऋतुएँ आनी-जानी हैं। पतझड़ अमरत है। पर मन में तो बैराग रच गया था। बोलने को अब जी कब चाहता था। गुमसुम श्रावस्ती की गलियों से आँखें झुकाये गुज़रा। आँख उठा कर यह भी न देखा कि किस गली में हो और किस द्वार भिक्षा माँगते हो। क्यों देखें? मतलब तो भिक्षा से है। वैरागी को इससे क्या कि किस द्वारे से मिला है और किन हाथों से मिला है, झुकी नज़रों ने बस देने वाली के पैरों को देखा और हैरान रह गयीं। बिल्कुल वैसे ही गोरे मेहँदी लगे पैर। क्या यह वह है? चौंक के नजर उठाई। क्या देखा कि वही खड़ी है। बिल्कुल उसी बर में बसन्ती साड़ी, माथे पर लाल बिन्दी, हाथ में भोजन से भरी थाल। उठी नजरें, उठी की उठी रह गयीं, क़दम जहाँ थे, वहीं जम गये। न कोई क़दम पीछे, न कोई क़दम आगे। एक पल में युग बीत गये। लगा कि जनम-जनम से वह इस ड्योढ़ी पर इसी गत से खड़ी है और जनम-जनम से वह इसी तरह ठिठका हुआ उसे तक रहा है।

मन उसका फिर व्याकुल था और आत्मा फिर दुखी थी। ऋतु फिर बदलने लगी थी। लुण्ड-मुण्ड पेड़ों में कोपलें फूट रही थीं। उसने एक वस्वसे के साथ अपने अन्दर झाँका। क्या मेरे भीतर फिर कोई कोपल फूट पड़ी है? और उसने अचम्भे के साथ सोचा कि अपने दीप के उजाले में चलते-चलते मैं कहाँ आ गया हूँ और यह कैसे पत्ते हैं कि मेरी मुट्ठी में आ गये हैं।

कश्ती

बाहर मेंह बरस रहा था। हब्स से परेशान होकर किसी ने सर बाहर निकाला। फिर फ़ौरन ही अन्दर कर लिया।

"बारिश कुछ कम हुई?"

"बिल्कुल कम नहीं हुई, उसी शोर के साथ हुए चली जा रही है। ये बारिश है या क़यामत है?"

"अन्दर के हब्स से तो बहरहाल बेहतर सूरत है।"

"कोई बेहतर सूरत नहीं, अन्दर हब्स, बाहर बारिश, आदमी आख़िर कहाँ जाये।"

"सब कुछ तो डूब गया, अब आख़िर बारिश क्यों हुए चली जा रही है?"

"हम जो बाक़ी रह गये हैं।"

"हाँ! बस हम ही रह गये हैं, मगर हम हैं कितने! उँगलियों पर गिन लो! बाक़ी तो चरन्द-परन्द ही हैं।"

"हाँ! बाकी तो चरन्द-परन्द ही हैं। शायद इसलिए भी हब्स बहुत हो गया है। जानवरों के दरमियान साँस लेना कितना मुश्किल होता है। पता नहीं कब तक हम इस तौर जानवरों दरमियान बसर करते रहेंगे।"

"हाँ! पता नहीं कब तक! बारिश तो रुकने का नाम ही नहीं ले रही। कितने दिन गुज़र गये कि उसी रफ़्तार से हुए चली जा रही है।"

"शुरू किस दिन हुई थी?"

"किस दिन? हाँ! कम-से-कम हिसाब तो करना चाहिए कि किस दिन शुरू हुई थी और अब कितने दिन हो गये।"

सबने अपने-अपने तौर पर याद किया, पर किसी को याद न आया कि वह कौन-सा दिन था और कौन-सी तारीख़ थी जब मेंह बरसना शुरू हुआ था।

"इसका मतलब यह है कि हमें कुछ अन्दाज़ा नहीं कि कितने दिन से सफ़र में हैं।"

कितने दिन से हम सफ़र में हैं? सब सोच में पड़ गये। कितने दिन से, कितने बरस से, कितनी सदियों से। बारिश और सफ़र में यही होता है। लगातार बरसे तो लगता है कि बरस-बरस से बरस रहा है और बरस-बरस बरसेगा। सफ़र के बीच

कोई पड़ाव न आये तो यूँ महसूस होता है कि जनम-जनम से सफ़र में हैं।

"बहरहाल, जिस दिन बारिश शुरू हुई, उसी दिन हम घरों से निकले थे। सो, हम में से किसी को यह याद हो कि हमने किस रोज़ अपने घरों को छोड़ा था तो....."

"घरों को?"

घरों को छोड़ने के बाद यह पहला मौक़ा था कि घरों का नाम किसी के लब पे आया था। तो हमारे घर भी थे। यह सोच कर वह हैरान हुए और छोड़े हुए घर अचानक उनके ख़याल में यूँ उभरे जैसे अभी-अभी वह उन्हें छोड़ के निकल गये हैं।

"काश! वह भी मेरे साथ सवार हो जाती। जाने अब किन पानियों में घिरी होगी।"

"वह कौन थी?"

"वह जो ज़ीने से उतरते हुए, सीढ़ियों के बीच मुझसे टकराई थी।"

और वह सारा मंज़र उसकी आँखों में फिर गया। वह हिरनी जैसी आँखों वाली अपने लबादे के अन्दर दो पके फल लिए फिरती थी और जब उन सीढ़ियों से उतरते हुए, उसने उसे थामा, तो लगा कि दो गर्म-धड़कते पोटे वाली कबूतरियाँ उसकी मुट्ठी में आ गयी हैं। दूसरे ही लम्हे वह उसकी गिरफ्त से आज़ाद थी और वहशी हिरनी की तरह क़ुलाचें भरती भागी चली जा रही थी। पर बाद उसके, वहशत उस हिरनी की कम होती चली गयी—यहाँ तक कि भरी दोपहर में टीले के पीछे ख़जूर तले, वह उसके गर्म बोझ से ढहती चली गयी।

ज़ीने, ड्योढ़ियाँ, आँगन, टेढ़ी-मेढ़ी राहें, टीले, फलों से लदे परिन्दों से भरे, ऊँचे पेड़। एकदम से उन्हें कितना कुछ याद आ गया।

"उन घरों को क्या याद करना जो ढह गये और बह गये।"

हाँ! यह तो उन्हें अभी तक ख़याल आया ही नहीं था कि जो पानी पहाड़ों की चोटियों से गुज़र रहा था, उसने उनके घरों को कहाँ छोड़ा होगा।

"मगर हम उन घरों को कैसे भूल जायें कि हमने उन घरों में ठेठकर उतरने वाली दुल्हनों के लिए गीत गाये और गुज़रने वालों के लिए गिरिया[1] किया।"

तब सब आँखें डबडबाईं, फिर उन सबने मिलकर अपने घरों को याद किया और वह रोये।

"अज़ीज़ो! उन घरों की बरबादी मुक़द्दर हो चुकी थी।"

"वह कैसे?"

तब गिलगामिश[2] दो ज़ानू हो बैठा और यूँ गोया हुआ कि हमसफ़रो! इबरत[3] निगाह रखते हो तो मुझे देखो कि मैं किन-किन पुर-शोर समन्दरों से गुज़र कर इस

1. रोना-धोना।
2. मेसोपोटामिया का राजा, एक महाकाव्य का चरित्र।
3. नसीहत।

अक़्लीम[1] में पहुँचा जहाँ उत्नापिश्तिम[2] इस्तराहत करता था। मैंने फ़रियाद की कि, ऐ उत्नापिश्तिम मैंने सुना था कि हरकत में बरकत है, और सफ़र इसीलए वसीलए-ज़फ़र[3] है। मुझसे दरमांदए-राह ने हरकत को बे-हरकत पाया और सफ़र को ला-हासिल जाना, जबकि तू हयाते-जावेदानी के मज़े लूटता है और इस सुस्त बुनियाद अक़्लीम में आराम करता है। यह सुख़न सुन उत्नापिश्तिम ने ताम्मुल किया, फिर यूँ लब कुशा हुआ कि, ऐ तीरह-बख़्त[4]! मैं देखता हूँ कि रंजे-सफ़र ने तुझे हल्कान कर दिया है और अलम[5] ने तेरे अन्दर घर कर लिया है, सो तू घड़ी भर के लिए दम ले। फिर बा-अदब होके बैठ और गोश-होश से सुन कि क्योंकर मैंने हरकत में बरकत देखी और सफ़र को वसीलए-ज़फ़र जाना और इस राह हयाते-जावेदाँ[6] पायी। मैंने अपना घर ढाया, फिर कश्ती बनायी। इस पर मैं हैरान हुआ और यूँ बोला कि ऐ बुज़ुर्ग! यह मैं क्या सुनता हूँ? कहीं कोई अपने हाथों से अपना घर ढहाता है। उत्नापिश्तिम यह सुनकर अफ़सुर्दा हुआ, फिर बोला कि मेरे खुदावन्द की मर्ज़ी यही थी। वह मेरे ख़्वाब में आया और ख़बर दी कि एनीलेल[7] ग़ुस्से में है कि ज़मीन पर शोर बहुत हो गया है कि यह शोर उसे सोने नहीं देता, सो ऐ उत्नापिश्तिम! तेरी आफ़ियत इसमें है कि अपना घर ढहा दे और कश्ती तामीर कर। तो ऐ गिलगामिश! घर अपना मैंने खुदावन्द की मर्ज़ी से ढहा दिया और कश्ती बनायी।

तब उन्होंने सोचा और याद किया कि हुआ क्या था। हुआ यूँ कि ज़मीन आदमियों से भर गयी, आदमियों से और ज़ुल्म से। खुदावन्द ने तो बस आदमी को पैदा किया था, पर उसने आगे बेटियाँ पैदा कर डालीं और ख़ुदावन्द के बेटों ने उन बेटियों को ख़ूबसूरत पाया और अपनी जोरुएँ[8] बना लिया और उन बेटियों ने जोरुएँ बन कर और बेटियाँ जनीं कि ख़ुदा के और बेटे उन पर रीझे और उन्हें जोरुएँ बनाकर अपने घरों में लौटे। बस इस तौर ज़मीन आदमियों से भरती चली गयी। आदमियों से, ज़ुल्म से, और ऐसा हुआ कि ख़ुदावन्द पछताया और दिलगीर हुआ और फिर यूँ बोला कि मैंने आदमज़ाद को भर पाया। सो, मैं अब इंसान को जिसे मैंने ख़ल्क़ किया था, नाबूद करूँगा कि ज़मीन बहुत बिगड़ गयी है और ज़ुल्म से भर गयी है।

फिर उन्हीं बिगड़े हुओं में एक नेक बन्दा था कि ख़ुदावन्द के साथ चलता था

1. देश।
2. एक महाकाव्य का चरित्र।
3. कामयाबी का माध्यम।
4. बदक़िस्मत।
5. दुख।
6. अमरत्व।
7. मेसोपोटामिया की एक महाकाव्य का चरित्र, हवा का देवता।
8. औरतें।

और ख़ुदावन्द ने उससे कहा कि ऐ लेमक[1] के बेटे! मैं तुझे बचाऊँगा, तू तो ऐसा कर कि एक कश्ती बना और देख जब तूफ़ान उठे तो हर ज़ी रूह के एक जोड़े को अपने साथ ले और कश्ती में बैठ जा और उस बन्दे ने वैसा ही किया, जैसा उसके ख़ुदावन्द ने उससे कहा था।

पर वह बन्दा भी जोरू वाला था और उस जोरू ने बेटे जने, जिन्होंने बड़े होकर ख़ूबसूरत बेटियों को अपनी जोरू बनाया और वह जोरू शोहर को कश्ती बनाते देखती तो ठट्ठा करती और बेटों को इकट्ठा करके कहती कि तुम्हारे बाप ने क्या खटराग फैला रखा है कि दिन भर और रात भर लकड़ियाँ काट-काट के कुछ बनाता रहता है।

ये ताने सुन-सुन लेमक के बेटे नूह ने आख़िर ज़बान खोली और कहा कि मेरी ज़िन्दगी की शरीक! डर उस दिन से कि तेरा गर्म तन्दूर ठंडा हो जाये और तू आकर मुझे तूफ़ान की ख़बर सुनाये और भोर भये मनु जी यह देख भौचक रह गये कि मछली बड़ी हो गयी है, और बासन छोटा रह गया है। कल ही तो स्नान करते समय उनके चुल्लू में यह मछली आ गयी थी कि उस समय छंगुलिया उँगली के समान थी। वह उसे फेंकने लगे थे कि उसने दुहाई दी कि प्रभु! शान्ति! मैं तुम्हारी शरण लेने आयी हूँ कि मैं छोटी मछली हूँ और नदी के अन्दर बड़ी मछलियों के बीच नहीं रह सकती कि बड़ी मछली छोटी मछली को खा जाती है। उन्होंने उसे अपनी शरण में ले लिया और कूंडे में जल भर के उसे उसमें डाल दिया, पर अब वह देख रहे थे कि कूंडा छोटा रह गया है और मछली बड़ी हो गयी है।

मनु जी ने मछली को कुंडे से निकाल के उसे घड़े में डाल दिया और पानी उसमें भर दिया, पर अगले दिन भोर भये मनु जी पूजा के लिए उठे, तो देखा घड़ा छोटा रह गया है और मछली बड़ी हो गयी है कि दुम उसकी घड़े से बाहर निकली हुई है। अब उन्हें और भी अचरज हुआ कि तनिक सी मछली बढ़ते-बढ़ते इतनी बढ़ गयी कि घड़े में नहीं समाती। मछली ने दुहाई दी कि प्रभु! कृपा करो, घड़े में मेरा दम घुट रहा है।

मनु जी की कुटिया के बाहर एक जल-कुंड था। उन्होंने मछली को घड़े से निकाल के जल-कुंड में डाल दिया और निश्चिन्त हो गये, फिर अगले दिन उन्हें चिन्ता लग गयी। जल-कुंड छोटा रह गया था, मछली बड़ी हो गयी थी कि पूँछ उसकी जल-कुंड से बाहर निकली हुई थी। मछली ने फिर दुहाई दी कि प्रभु! तुमने मुझे अपनी शरण में लिया है, पर मुझे तुम्हारी शरण में चैन नहीं मिला। मनु जी यह सुन के मछली को जल-कुंड से निकाला और नगर से बाहर तलिया में खिसका दिया। कहा कि ले! अब तू तलिया में तैर और चैन कर।

---

1. पैग़म्बर नूह के पिता।

मनु जी मछली को तलिया में छोड़ के घर ऐसे आये जैसे सर से बड़ा बोझ उतार कर आये हैं। उस रात वह चैन से सोये, पर जब तड़के में उनकी आँख खुली तो आँखें खुली की खुली रह गयीं। मछली की पूँछ तलिया से निकल लम्बी होते-होते उनके आँगन में आन फैली थी। वह झटपट उठ तलिया पर गये। क्या देखा कि तलिया छोटी रह गयी है, मछली बड़ी हो गयी है। इतनी बड़ी तलिया के अन्दर तो बस उसका मुँह था, बाक़ी धड़ और पूँछ सब बाहर। मछली बोली कि हे प्रभु! तुम्हारी शरण में, मैं तैरने और साँस लेने को तरसती हूँ।

मनु जी ने मछली को तलिया से निकाला, कमर पर लादा और चले गंगा नदी की ओर। वहाँ जाके उन्होंने उसे नदी में छोड़ा और कहा कि, हे री मछली! मैंने तुझे गंगा मय्या की गोद में दिया। मय्या की गोद में चाहे सिमट, चाहे फैल, पर वह यह अभी कहते ही थे कि मछली फैलने लगी। इतनी फैली कि गंगा मय्या की गोद छोटी रह गयी, मछ़ली बड़ी हो गयी।

मनु जी यह देख हक्का-बक्का रह गये। बोले कि अरी! तू निराली मछली है कि फैलती ही जा रही है। जीने का नियम यह है कि जितनी चादर देखे, उतने पाँव फैलाये, पर तेरे लच्छन यह हैं कि जितना जल देखती है, उससे ज़्यादा फैल जाती है। अच्छा! अब तेरा उपाय यही है कि मैं तुझे सागर की भेंट कर दूँ। यह कहके मछली को उन्होंने गंगा की गोद से लिया और कन्धे पर लाद चले सागर की ओर।

सागर की ओर जाते हुए मनु जी को ध्यान की लहर बहा के बीते समय में ले गयी, जब विष्णु जी बौने के रूप में प्रकट हुए थे। उन्होंने उस दुष्ट राजा से तीन डग धरती माँगी थी। उस मूरख ने सोचा कि बौने के तीन डगों में कितनी धरती जाती है। माँग मान लो। यह सोच उसने माँग मान ली, पर विष्णु जी एकदम से बौने से देव बन गये। उन्होंने तीन डग ऐसे भरे कि धरती और आकाश दोनों तीन डगों में समेट लिये। इस ध्यान ने मनु जी को चौंका दिया। एक सन्देह के साथ उन्होंने मछली को देखा, पर तुरन्त ध्यान की एक लहर आयी। जी में कहा कि उस समय तो धरती राक्षसों के चंगुल में थी, सो विष्णु महाराज ने इस प्रकार जुल दिया और धरती को उनके चंगुल से निकाला। आज के दुष्ट ऐसे कौन से बड़े राक्षस हैं कि विष्णु महाराज स्वाँग भरेंगे। इन्हें वह चाहें तो चींटियों के समान मसल डालें।

बस यही सोचते-सोचते मनु जी सागर किनारे पहुँच गये। मछली को सागर में ढकेला और कहा कि अब तो मेरा पिंड छोड़। इस विशाल सागर में जितना मन चाहे उतना फैल जा। वह यह कहते थे कि मछली फैलने लगी, फैलते-फैलते पूरे सागर पर छा गयी।

मनु जी ने एक भय के साथ यह सब कुछ देखा, फिर श्रद्धा से उनका सर झुक गया। दोनों हाथ जोड़, आँखें मूँद के खड़े हो गये और कहने लगे, "प्रभु! शान्ति!" आवाज़ आयी कि हे मनु! धरती अधर्मियों के हाथों अशान्त है पर तुझे शान्ति

मिलेगी। सो तू नाव बना! जब सागर उमड़े और धरती डूबे तो पंछियों-पशुओं में से एक-एक जोड़ा ले और नाव में बैठ जा।

मनु जी यह सुन, बोले कि, हे प्रभु! जब सागर उमड़ेगा तो मेरे हाथों की बनायी हुई बोदी नय्या डूबेगी या तिरेगी। आवाज़ आयी कि हे मनु! तू उसे मेरी मूँछ के बाल से बाँध दीजियो! बोले बाँधूँगा काहे से? मेरे पास कोई रस्सी नहीं है। तुरन्त एक साँप रस्सी समान लहरों में लहराया। हे मनु! यह रही रस्सी, इससे नाव बाँध लीजियो।

तब ज़ौजा हज़रत नूह की, हज़रत के पास पहुँची, इस हाल से कि उसके हाथ आटे में सने हुए थे। बसद-तश्वीश बोली कि ऐ मेरे वाली! हमारा गर्म तन्दूर ठंडा हो गया है और पानी उसकी तह में से उबल रहा है। हज़रत ने तअम्मुल किया, फिर यूँ बोले कि देख, रब्बे ज़ुलजलाल का दिन आन पहुँचा है। तू यूँ कर, अपने जनों को इकट्ठा कर और कश्ती में सवार हो जा! इस पर वह जोरू यह बोली कि मैं तन्दूर पर तश्त ढके देती हूँ, फिर पानी नहीं उबलेगा। यह कह कर वह दौड़ी हुई अन्दर गयी। तश्त उल्टा करके तन्दूर पर ढका और ऊपर उसके बड़ा-सा पत्थर रख दिया। यह करके वह बाहर आयी और अपने वाली से बोली कि देख! मेरी तरकीब काम आयी। पानी उबलना बन्द हो गया है। वह यह कहती ही थी कि पानी अँगनाई से निकल के बाहर उमड़ने लगा। तश्त और पत्थर उसके बीच तैर रहे थे। और उसी साअत बराबर के घर वाले की ज़ौजा हवास-बाख़्ता आयी और चिल्लायी कि मेरे घर के तन्दूर से फ़व्वारा छूट रहा है कि आंगनाई मेरी जल-थल हो गयी है। फिर मुख़्तलिफ़ घरों से बीवियाँ निकलीं, इस हाल से कि होश उड़े हुए थे। हर एक के लब पे यह ख़बर थी कि तन्दूर उनके घर का गर्म से ठंडा हुआ और पानी उससे उबलने लगा। सैलाब बाहर से उमड़े तो उसे रोका जा सकता है मगर जब घर के अन्दर से फूट पड़े तो क्योंकर उस पे बन्द बाँधा जाये?

सो यूँ हुआ कि दम के दम में उस बस्ती के सब तंदूर ठंडे हो गये और वह ऐसा वक़्त था, जब अभी-अभी घरवालियों ने अपने-अपने तन्दूर गर्म किये थे। हर तन्दूर में अंगारे दहक रहे थे और रोटियाँ पक कर गर्म-गर्म निकल रही थीं कि अचानक एक तन्दूर ठंडा हुआ, फिर दूसरा ठंडा हुआ, फिर किसी तीसरे तन्दूर में आग बुझी और नमी पैदा हुई, फिर हल्का-हल्का पानी रिसने लगा, फिर जैसे तह फट गयी हो। एकदम से पानी उबलने लगा। पानी तन्दूरों से उबला, अँगनाइयों में उमड़ा और शाहराहों में फैला और फिर बारिश शुरू हो गयी। ऐसे जैसे सब आसमानों के दरीचे खुल गये हैं। तब हज़रत नूह ने कहा कि बेशक! ख़ुदावन्द के क़हर का दिन आन पहुँचा है, और तब हज़रत नूह ने कश्ती निकाली, सब जानवरों के जोड़ों को उसमें बिठाया और ज़ौजा से कहा कि ऐ मेरी ज़ौजा, देख क़हर की साअत आन पहुँची है। तन्दूर पर ढका हुआ तेरा तश्त पत्ते की मिसाल पानी में बह गया और आँगन तेरा पानी से भर गया। अब यूँ कर कि अपने जनों को इकट्ठा

कर और कश्ती में सवार हो जा।

तिस पर वह ज़ौजा बोली कि, ऐ मेरे वाली! इस घर में मैंने तेरे संग पाँच सौ से ऊपर बरस खींचे, दिन गुज़ारे, रातें बसर कीं। याद करो कि हम दोनों ने मिलकर इस घर में कितने दुख देखे, और कितने सुख पाये। कितनी बार-आवर[1] हुई, दूधों नहाई, पूतों-पड़ोतों की बहारें देखीं। सोच कि मैं क्यों कर इस घर को छोड़ दूँ?

तब नूह ने फ़रमाया कि ऐ मेरी रफ़ीक़ा! हस्ती बे-बुनियाद है और घर कि आदम के बेटों ने बनाये, बोदे हैं और वाए! ख़राबी मेरी कि मैंने घर बनाया बीच उन लोगों के जिनके ज़ुल्म से ज़मीन भर गयी टेढ़ी हो गयी, सो ढहना इस घर का मुकद्दर ठहरा। सो इससे पहले कि दीवारें इसकी बैठ जायें और छत इसकी आन पड़े, तू यहाँ से निकल और कश्ती में बैठ कि आज ज़मीनो-आसमान के बीच वही पनाहगाह है।

ज़ौजा उन हज़रत की ढीठ होके यह बोली कि अगर मेरा घर मुझे पनाह नहीं दे सकता तो फिर मुझे कहाँ पनाह मिलेगी।

तब हज़रत अपने बेटों से मुख़ातिब हुए और कहा, "ऐ मेरे बेटो! तुम्हारी माँ ने तो ज़मीन पकड़ी है और हलाक होने वालों में शामिल हो गयी है। तुम बाप की सुनो और जल्द कश्ती में बैठ जाओ, मबादा तुम भी ना-फ़रमानों में शुमार किये जाओ और हलाकत के घेरे में आ जाओ।"

यह सुन के बेटे कश्ती में सवार हुए। पर बड़े बेटे कनआन ने, कि उसने माँ की राह को अपनाया और बाप से कहा कि ऐ मेरे बाप! मैं क्योंकर उस घर को, जिसमें मेरी नाल गड़ी है, छोड़कर और क्योंकर उस मिट्टी से, जिसने मुझे रस और जिस्म दिया है, मुँह मोड़ कर, उस कश्ती में सवार हो जाऊँ जिसमें तूने हर रंग का जनावर इकट्ठा कर लिया है।

हज़रत ने बेटे की बात सुनकर कहा कि, ऐ मेरे बेटे! देख यह क़हर का दिन है। सो इन्सान और हैवान सब एक कश्ती में सवार हैं कि तूफ़ाने-बे अमान है और ज़िन्दगी की ज़मानत इस कश्ती के सिवा कहीं नहीं है।

बेटा बोला कि ऐ मेरे बाप! तन्हाई की मौत हुजूम के साथ ज़िन्दा रहने से बेहतर है, और घर के अन्दर पानी में गर्क़ हो जाना बेहतर है बनिस्बत इसके कि आदमी अजनबी पानियों में जानवरों के दरमियान बसर करे।

तब हज़रत नूह अपनी बीवी से और अपने बेटे से मायूस हुए कि उन्होंने ज़मीन पकड़ी और नाफ़रमानों में शुमार हुए और तब कश्ती रवाँ हुई और हज़रत ने, सलाम हो उन पर हमारा, ब-सद यास मुड़ के उस घर की जानिब देखा जिसे वह छह सौ बरस तक रस-बस कर छोड़ रहे थे। और उन्होंने देखा कि उनके बाप का बनाया हुआ बड़े फाटक वाला वह घर, कि कल तक शाद-आबाद था, अब उमड़ती

1. फली-फूली।

मौजों के बीच खाली ढंढार पड़ा था और उनकी ज़ौजा ने और उनके बेटे ने बरसते आसमान तले छत पर पनाह ली हुई थी। फिर यूँ हुआ कि वह घर आँखों से ओझल होता चला गया और पानी का ज़ोर बढ़ता चला गया।

मेंह ऐसे बरसा जैसे आसमान के सब दरवाज़े और दरीचे चौपट खुल गये हों। मेंह दिन बरसा, रात बरसा, लगातार बरसा कि दिन और रात का, सुबह और शाम का, दिन और दिन का फ़र्क मिटता चला गया, और ज़मीन नज़रों से यूँ ओझल हुई जैसे कभी थी ही नहीं।

फिर यूँ हुआ कि कौवे को कश्ती में बैठे-बैठे बेकली हुई। उसने पर फड़फड़ाए और काँय-काँय करता बाहर उड़ गया, मगर चक्कर काटने के बाद वापस आ गया और उसकी वापसी ऐलान थी कि अब कहीं ख़ुश्की नहीं है, जहाँ पंजे टिकाये जा सकें।

फिर चूहों के जोड़े को बेकली हुई। उन्होंने पूरी कश्ती का चक्कर काटा कि कहीं कोई बिल मिले और वह उसमें सटक जायें, पर उन्होंने कश्ती में कोई बिल न पाया, मगर बिल तो होना चाहिए कि उसमें सटक सकें। यह सोच उन्होंने कश्ती के पेंदे को कुतरना शुरू कर दिया। कश्ती के जानवरों ने यह देखा और हिरासाँ हुए, यह सोच कर कि मबादा कश्ती में छेद हो जाये और उसमें पानी भर जाये और वह ग़र्क हो जायें। तब उन्होंने फ़रियाद की हज़रत नूह से और अफ़सोस किया हज़रत नूह ने कि वाए! ख़राबी मेरी कि मैंने कश्ती में सवार किया चूहों को, जिनका शेवा ही यह है कि कुतरो और सूराख़ करो। हज़रत ने उन्हें इस फ़ेल से बाज़ रहने की हिदायत की, मगर वह बाज़ न आये, तब हज़रत ने तंग आकर शेर के मुँह पर हाथ फेरा। हाथ फेरते ही निकली उसके नथुनों से एक बिल्ली, कि झपटी चूहों पर और चट कर गयी उन्हें दम के दम में।

तब कश्ती के सब जानवरों ने शादमानी की और बिल्ली पर आफ़रीन[1] भेजी कि उसने उन्हें आने वाली तबाही से बचा लिया। फिर यूँ हुआ कि उसी साअत कबूतरी ने पर फड़फड़ाए और कश्ती से निकल कर उड़ गयी और देखा उन्होंने कि मेंह थम गया है और कबूतरी ज़ैतून की पत्ती चोंच में दबाये वापस आ रही है, और ख़ुश्की नमूद करने लगी है, मगर फिर उन्होंने यह देखा कि ज्यों ही वह ज़ैतून की पत्ती समेत कश्ती में उतरी, त्यों ही बिल्ली उस पर झपटी और उसे चट कर गयी। यह क्या हुआ? उन्होंने देखा और दम-ब-ख़ुद रह गये, ''साथ में जैतून की पत्ती भी, अजीब बात है।''

अब हम बीच पानियों में हैं और कोई यह बताने वाला नहीं है कि ख़ुश्की कहाँ है।

मेंह बेशक थम गया था। बादल की गरज कितनी देर से सुनायी नहीं दी थी मगर पानी की धार उसी शोर से गरज रही थी और ऊँचे पहाड़ों की चोटियों से गुज़र रही थी कि किसी ने सर निकाल कर बाहर देखा, फिर फ़ौरन ही अन्दर कर लिया, ''बहुत पानी है।''

---

1. शाबाशी।

अन्दर हब्स बहुत था और बिल्ली बैठी थी। बाहर पानी गरज रहा था और ज़मीन-आसमान और ज़मीनो-ज़मान, लगता था कि एक ज़माना हो गया उन्हें घरों से निकले हुए और ज़माना हो गया उन्हें पुर-शोर पानी के बीच डोलते हुए।

''क्या हम कभी वापस नहीं जा सकेंगे?''

''कहाँ?''

''अपने घरों को।''

अपने घरों को? एक बार फिर उन्हें हैरानी ने आ लिया। एक बार फिर घरों की याद ने उन्हें ऐसे आ लिया जैसे कोई बड़ा झक्कड़ पेड़ों को आ ले और उन्हें हिला दे।

''अज़ीजो! कौन से घर? बाहर झाँक के देखो। कोई बस्ती, कोई दीवारो-दर कहीं दिखायी पड़ते हैं? क्या तुमने गिलगामिश से नहीं सुना कि उतनापश्तिम ने घर ढहाकर कश्ती बनायी थी?

''उत्नापिश्तिम ने अच्छा नहीं किया।''

''हाँ! मगर उत्नापिश्तिम के ख़ुदावन्द की तो तसल्ली हो गयी कि अब ज़मीन पर पानी के शोर के सिवा कोई शोर नहीं है कि उसकी नींद में ख़लल डाले।''

मार्कंडेय ने बाहर झाँक कर देखा, चारों ओर घोर अँधेरा और सन्नाटा और जल की गरजती धारा। परम आत्मा नींद में थी और अनन्त नाग के फन फैले हुए थे। उसने सर अन्दर कर लिया। नारायन! नारायन! गहराव के ऊपर अँधेरा था और ख़ुदा वन्द की रूह पानियों पर जुंबिश करती थी। पानी जिसका कोई ओर-छोर नहीं था। पानी की गरजती धार में अज़ल[1] और अबद[2] के डाँडे मिल गये हैं और ज़ोर-शोर से पानियों में बह रहे हैं, तिनकों की तरह.....और कौआ फिर बेकल हुआ, पर फड़फड़ाये। कौआ उड़ गया और लौट के नहीं आया। उन्होंने बाहर झाँक कर देखा। मेंह बेशक थम गया था मगर उसी तरह उमड़ा हुआ था और गरज रहा था। कौवे का दूर-दूर पता नहीं था।

''कौआ सियाना जानवर है। वह लौट के नहीं आयेगा।''

''ख़ैर! यह तो पता चल ही गया कि कहीं न कहीं ख़ुश्की है। सो, हमारी कश्ती भी किसी न किसी किनारे जा लगेगी। सो, ऐ हमारे रब! हमें बरकत की जगह उतारियो और तू सब से बेहतर उतारने वाला है।''

''हमसफ़रो! बरकत की जगह कहाँ है? हम गहरे पानियों के बीच में हैं और कोई यह बताने वाला नहीं कि ख़ुश्की कहाँ है और बरकत की जगह कौन सी है। हाँ अगर नूह हमारे बीच होता तो.....''

''नूह!.....नूह यहाँ नहीं है?''

''नहीं।''

सब ने ख़ौफ़ भरी नज़रों से एक-दूसरे को देखा। आँखों ही आँखों में एक-दूसरे से

1. आदि।
2. अन्त।

पूछ रहे थे, नूह कहाँ है? तब हातिम-ताई ने ज़बान खोली और यह कलाम लब पर लाया कि, ''ऐ हमसफ़राने-अज़ीज़! ऐ अज़ीज़ाने-बातमीज़! सब्र का दामन हाथ से मत छोड़ो! देखते रहो कि परदए-ग़ैब से क्या नमूदार होता है। मुझे देखो कि मैंने भरी नदियों के बीच ऐसी कश्तियों में सफ़र किया है जिनका कोई खोया नहीं था। कान धर कर सुनो कि कोहे-निदा की मुहिम में मुझ पे क्या बीती। हैरान-सरगरदाँ चला जाता था कि एक पहाड़ बुलन्द अज़ीमुश्शान नज़र आया। उसकी तरफ़ मुतवज्जह हुआ। तीन दिन के बाद उसके नीचे जा पहुँचा और जिस पत्थर को उठा कर देखा, उसके तले लहू बहते पाया। फ़िक्र करता था कि कोई यहाँ नहीं है जिस से इसका अहवाल पूँछूँ। फिर क्या देखता हूँ कि एक दरिया बड़े ज़ोर-शोर से बह रहा है और उसका ओर-छोर भी नहीं मिलता। निहायत मुतफ़क्किर हुआ। दिल में कहा कि या इलाही! अब इससे क्यों कर पार उतरूँ? इतने में एक नाव नज़र पड़ी कि इधर ही चली आती है। जाना मैंने कि कोई मल्लाह लिये आता है। जब किनारे आ लगी तो उस पर किसी को न देखा। मुतअज्जिब हुआ, फिर शुक्र खुदा का बजा लाकर सवार हो लिया। क्या देखता हूँ कि एक दस्तरख़्वान में कुछ लिपटा हुआ है। भूखा तो था ही, फ़ौरन हाथ बढ़ाकर खोला तो दो गर्म-गर्म नान और कबाब, हैरान हुआ कि इलाही! यह गर्म नान किस तन्दूर से आये हैं। ध्यान आया कि शायद मल्लाह ने अपने वास्ते रखा हो। पराये का हक़ खाना ख़ूब नहीं। इतने में एक मछली ने दरिया से सर निकाल कर कहा कि ऐ हातिम! ये रोटियाँ और कबाब तेरा ही रिज़्क है। शौक़ से खा। कुछ अन्देशा जी में न ला।''यह कह कर ग़ोतामार खो गयी। मैं हैरान कि यह कश्ती कौन लाया? कबाब रोटी कौन धर गया? मछली कौन थी?

''मछली?'' सब चौंक पड़े, मछली तो उनके ध्यान से उतर ही गयी थी।

मछली कौन थी? हाँ! पहले तो मनु जी भौचक रह गये थे, फिर उसी की मूँछ के बाल से उन्होंने नाव को बाँधा।

सब ने बाहर झाँक के देखा। बाहर चारों ओर घोर अँधेरा और गरजते जल की धारा। मानो भव सागर उमड़ा था, पर मछली का कहीं अता-पता नहीं था।

''मछली तो कहीं दिखाई नहीं दे रही।''

''मित्रो! उसे ढूँढ़ो! उसी के बाल से तो हम बँधे हुए हैं।''

सब ने बाहर दूर तक देखा। बस लहराती रस्सी दिखायी पड़ी। मछली कहीं नहीं थी।

''मित्रो! रस्सी तो है कि साँप समान नाव के चारों ओर लहरा रही है, पर मछली नहीं है।''

''यह तो बहुत चिन्ता की बात है।''

सो चिन्ता ने उन्हें घेरा और सन्देह ने आन पकड़ा। दूर-दूर की बात ध्यान में आयी, पर गुत्थी न खुली। नाव डोल रही थी और चारों ओर जल की धारा गरज रही थी।

❑❑